간극 브륀힐드의 수호자들
나라는 《주인님》이 처음부터
로 만들어 건국한 나라다.
, 그 권속인 나는 이 나라의
호수(守護獸)라 해도 과언이 아니다.
나라의 평화를 지키는 일은 나의 책무.
이세계는 스마트폰과 함께.15

「잠시간의 휴식──」

「두 개의 세계를 오가는 토야 일행의」

「너와는 좋은 친구가 될 수 있었을 듯하니, 가볍게 로베르라고 불러 주게!」
「야, 너. 토야한테서 손 떼. 그 녀석은 내 친구야.」

이세계는 스마트폰과 함께. 15

후유하라 파토라 illustration■우사츠카 에이지

캐릭터 소개

하느님의 실수로 이세계로 가게 된 고등학교 1학년(등장 당시). 기본적으로는 너무 소란을 피우지 않고 흐름에 몸을 내맡기는 스타일. 무의식적으로 분위기 파악을 하지 못한 채, 은근히 심한 짓을 한다.
무한한 마력에 모든 속성 마법을 가지고 있으며, 무속성 마법을 마음대로 사용하는 등, 하느님 효과로 여러 방면에서 초월적. 브륀힐드 공국 국왕.

벨파스트의 왕녀. 열두 살(등장 당시). 오른쪽이 파란색, 왼쪽이 녹색인 오드아이. 사람의 본질을 꿰뚫어 보는 마안의 소유자. 바람, 흙, 어둠이라는 세 속성을 지녔다. 활이 특기. 토야에게 한눈에 반해, 무턱대고 강하게 다가갔다. 토야의 신부가 될 예정.

토야가 구해 준 쌍둥이 자매의 언니. 양손에 건틀릿을 장비하고 주먹으로 싸우는 무투사. 직설적인 성격으로 소탈하다. 신체를 강화하는 무속성 마법【부스트】를 사용할 줄 안다. 매운 것도 좋아한다. 토야의 신부가 될 예정.

쌍둥이 자매의 여동생. 불, 물, 빛이라는 세 속성을 지닌 마법사. 빛 속성은 별로 잘 사용하지 못한다.
굳이 따지자면 낯을 가리는 성격으로 말이 서툴지만 가끔 대담해진다. 단 음식을 좋아한다. 토야의 신부가 될 예정.

일본과 비슷한 먼 동쪽의 나라, 이센에서 온 무사 소녀. 존댓말을 사용하며 남들보다 훨씬 많이 먹는다. 진지한 성격이지만 어딘가 어긋나 있는 면도. 본가는 검술 도장으로 유파는 코코노에 진명류(眞鳴流)라고 한다. 겉만 봐서는 잘 알기 어렵지만 의외로 거유. 토야의 신부가 될 예정.

애칭은 루. 레굴루스 제국의 제3 황녀. 유미나와 같은 나이. 제국 반란 사건 때에 자신을 도와준 토야에게 한눈에 반했다. 쌍검을 사용한다. 유미나와 사이가 좋다. 요리 재능이 있다. 토야의 신부가 될 예정.

애칭은 스우. 열 살(등장 당시). 자객에게 습격당하고 있을 때 토야가 구해 주었다. 벨파스트 국왕의 조카. 유미나의 사촌. 천진난만하고 호기심이 왕성하다. 토야의 신부가 될 예정.

애칭은 힐다. 레스티아 기사 왕국의 제1 왕녀. 검술에 능하며 '기사 공주'라고 불린다. 프레이즈에 습격당할 때 토야에게 도움을 받고 한눈에 반한다. 긴장하면 말을 더듬는 습관이 있다. 야에와 사이가 좋다. 토야의 신부가 될 예정.

전(前) 요정족 족장. 현재는 브륀힐드의 궁정마술사(잠정). 어려 보이지만 매우 오랜 세월을 살았다. 자칭 612세. 마법의 천재. 사람을 놀리기를 좋아한다. 어둠 속성 마법 이외의 여섯 가지 속성을 지녔다. 토야의 신부가 될 예정.

토야가 이센에서 주운 소녀. 기억을 잃었었지만 되찾았다. 본명은 파르네제 포르네우스. 마왕국 제노아스의 마왕의 딸이다. 머리에 자유롭게 빼낼 수 있는 뿔이 나 있다. 감정을 겉으로 잘 드러내지 않지만, 노래를 잘하며 음악을 매우 좋아한다. 토야의 신부가 될 예정.

린이【프로그램】으로 만들어 낸 곰 인형으로, 마치 살아 있는 것처럼 움직인다. 200년 동안 계속 움직이고 있으며, 그사이에도 개량을 거듭했다. 그 움직임은 상당한 연기파 배우 수준. 폴라…… 무서운 아이!

토야의 첫 번째 소환수. 백제라고 불리는 서쪽과 큰길의 수호자로, 짐승의 왕. 신수(神獸). 평소엔 새끼 호랑이 크기로 다니며 눈에 띄지 않게끔 한다.

토야의 두 번째 소환수. 두 마리가 한 세트. 현제라고 불리는 신수. 비늘의 왕. 물을 조종할 수 있다. 산고가 거북이, 코쿠요가 뱀.

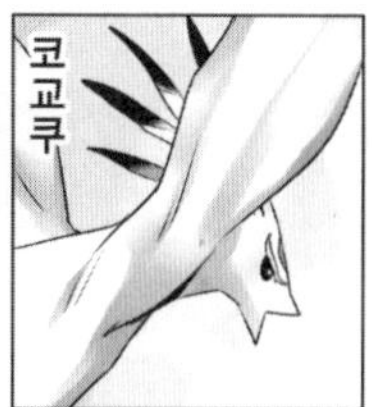

토야의 세 번째 소환수. 염제라고 불리는 신수. 새의 왕. 침착한 성격이지만, 외모는 화려하다. 불꽃을 조종한다.

토야의 네 번째 소환수. 창제라고 불리는 신수. 푸른 용으로, 용의 왕. 비꼬기를 잘하며, 코하쿠와는 사이가 나쁘다. 모든 용을 복종시킬 수 있다.

정체는 연애의 신. 토야의 누나를 자처하는 중. 천계에서 도망친 종속신을 포획해야 한다는 대의명분으로, 브륀힐드에 눌러앉았다. 느긋한 말투. 꽤 게으르다.

정체는 검의 신. 토야의 두 번째 누나를 자처한다. 브륀힐드 기사단의 검술 고문에 취임. 늠름한 성격이지만 조금 천연스럽다. 검을 쥐면 대적할 상대가 없다.

바빌론의 유산 '정원'의 관리인. 애칭은 셰스카. 메이드복을 착용. 기체 넘버 23. 입만 열면 야한 농담을 한다.

바빌론의 유산, '공방'의 관리인. 애칭은 로제타. 작업복을 착용. 기체 넘버 27. 바빌론 개발 청부인.

바빌론의 유산 '연금동'의 관리인. 애칭은 플로라. 간호사복을 착용. 기체 넘버 21. 폭유 간호사.

바빌론의 유산 '격납고'의 관리인. 애칭은 모니카. 위장복을 착용. 기체 넘버 28. 입이 거친 꼬마.

바빌론의 유산 '성벽'의 관리인. 애칭은 리오라. 블레이저를 착용. 기체 넘버 20. 바빌론 넘버즈 중 가장 연상. 바빌론 박사의 밤 시중도 담당했다. 남성은 미경험.

바빌론의 유산, '탑'의 관리인. 애칭은 노엘. 체육복을 착용. 기체 넘버 25. 계속 잔다. 먹고 자기만 한다. 기본적으로 게으르고 뭐든 귀찮아하는 성격.

바빌론의 유산, '도서관'의 관리인. 애칭은 팜므. 세일러복을 착용. 기체 넘버 24. 활자 중독자. 독서를 방해하면 싫어한다.

바빌론의 유산, '창고'의 관리인. 애칭은 파르셰. 무녀 복장을 착용. 기체 넘버 26. 덜렁이. 게다가 자각이 없다. 깜빡하고 저지르는 실수가 잦다. 잘 넘어진다.

바빌론의 유산, '연구소'의 관리인. 애칭은 티카. 흰옷을 착용. 기체 넘버 22. 바빌론 박사 및 넘버즈의 유지보수를 담당하고 있다. 극심한 어린 여자아이 취향.

고대의 천재 박사이자 변태. 공중 요새 '바빌론'를 비롯한 다양한 아티팩트를 만들어 냈다. 모든 속성을 지녔다. 기체 넘버 29번의 몸에 뇌를 이식하여 5000년의 세월을 넘어 부활했다.

이세계는 스마트폰과 함께.

세계지도

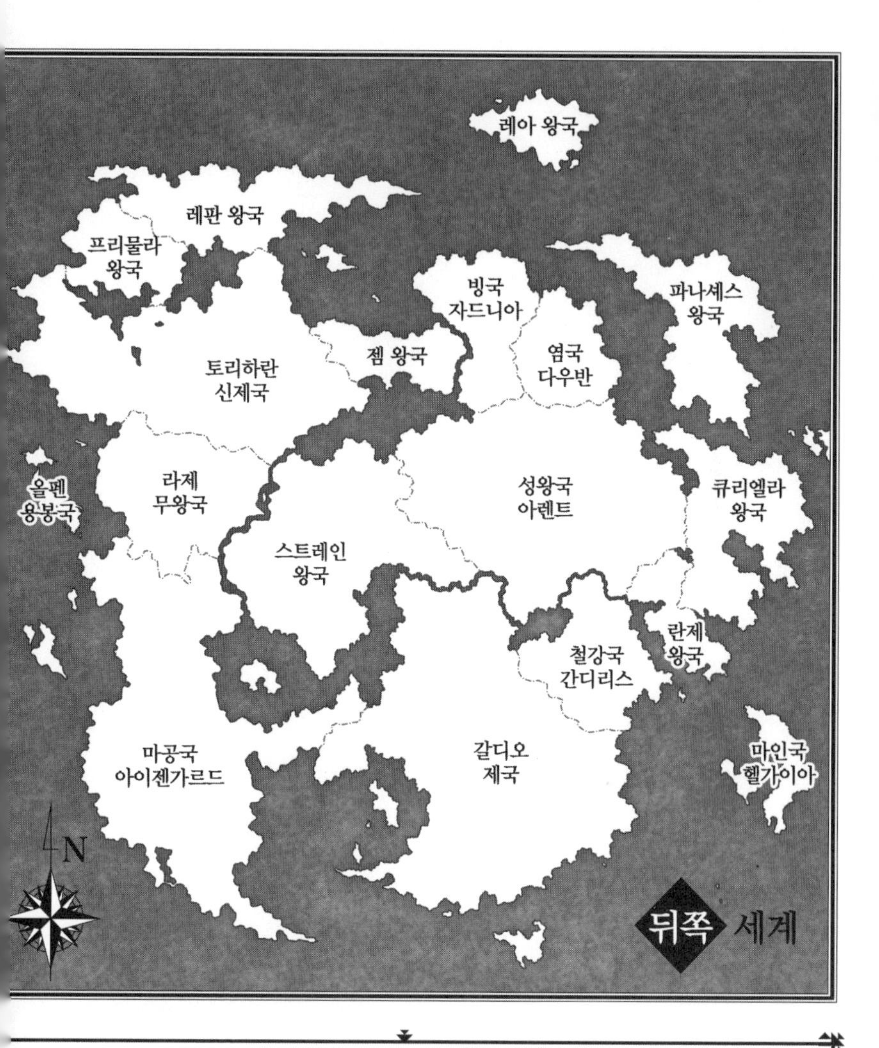

지금까지의 줄거리

하느님이 특별히 마련해 준 스마트폰을 들고 이세계에 오게 된 소년, 모치즈키 토야. 수많은 만남을 거쳐 소국 브륀힐드의 왕이 된 토야는 세계의 왕들과 힘을 합쳐 이세계의 침략자 프레이즈에 맞선다. 나라라는 울타리를 넘어 세계를 돌아다니던 토야는 어느 나라에서 고렘이라고 불리는 기계 장치 인형이 존재하는 다른 세계로 들어가게 된다. 거울을 보는 것처럼 좌우로 역전된 세계지도. 토야의 앞에 새로운 이세계의 문이 열렸다…….

표지 · 본문 일러스트
우사츠카 에이지

막간극　브륀힐드의 수호자들　*9*
제1장　이그리트의 사자(使者)　*34*
제2장　재회　*75*
막간극　I'm Happy Just to Dance with You.　*118*
제3장　합연기연(合緣奇緣)　*142*
막간극　당신 곁으로　*248*
후기　*291*

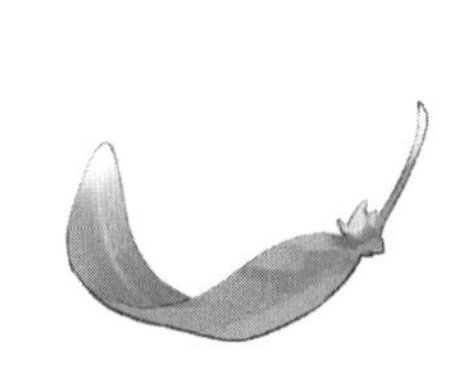

막간극 브륀힐드의 수호자들

나는 호랑이다. 이름은 코하쿠. 왕의 옆을 지키는 고귀한 흰 호랑이라는 의미다. (사실은 다릅니다.)

나는 평범한 호랑이가 아니다. 지상의 짐승을 다스리는 신성한 짐승. 신수(神獸)다.

지금은 나의 주인이신 모치즈키 토야 님의 권속으로서 이곳, 브륀힐드 공국에서 생활하고 있다.

이 나라는 주인님이 처음부터 새로 만들어 건국한 나라다. 즉, 그 권속인 나는 이 나라의 수호수(守護獸)라 해도 과언이 아니다.

……나 말고도 신수가 네 마리 정도 있기는 하다만.

이 나라의 평화를 지키는 일은 나의 책무. 오늘 또한 무전취식을 한 괘씸한 자를 날려 버린 참이다.

"코하쿠 님. 감사합니다. 나머지는 저희에게 맡겨 주십시오."

〈그래. 부탁한다.〉

나는 날려 버린 괘씸한 자를 기사단 청년에게 넘겨주었다. 이자도 주인님을 섬기는 사람 중 한 명. 말하자면 같은 권속이다. 주인님의 직속인 나와는 비교가 되지 않지만.

마을 안에서는 진짜 모습을 드러내면 주민이 겁을 먹어 작은 새끼 호랑이로 변신한다. 반대로 이 모습으로 다니면 부인들과 아이들이 허물없이 쓰다듬으며 만져대는 통에 몹시 성가시지만, 주인님의 당부를 지키지 않으면 첫째로 꼽히는 소환수로서 모범이 되지 않는다.

힐끔힐끔 우리를 보는 인간들이 있는데, 아마 마을 밖에서 온 자들이리라. 대부분은 내가 인간의 말을 하는 모습을 보고 놀란다. 주인님이 왕이 되기 전에는 가능한 한 말을 하지 말라는 당부를 들었지만, 지금은 해도 된다는 허락을 받았다. 주인님이 말씀하시길 ‘이제 와서 새삼스럽게 뭘.’ 이라고 한다.

“어머, 코하쿠랑 란츠 씨. 일하는 중이야?”

〈음? 아, 미카 님이신가.〉

“앗, 아, 안녕하십니까! 네, 방금 코하쿠 님이 무전취식을 한 녀석을 붙잡아 주셔서, 그래서!”

종이봉투를 들고 앞치마를 두른 붉은 머리의 여성이 이쪽을 향해 다가왔다. 숙소 ‘은월’ 의 여주인이신 미카 님으로, 주인님이 무척 신세를 진 은인이다. 당연히 나도 경의를 표해야 하는 인물이다. 좌우간 이분이 만드는 식사는 맛있다. 가끔 놀러 가면 맛있는 음식을 많이 주신다.

“수고가 많아. 시간 나면 점심때 ‘은월’ 을 찾아 줘. 한턱낼게.”

"가, 감사합니다! 꼭 찾아가겠습니다!"

뭐지? 아까부터 이 청년의 태도가 상당히 이상한데. 유난히 얼굴이 빨갛고, 묘하게 긴장한 모습이다. ……나를 두려워하는 건가? 아니, 조금 전까지는 평범하게 대화했다. 흐음, 잘 모르겠군.

"그, 그럼 저는 이만! 좋아! 연행해라!"

청년과 동료 기사들이 무전취식 범인을 끌고 갔다. 이것 참, 정말 성가시다. 흔적도 없이 없애 버리면 편할 텐데, 그건 주인님이 원하는 방식이 아니다. 나도 그 명령에 따를 뿐이다.

"아~! 코하쿠다~!"

"정말이네. 코하쿠가 있어~!"

〈음? 이런. 아이들인가. 미카 님, 저도 이만.〉

"인기가 많아 큰일이겠어. 그럼 다음에 봐."

미카 님에게 작별 인사를 하고 뒷골목으로 달려갔다.

모퉁이를 돌아 더욱 좁은 길로 들어간 뒤, 벽을 좌우로 차며 올라가 지붕 위에 도착했다. 아래쪽에는 나를 놓친 아이들이 주변을 두리번거리며 찾았다.

나쁜 아이들은 아니지만, 나에게 너무 들러붙으니 어쩔 수 없다. 한 시간이나 쓰담쓰담을 당하면 도저히 버티기가 힘드니…….

잠시 후, 아이들은 포기하고 돌아갔다. 용서해라.

흐음. 바람도 상쾌하고, 오늘은 날씨도 좋군. 잠시 여기서 느긋하게 잠을 자는 것도…….

〈코하쿠.〉

〈우와앗?!〉

갑자기 부르는 소리에 놀란 나는 지붕에서 떨어질 뻔했다. 간신히 발톱을 세워 아슬아슬한 곳에서 떨어지지 않고 버텼다. 위, 위험했다! 떨어지는 줄 알았네!

〈코교쿠! 갑자기 말을 걸지 마라!〉

〈이것 참 실례. 아이들에게 쫓기고 있어 잠시 참았습니다만.〉

큭, 그렇게 이전부터 보고 있었던 건가.

코교쿠. 이 녀석도 신수다. 그리고 나와 마찬가지로 모치즈키 토야 님의 소환수다.

분하지만 첩보 능력은 녀석이 한 수 위다. 나도 쥐 등을 부리면 집안도 살필 수 있지만, 새가 지닌 비행 능력의 유용성에는 당해내지 못한다. 그 날개로 국경을 가볍게 넘어 멀리까지 갈 수 있으니 말이다.

기본적으로 코교쿠도 이 마을에서 무슨 사건이 없는지 눈에 불을 켜고 살피지만, 녀석의 주된 담당은 나라 전역이다.

부하인 풀어 둔 새들을 이용해 수상한 인물은 없는지 경계한다. 이 나라에서 노상강도나 산적 행위를 허용할 수는 없으니 말이다.

〈그런데 무슨 일이지? 우연히 발견했다고 해서 말을 걸진 않

았을 텐데?〉
〈그렇다 해도 별문제는 없겠지만, 조금 신경 쓰이는 점이 있습니다. 조금 전에 마을 안으로 마차 한 대가 들어왔습니다. 여행하는 상인이라고 말했지만, 그런 것치고는 조금 옷차림이 허름하고, 호위라는 모험자들도 전부 눈초리가 사납더군요. 물론 겉모습만으로 판단해서는 안 되지만 일단 주의하시길.〉
〈흐음. 이전처럼 도적단일지도 모른다, 그건가?〉
〈그럴 가능성도 없지 않다는, 그런 말입니다.〉
이전, 이 마을에 도적단이 상인으로 분장하고 잠입해, 주인님이 친하게 지내는 스트랜드 상회에 침입하려고 하는 사건이 일어났다.
이 마을에 있는 상품은 다른 나라에서는 사기가 힘든 진귀한 물건이 많아 상인들의 주목을 받고 있다.
그건 나의 주인님이 아이디어를 제공해 만든 것(실제로는 다르지만)이나, 이 마을에서 전이하여 갈 수 있는 던전섬에서 입수한 마수의 소재로 만든 무기 및 방어구 같은 것들이다.
도적단은 그러한 물건을 심야에 침입하여 강탈하려고 했다.
우리는 그러한 움직임을 한발 앞서 감지하여 기사단 소속의 첩보 부대와 함께 가게에서 잠복해 있다가 침입한 녀석들을 재빨리 제압했다. 당연히 스트랜드 상회에는 피해가 없었다.
이러한 일이 이 나라에서는 몇 번이나 있었다.

대부분은 나의 주인님을 젊어서 한 나라를 일으킨 영웅이라고 인식하고 있지만, 우연히 운이 좋아 모험자 출신이면서 벼락출세를 했을 뿐이라고 여기는 사람들도 많다.

그런 자들은 대부분이 하잘것없는 소인배들인 탓에, 뭘 착각했는지 일부러 자멸하기 위해 이곳을 찾아온다.

주인님의 말을 빌리면 '얕보고 있다' 는 모양이다. 바보 같은 녀석들이다.

〈좋다. 이쪽도 조심하지.〉

〈부탁합니다. 그럼.〉

코교쿠가 날개를 펄럭이며 떠나갔다. 어쩔 수 없지. 낮잠은 보류다.

나는 지붕 위를 옮겨 다니며 마을의 유일한 학교로 갔다. 평소라면 가까이 다가가지 않지만, 오늘은 쉬는 날이라 아이들이 마구 쓰다듬으려고 달려들 일도 없다.

학교에 도착해 보니 이곳의 교장님이신 피아나 님이 빨래를 널고 계셨다. 음? 그 녀석의 모습이 보이지 않는군.

피아나 님은 주인님의 부인 중 한 명이신 사쿠라 님의 어머니시다. 당연히 나보다 윗사람. 실례를 범해서는 안 된다.

"어머, 코하쿠 씨. 안녕하세요. 건강해 보이시네요."

〈피아나 님도 여전해 보이십니다. 갑작스러운 방문을 용서해 주십시오. 냥타로 자식은 어디에 있는지요?〉

피아나 님은 학교 바로 앞에 있는 단독 주택에서 사쿠라 님의 소환수인 냥타로와 살고 계시다.

그 녀석은 피아나 님의 호위도 겸하고 있어, 기본적으로는 옆에서 멀리 떨어지지 않는다. 냥타로는 주인님의 소환수가 아니라서 나와 텔레파시로 이야기할 수 없기에 여기까지 온 참이다. 조금 불편하다.

"달타냥이라면 저기요."

피아나 님이 시선을 돌린 방향을 바라보니, 나의 주인님이 어린아이들을 위해 만든 '2인용 그네' 인가 하는 것 위에서 바람을 맞으며 느긋하게 잠을 자는 고양이 기사가 있었다.

"우냐앙……."

저 녀석이……! 기분 좋게 잠을 자다니……!

코교쿠에게 방해를 받지 않았다면 나도 잠을 잤을 텐데. 그런 생각에 노기가 조금 섞였던 탓인지 냥타로 자식이 눈을 살짝 떴다.

"……우냥? …………케에엑! 코하쿠 님?!"

온몸의 털을 곤두세우며 냥타로가 벌떡 일어났다. 그러다 냥타로가 그 반동으로 2인용 그네에서 거꾸로 땅을 향해 떨어졌다.

〈……한가해 보이는군.〉

"우냐냥?! 아니요아니요아니요?! 오늘은 우연히, 정말 우연입니냥! 학교도 쉬는 날이고, 급한 일도 없었으니까냥! 정말, 정말입니다냥!"

필사적으로 변명하기 시작하는 냥타로. 이렇게 필사적이면 오히려 수상하지만, 아무튼 좋다. 지금은 그냥 놔두자.

나는 코교쿠에게 들은 정보를 말해 주고, 냥타로에게 그 상인 일행을 조사하라고 명령했다.

"알겠습니다냥. 조금만 더 있으면 아토스 일행이 오니, 어머님의 호위를 대신 맡기고 조사하러 가겠습니냥. 뭔가 특이한 점이 있으면 곧장 심부름꾼을 보내겠습니다냥."

〈그래. 부탁한다.〉

나는 피아나 님에게 작별 인사를 하고 학교를 떠났다. 저래 보여도 사쿠라 님의 소환수. 일은 제대로 해 줄 테지.

자. 정보가 모이기까지 어디론가 가서 한숨 잠을…….

〈앗, 코하쿠가 있어~.〉

〈여기에 있었나, 코하쿠.〉

〈쳇.〉

〈〈어? 혀를 찼어?!〉〉

아차, 무심코. 또 방해가 들어왔다는 생각이 들어 안달이 나고 말았다.

공중을 둥실둥실 헤엄치듯이 날아 이쪽을 향해 오는 검은 뱀과 큰 거북이. 나와 마찬가지로 신수로, 주인님의 소환수인 코쿠요와 산고다.

〈무슨 볼일이라도 있나?〉

〈인사가 뭐 그래? 조금 마음에 걸리는 게 있어서 일단 보고

해 두려고.〉
〈너도인가…….〉
코쿠요의 말을 듣고 나는 조금 수염을 움찔거렸다. 코교쿠에 이어 이 녀석들까지 이러다니, 뭔가 불온한 느낌이 든다.
〈조금 전에 마을에서 조금 떨어진 가도에서 우리 권속이 이걸 발견했다.〉
산고가 등 껍데기에 올려 놨던 물건을 후두둑 떨어뜨렸다. 음? 이건…….
겉보기에는 바짝 마른 나뭇가지처럼 보였다. 하지만 살짝 떠도는 이 향기는…….
〈사향목(邪香木)이군.〉
〈맞다. 마수를 현혹해 미치게 하는 성가신 물건이다.〉
원래 사향목은 죽은 마수의 시체에서 싹을 틔운 향목(香木)이 오랜 세월을 거쳐 마물화해서 만들어진다.
그 향목 마물은 가까이 다가온 마수를 붙잡아 체액을 모두 빨아들여 자라난다. 때로는 인간을 습격하는 일도 있다고 한다.
그 향목의 나뭇가지를 잘라 특수한 약액에 담근 다음 가공한 물건이 이 사향목이다.
이 사향목은 태우면 독특한 향기가 난다. 평범한 사람과 동물은 아무렇지 않지만, 마소를 체내에 가득 가지고 있는 마수가 이 향기를 맡으면 강한 흥분 상태가 되어 폭주를 시작한다.

마치 미친 것처럼 분별없이 날뛰면서 아픔을 느끼지도 못한 채 죽을 때까지 싸운다.

아주 오래전에는 마수의 소굴에 던져 넣어 같은 마수끼리 싸우게 하는 데도 사용했다는 듯하지만, 일단 폭주 상태에 빠지면 죽을 때까지 멈추지 않기에, 사용한 자의 몸도 위험해질 수 있다.

그냥 그뿐이라면 그나마 괜찮지만, 연기가 퍼져 어중간하게 냄새를 맡으면 같은 마수끼리 싸우지 않고 연대하여 폭주하기 시작한다.

즉, 집단 폭주가 일어난다. 그렇게 되면 마을 하나가 사라질 정도의 재해가 일어날 수도 있다.

〈이건 우연인가? 아니면…….〉

〈그런 물건이 가도에 흔히 떨어져 있을 거라고는 생각하기 어려워.〉

〈사향목은 불태우지 않아도 마수를 혼란시키고 취한 상태로 만들 수 있지. 이상해진 비행형 마수가 여기까지 가지고 왔을 가능성도 없지는 않지만…….〉

그냥 봐서는 단순한 마른 나무다. 대부분의 인간은 가려내기 힘들다. 산고의 말대로, 우연히 마수나 인간이 여기까지 가지고 왔을 가능성도 없지는 않다.

하지만 누군가가 사향목을 사용해 이 마을을 집단 폭주로 망가뜨리려고 했을 가능성도 없지는 않다.

〈이 마을에는 주인님과 우리가 펼쳐 놓은 결계가 있어 전혀 걱정할 필요는 없지만…….〉

〈만약 누군가가 바보 같은 짓을 하려고 하는 거라면, 벌을 줄 필요가 있겠어…….〉

산고와 코쿠요에게서 성난 감정이 전해져 왔다. 물론 나도 화가 났다. 주인님이 다스리는 이 나라를 해하려 하다니, 목숨 아까운 줄 모르는 녀석이군. 애초에 집단 폭주 정도로 이 마을이 어떻게 되리라 생각하다니, 너무 어수룩하다. 결계가 없더라도 우리 중 한 마리면 마수의 폭주 따위는 충분히 섬멸하고도 남는다.

그렇지만 일단 산고와 코쿠요에게는 마을의 결계를 재점검하라고 재촉해 두었다. 경계를 게을리할 수는 없으니까.

〈주인님에게 알려야 할까?〉

〈아직 확실한 이야기는 아니다. 자세히 조사해 본 뒤에 말씀드려도 될 테지. 게다가 이 정도로 주인님을 성가시게 해서는 무능하다고 고백하는 것과 다름없지 않나.〉

게다가 어쩌면 코교쿠가 말한 수상한 상인 일단과도 무언가 관련이 있을지도 모른다. 냥타로 자식의 보고를 들은 다음에 판단해도 늦지 않겠지.

만약 그 녀석들이 무언가 일을 꾸미고 있다면 가차 없이 짓밟아 줄 생각이다.

이 나라를 해하려 하는 자는 우리가 용서하지 않는다. 그 사실을 철저하게 가르쳐 주마.

코쿠요 일행과 헤어지고 일단 성으로 돌아갔다. 상당히 배가 고팠다. 마침 점심시간이라 성의 주방을 빼꼼 들여다보았다.

"노랑줄무늬물고기 생선조림, 완성!"

"네! 이쪽도 완성했어요! 그쪽 접시는 먼저 음식을 담아 주세요!"

주방 안은 요리사로 넘쳐났고, 무서울 정도로 바빠 전쟁터를 방불케 했다. 진두에서 지휘를 하는 사람은 요리장인 클레아 님이시지만, 그 옆에서 주인님의 사모님이신 루 님도 분투하고 계셨다.

평소보다 바쁜 듯하군. 오오, 그러고 보니 오늘은 한 달에 한 번, 각국의 왕이 모여 회의를 하는 날이었던가?

아쉽게도 나는 주방 출입이 금지되어 있었다. 털이 손님의 음식에 들어가면 큰일이기 때문이다.

"아, 코하쿠? 점심 식사 말이지? 잠깐 기다려."

〈그래.〉

주방 입구에서 기다리자, 메이드 소녀인 레네 님이 말을 걸어 주었다.
그리고 잠시 기다리자, 양손에 한 접시씩 내 식사를 가지고 왔다. 한 손에는 루 님이 만드신 '오므라이스', 또 한 손에는 큼직하게 자른 다양한 고기와 생선, 거기에 더해 역시 큼직하게 자른 정육면체 모양의 치즈가 하나.
"발코니 쪽으로 갖다 주면 될까?"
〈그래. 그쪽으로 부탁한다.〉
레네 님은 식당 옆의 큰 방에 있는 발코니 쪽으로 내 식사를 가져다주었다.
날씨가 좋은 날에는 안뜰이나 발코니에서 식사를 할 때가 많다. 오늘은 왠지 모르게 발코니에서 먹고 싶었다. 맑은 날이라 발코니에서 식사를 하면 필시 기분이 상쾌할 테지.
〈음?〉
〈응?〉
발코니의 낮은 테이블에서 나와 같은 메뉴인 오므라이스를 열심히 먹는 녀석을 발견했다. 순식간에 상쾌했던 기분이 날아가 버렸다.
〈너도 식사인가, 코하쿠.〉
〈너도냐, 루리.〉
사파이어 같은 빛을 내는 파란 용. 아기 용 상태이지만, 주인님의 소환수이자 나와 같은 신수이기도 한 루리이다.
솔직히 이 녀석과는 마음이 잘 맞지 않는다. 비꼬는 말을 하고, 성격이 뒤틀려 있고, 어딘가 이치에 맞지 않는 소리를 해대니 말이다. 같이 식사를 하고 싶지는 않지만, 여기서 도망치는 것도 마음에 안 든다.

나는 아무 말 없이 루리의 정면에 앉아 눈앞에 놓인 오므라이스를 먹었다. 맛있다. 날이 갈수록 사모님의 요리는 더욱 맛있어졌다. 이것만으로도 주인님을 모시는 보람이 있다.

〈……조금 전에 코교쿠가 왔다.〉

〈음?〉

고개를 들고 오므라이스를 우물우물 씹으면서 루리 녀석이 말을 걸었다. 이쪽에도 코교쿠가 온 것인가.

루리 녀석은 성의 방어를 담당하고 있다. 성안을 순찰하며 하늘에서 수상한 자가 없는지 감시한다.

〈아무래도 수상한 녀석들이 마을 안에 숨어 있다는 모양이더군. 네 담당일 텐데. 직무 태만 아닌가?〉

〈아직 아무 일도 일어나지 않았다. 그런 점도 포함해 조사 중이다(냥타로가).〉

〈무슨 일이 일어나서는 이미 늦어. 잘 알 텐데? 설마 주인님을 번거롭게 할 생각은 아니겠지? 이 나라를 해하려는 자를 용서할 수는 없다.〉

〈네가 그런 말을 하지 않아도 잘 안다! 잠자코 밥이나 먹어라!〉

〈뭐라?! 걱정해 줬을 뿐 아니냐! 네가 얼빠진 짓을 할까 봐

서……! 으윽?!〉
〈닥쳐라! 너야말로……! 우욱?!〉
말다툼하려는데 나와 루리의 머리를 레네 님이 위에서 꽉 눌렀다. 앗, 뭐 하는 거냐?!
"자자, 거기까지~. 둘 다 그만해. 자꾸 그러면 나중에 토야 오빠한테 혼내 달라고 한다? 게다가 화내면서 먹으면 소화도 잘 안 돼."
〈앗, 그건……!〉
〈아니, 레네 님! 주인님에게만큼은!〉
으으으. 주인님은 나와 루리의 싸움을 금지했다. 가벼운 말싸움 정도는 아무 말 안 하시지만, 이보다 심해지면 벌을 받는다.
어떤 벌인가 하면…… 부르르……. 무서워서 도저히 입 밖으로 꺼낼 수 없다.
루리도 벌을 떠올렸는지 새파란 얼굴로…… 원래 새파랬던가. 떨고 있는 모습을 보니, 역시 벌을 받긴 싫은 듯했다.
우리는 아무 말 없이 오므라이스를 먹었다. 먼저 다 먹은 루리가 자리를 떠났다.
〈아무튼 애먹을 듯하면 말해라. 기꺼이 힘을 빌려주마.〉
〈흥. 빌릴 일은 없을 테지만, 일단 기억해 두마.〉
푸드득하고 날갯짓을 하며 루리가 발코니를 떠났다. 정말로 상대하기 만만치 않은 녀석이라면 루리의 힘을 빌려도 상관없다.

무엇보다 주인님을 귀찮게 하는 사태만큼은 벌어지지 않게 해야 한다.

나는 남은 오므라이스를 맹렬한 속도로 먹었다. 그리고 레네 님에게 입을 닦아 달라고 부탁한 뒤, 다시 마을 쪽으로 가 보았다.

냥타로 일행의 조사가 잘 진행되었으면 좋을 텐데…….

마을로 돌아가 보니 바로 고양이 한 마리가 나를 부르러 왔다. 아무래도 냥타로 녀석이 뭔가 정보를 알아낸 듯하다.

고양이의 안내를 받아 나는 모험자 길드 옆에 병설된 술집 뒷문으로 들어갔다. 그곳에는 냥타로뿐만 아니라 아토스, 아라미스, 포르토스까지 고양이 기사 세 마리와 그 부하인 고양이가 열 마리 정도 모여 있었는데, 내가 모습을 드러내자 모두 그 자리에 납작 엎드렸다.

〈이제 됐다. 그래, 알아낸 것이라도 있나?〉

"넷. 그 수상한 상인 일행은 숙소 '은월'에 머물지 않고 마을 외곽에 있는 숙소인 '숲의 풍금정(風琴亭)'에 묵었습니다."

고양이 기사 세 마리 중 한 마리인 아토스가 일어서 나에게 보고했다.

흐음. 이상하지는 않지만 조금 마음에 걸리는군. '숲의 풍금정' 도 나쁘지 않은 숙소긴 하지만, 보통 상인은 '은월' 에 묵는다. 마을 중심에 있고 다른 상인들과 교류도 할 수 있으니까.

게다가 그곳은 반쯤 국영이라 기사들의 출입도 많다. 그곳만큼 안전한 숙소는 없다. 그런데 모험자가 많이 묵는 '숲의 풍금정' 에 묵는 이유가 뭐지? 돈을 절약하기 위해서인가? 내 눈에는 기사들과의 접촉을 피하려는 것으로밖에 보이지 않는다.

"계속 감시를 해 보니 상인은 물론 호위인 모험자도 일절 밖으로 나오고 있지 않습니다. 자고 있을지도 모르긴 합니다만."

〈모험자도? 기껏 들렀으니 길드에 인사 정도는 하지 않을까 하는데.〉

"짐 마차에 실은 물건을 확인해 보니, 장작과 함께 역시 '사향목' 이 숨겨져 있었습니다. 코쿠요 님 일행이 주운 사향목은 그 짐마차에서 떨어진 것이겠지요. 양이 상당히 많아서 만약 마을 안에서 사향목을 태우면 높은 확률로 집단 폭주가 일어날 겁니다. 결계가 있으니 마을 안으로 마수는 침입할 수 없겠지만, 토벌할 때까지 사람들이 출입할 수 없게 됩니다."

흐음. 그것만으로도 큰 타격이다. 상인들이 여행을 떠날 수도 들를 수도 없게 되어 유통이 멈추고 만다. 모험자들에게는 토벌로 돈을 벌 수 있는 둘도 없는 기회일지도 모르지만, 그냥 두고 볼 수는 없다.

"아마 결행은 오늘 밤이 아닐까냥. 인기척이 없는 곳에서 '사향목' 을 태우고 밤을 틈타 마을을 탈출하려는 심산이다냥."

내 생각도 냥타로와 같았다. 대낮에 마을 안에서 불을 피우면 금방 발각된다. 게다가 '사향목' 은 냄새가 강하니 더욱 발각되기 쉽다. 밤에 사람이 별로 없을 때……. 그래, 상점가라면 발각되기 힘들다.

〈그 녀석들의 정체는 밝혀졌나?〉

"네. 엿들은 이야기를 종합해 보면, 산드라의 노예 상인이었던 자들인 모양입니다. 아무래도 주인님에게 앙갚음하려는 게 아닌가 합니다."

산드라……. 아, 주인님이 멸망시킨 노예 국가인가. 대수해와 근접해 있는 그 나라의 상인이라면 '사향목' 도 쉽게 손에 넣을 수 있을지 모른다.

대략 보아하니, 노예를 빼앗겨 폐업할 수밖에 없게 되자 앙심을 품은 것이군. 자신의 나라를 멸망시킨 상대에게 이런 식으로 도전하다니, 어이가 없어 말도 안 나온다.

마을 하나 정도의 작은 나라라고 얕본 모양이구나. 그렇게 생각이 얕으니 나라가 멸망하지. 멍청한 것들.

〈그럼 계속해서 녀석들을 감시해라. 무언가 행동을 일으키면 바로 알리도록.〉

"넷."

이대로 아무 짓도 하지 않고 떠난다면 '사향목' 을 빼앗는 정도로 눈감아 주지. 하지만 행동을 일으켜 이 나라에 해를 입히려 한다면 가만두지 않겠다.

철저하게 후회해라.

밤.

심야가 지났을 무렵, 심부름꾼인 고양이가 다가왔다.

〈움직였나?〉

바보 같은 녀석들. 그 어리석음을 뼈저리게 느끼도록 해 주마.

밤을 틈타 그림자가 움직였다.

퇴물 모험자로밖에 보이지 않는 남자들이 사람이 적은 거리를 노리고 나아간다. 그 두 사람의 손에는 각각 말라비틀어진 작은 나뭇가지가 들려 있었다.

한 사람이 어떤 가게의 뒤쪽에서 웅크리더니 손에 들고 있던 마른 나무를 작은 해머로 산산조각냈다.

고용주의 이야기로는 잘게 부숴야 불이 더 잘 붙는다고 한다. 기껏 불을 지폈는데 꺼져서는 아무런 의미가 없다.

한 사람이 망을 보고 다른 한 사람이 작업을 계속했다. 갑자기 파스락거리며 잎이 쓸리는 소리가 들려 남자 두 명은 움찔하며 움직임을 멈췄다.

"야~옹……."

근처의 수풀에서 검은 고양이 한 마리가 얼굴을 내밀었다.

"뭐, 뭐야. 고양이인가……."

"고양이 따위에 쫄지 마. 어서 불을 붙여."

"그, 그래. 알았다."

재촉을 받은 남자가 다급히 불을 붙이려고 했다. 그런데 또 파스락하며 나뭇잎이 쓸리는 소리가 나서 움직임을 멈추고 말았다.

"야~옹."

"큭, 또 고양이인가. 정말이지, 이 마을엔 고양이가 너무 많아……!"

"이, 이봐……. 뭔가 이상하지 않나?"

불을 붙이려고 했던 남자가 일어섰다. 뭔가 이상했다. 사람이 한 명도 없는데 많은 기척이 느껴졌다.

"야~옹."

"야~옹."

"야오~옹."

"야오오오~옹."

어둠에 떠올라 있는 수많은 눈. 나무 그늘에서, 집의 그늘에서, 나무 위에서, 지붕 위에서, 담장 위에서.

검은색, 흰색, 얼룩, 줄무늬, 삼색 등 다양한 털 모양을 자랑하는 고양이가 남자들을 바라보았다.

"이, 이건 뭐지? 이 고양이들은 대체……?!"

"기분 나빠……!"

〈네놈들에게 한 가지 질문하겠다.〉

갑자기 들려온 목소리에 남자들이 허리에서 검을 빼냈다. 당황해 주변을 둘러봤지만 사람 그림자는 찾아볼 수 없었다. 대체 어디에서? 누구의 목소리지?

〈손에 든 나뭇가지가 어떠한 것인지 알고 그딴 짓을 하는 것인가?〉

"어, 어디냐?! 이리 나와라!"

달빛 아래에서 무리 지어 있는 고양이들이 좌우로 나뉘자, 그 사이에서 흰 줄무늬 고양이 한 마리가 앞으로 나섰다.

아무리 봐도 새끼 고양이였다. 하지만 남자들은 그 새끼 고양이를 보고 마치 드래곤이라도 마주친 것 같은 엄청난 공포를 느꼈다.

〈대답하지 않겠다는 건가……. 그렇다면 좋다. 투옥되어 크게 후회하거라.〉

""고양이가 말했어?!""

〈나는 고양이가 아니다. 이 멍청이들아!〉

퍼엉, 하는 소리와 함께 흰 연기가 피어오르며 새끼 고양이가 사라졌나 싶더니, 갑자기 커다란 백호가 나타나 남자들을 노려보았다. 소리가 채 되지 못한 비명이 밤하늘에 울려 퍼졌다.

〈내 이름은 코하쿠. 브륀힐드 공국의 국왕이신 모치즈키 토야 님의 종이자, 신수 중 하나. 이 나라의 수호수이다.〉

"아, 아, 아니……?!"

〈가라.〉

""""후냐~~~~앙!""""

100마리가 넘는 고양이가 일제히 달려들었다. 검을 휘두를 새도 없이 남자들은 물리고 할퀴여 땅에 쓰러졌다.

그 순간을 노리고 지붕에서 뛰어내린 고양이 기사의 레이피어가 번뜩였다.

"호잇. 이것으로 끝이다냥!"

"크아악?!"

"컥……?!"

【패럴라이즈】가 부여된 레이피어의 일격을 받고 두 남자는 움직임을 멈췄다.

쓰러진 남자들에게서 고양이들이 떨어지더니 어둠 속으로 사라졌다. 인기척이 없는 뒷골목에서 무수히 많은 발소리가 들렸기 때문이다. 그곳에 남은 존재는 흰 호랑이와 고양이 기사뿐.

"코하쿠 님! 냥타로 님!"

"나는 달타냥이라고 몇 번을 말하냥, 냥?!"

다가온 기사단 대장인 란츠에게 냥타로가 화를 내며 발을 굴렀다. 코하쿠가 노려보자마자 바로 진정됐지만.

"코하쿠 님. 이 녀석들입니까?"

〈그래. '사향목' 이라고 해서, 마수를 미치게 하여 폭주시키는 향목을 이 마을에서 사용하려고 했다. 이 녀석들 외의 동료들이 마을에 퍼져 있지만, 그쪽은 고양이 기사가 순찰하고 있으니 걱정하지 않아도 된다. 이제부터 수괴인 상인을 붙잡으러 갈 테니 동행을 부탁한다.〉

"넷! 좋아. 1조는 이 녀석들을 지하 감옥으로 끌고 가라! 2조는 다른 현장으로, 3조는 나와 상인을 붙잡으러 가자!"

남자 두 사람이 질질 끌리듯이 연행되었다. 포옹, 하고 다시 새끼 고양이 상태로 돌아간 코하쿠가 그 자리에 있던 기사들에게 호령을 내렸다.

〈그럼 가자. 브륀힐드의 수호자들이여. 이 나라에 해악을 끼치려는 자를 나는 용서할 수 없다! 반드시 붙잡아 속죄하게 하자!〉

""""오오오!""""

코하쿠가 이끄는 기사단이 한밤중의 길을 달려갔다.

그리고 잠시 뒤, 산드라의 옛 노예 상인을 비롯한 모두가 체포되어 다시 조용한 밤이 찾아왔다.

◇ ◇ ◇

나는 호랑이다. 이름은 코하쿠. 왕의 옆을 지키는 고귀한 흰 호랑이라는 의미다. (사실은 달라요.)

으음. 너무 오래 잔 건가. 너무 밤늦게 자지 말라고 주인님에게 한마디 들었는데 이런 추태를 보이다니. 또 루리 같은 녀석이 끝도 없이 설교해 대겠군.

나는 안뜰의 분수에 있는 흐르는 물에 얼굴을 넣고 앞발로 문질러 세수를 했다. 눈곱이 붙은 얼굴로 주인님 앞에 나설 수는 없다. 으음. 잠도 깼다.

식당으로 가 보니 오늘은 웬일로 주인님과 사모님들이 모두 모여 계셨다. 다들 바쁘다 보니 저녁이라면 몰라도 아침 식사 시간에는 모두 모여 있는 모습을 좀처럼 보기 힘들다.

〈안녕하십니까, 주인님. 사모님 여러분.〉

"안녕, 코하쿠."

주인님에 이어 사모님들도 아침 인사를 해 주셨다. 으음. 모두 건강해 보이시니 참으로 다행이다.

메이드인 레네 님이 식당 테이블 옆에 있는 더욱 작은 테이블에 내 식사를 놓아 주었다. 호오. 아침부터 '로스트비프'라니, 참 고마운 일이다. 아침은 심플한 편이 더 좋다.

그럼 잘 먹겠습니다…….

"아참. 코하쿠. 어제는 대활약했다며?"

바로 '로스트비프' 덩어리를 물어뜯으려 했던 나에게 주인님이 말을 걸었다.

〈네? 아, 아아, 네에. 이 마을에 나쁜 짓을 하려는 녀석들이 있어 혼내 주었습니다. 모두 체포해 지하 감옥에 처넣었습니다만.〉

〈그렇구나. 고마워. 역시 코하쿠는 듬직해. 앞으로도 잘 부탁할게.〉

그렇게 말하며 주인님이 내 머리를 쓰다듬어 주었다. 마찬가지로 사모님들도 '대단해, 훌륭해' 라고 하며 머리를 쓰다듬었다.

……누가 너무 오래 쓰다듬는 것을 싫어하는 나지만, 주인님과 사모님들이 쓰다듬어 주시면 어째서인지 마음이 안정된다.

흐음. 나로서는 사명을 완수했을 뿐이지만……. 이렇게 칭찬을 받으니 기분이 좋군. 나쁘지 않아.

그렇지. 냥타로 일행과 마을의 고양이들에게도 내가 수고했다는 말을 건네줘야 하겠구나. 그리고 고양이들에게 맛있는 음식이라도 제공하라고 기사단에 부탁해 둘까. 흐음, 기뻐해 주면 좋을 텐데.

그렇게 오늘의 일정을 세우며, 나는 이번에야말로 맛있어 보이는 '로스트비프' 를 덥석 입에 물었다.

제1장 이그리트의 사자(使者)

"【빛이여 꿰뚫어라, 성스러운 빛의 창, 샤이닝 재블린】."

빛의 창이 활시위에서 발사된 화살처럼 일직선으로 표적을 향해 날아갔다.

타깃으로 설치한 돌로 만든 킹에이프가 꿰뚫려 산산조각 났다.

그대로 술식에 마력을 연결시킨 듯, 주문을 외우지 않고 날린【샤이닝 재블린】이 잇달아 킹에이프 석상을 부쉈다.

준비해 둔 10개의 석상이 전부 산산조각이 나기까지는 그다지 긴 시간이 걸리지 않았다.

"어떤가. 아주 빼어나지?"

"응, 아주 잘했어. 열심히 노력했구나, 스우."

나는 에헴, 하고 가슴을 펴는 스우의 머리를 쓰다듬어 주었다. 11살인데 이렇게까지 제대로 사용하다니, 실력이 꽤 좋다.

스우는 빛 속성을 지녔다. 빛 속성 마법은 기본적으로 신성 마법이라고 불리는 것으로도 알 수 있듯, 회복 마법이나 정화 마법, 방어 마법에 적합하다.

하지만 공격 마법이 없지는 않다. 조금 전의【샤이닝 재블린】이나【라이트 애로우】,【스타 블라이트】등, 적을 쓰러뜨리는 마법도 존재한다.

스우는 린제나 린에게 빛 마법을 배웠는데, 어느새 이렇게까지 능숙하게 구사할 만큼 발전했다.

그에 더해 체술은 야에와 메이드인 라피스 씨, 나이프 등의 투척 기술은 역시 메이드인 세실 씨에게 배우는 등, 스펀지가 물을 흡수하듯이 그러한 기술을 자신의 것으로 만들어 갔다.

이제는 웬만한 모험자보다도 강하지 않을까?

나의 권속화 덕이 있다고는 해도, 원래 재능이 있어서 그런 거겠지?

"하나, 아직 멀었어. 토야의 색시로서 부끄럽지 않은 사람이 되고 싶네. 더, 더 강해져 이 나라를 지킬 생각이야!"

스우가 기쁜 표정으로 그렇게 말했다. 나는 스우에게 시선을 맞추며 그 작은 손을 잡아 주었다.

"고마워. 하지만 무리해선 안 돼. 강하든 약하든, 그런 건 아무래도 좋아. 나에게는 있는 그대로의 스우가 소중하니까."

"무리는 안 하네. 나도 토야가 소중하지. 그래서 노력하는 게야. 토야도 나에게 더 응석을 부리게."

그렇게 말하며 내 목에 손을 두르고 스우가 꼬옥 안겨들었다. 응석을 부리라는 말을 들어도 그건 좀. 상당히 허들이 높아.

나는 쓴웃음을 지으며 꼬옥 작은 약혼자를 안아주었다.

"그런데 토야."

"응~?"

"또 여자가 늘었다는 게 사실인가?"

"퓹?!"

잠깐. 무슨 말씀하시는 거예요, 스우 씨?!

"바빌론에 새로운 여자가 들어왔지 않은가? 셰스카한테 들었네. 개를 데리고 다니는 안경 쓴 여자라던데."

"아냐! 그 사람은 그런 사람 아냐! 그냥 기술 스태프야!!"

그 에로 바보 메이드, 왜 이상한 소릴 하고 그래?!

스우는 손을 놓고 팔짱을 끼며 작게 한숨을 내쉬었다. 뭡니까, 그 못 말린다는 듯, 어이없어하는 포즈는……. 대체 어디서 배웠어요?

"아버지가 그러시길 토야는 여난상이 있다더군. 그러니 이상한 여자가 들러붙지 않게 항상 감시하라고 하셨네."

"그러니까 아니래도!"

공작 그 아저씨, 딸한테 이상한 걸 가르치면 어쩌잔 거야?! 뭐가 여난상……이야. 없어, 그런 건 없다, 니, 까?

되돌아보면 꼭 틀린 말도…… 아니아니아니, 없어, 없어. 그래, 없다고. 없겠지. 없다고 생각하고 싶어. 없는 셈 치자.

잠시 내 변명과 스우의 설교가 이어졌지만, 간신히 스우가 이해해 준 모양이었다.

"역시 토야한테는 내가 없으면 안 되겠구먼."

"예이예이……."

기분이 좋아 보이는 스우와 손을 잡고 성으로 돌아갔다. 어제까지 매일같이 몰아친 폭풍우가 사실은 환상이 아닐까 할 만큼 쾌청한 하늘이 끝없이 이어져 있었다.

정령들에게 부탁하면 폭풍과 태풍이 접근하지 못하게 막을 수도 있지만, 웬만한 규모가 아닌 이상에야 그런 건 자연 그대로 놔두고 있다.

"그러고 보니 에렌 씨는 건강하셔?"

"그래. 이제는 배가 아주 불렀다네. 나는 역시 남동생이었으면 하는구먼."

스우의 어머니인 에렌 씨는 현재 임신 중이다. 그런 일도 스우가 마법 수행을 열심히 노력하는 원인 중 하나일지도 모른다.

스우는 벨파스트 성 아래의 무료 치료원에도 찾아가 다친 사람을 치료해 주곤 한다. 참 다정한 아이이다.

조금 세상 물정을 모르는 고집쟁이인 면도 있지만.

"……토야, 이상한 것이 보이네."

"응?"

문득 멈춰 선 스우가 성 쪽의 하늘을 가리켰다.

무언가가 이쪽을 향해 날아왔다. 쌀알만큼이나 작아서 잘 안 보였지만…….

"새인가?"

"【롱센스】."

무속성 마법【롱센스】로 시야만을 확대했다.
날아오고 있는 물체는 확실히 새였다. 하지만 평범한 새가 아니었다. 놀랍게도 인간이 그 위에 타고 있었다.
커다란 새였다. 거조(巨鳥)다. 아니, 거수(巨獸)잖아, 저건. 게다가 세 마리나 된다.
마을을 습격하는가 싶었는데, 새들은 그 코스를 벗어나 북쪽 평야 쪽으로 날아가 그곳에 착지했다.
"참 큰 새들이구먼."
"가 보자."
【텔레포트】를 사용해 성의 북쪽에 있는 평야로 전이했다. 평야의 언덕 위에 세 마리의 거조와 남녀 세 명이 서 있었다.
남자가 두 명, 여자가 한 명. 세 사람은 민족의상 같은 차림이었다. 수해(樹海)의 민족과 비슷했지만, 조금 다른 느낌도 들었다.
머리와 어깨에 새의 날개를 가득 배합한 모양이라, 지구로 말할 것 같으면 아즈텍 주변의 민족의상과 비슷했다. 네이티브 아메리칸도 섞여 있으려나? 바지도 입고 있으니까.
피부가 적갈색인데, 어느 나라에서 온 거지? 설마 또 뒤쪽 세계와 연결됐다거나 그런 건가?
"폐하!"
거리를 유지하며 상대가 어떻게 나오는지 확인하는데, 성 쪽에서 부단장인 니콜라 씨와 몇 명의 기사들이 다가왔다. 거조를 보고 온 거구나.

니콜라 씨 일행이 우리 뒤에 도착하기를 기다린 다음, 나는 세 사람에게 말을 걸었다.

"여러분은 누구시죠? 무슨 일로 우리 나라에 오셨나요?"

"우리는 이곳의 남서쪽에 있는 이그리트 왕국의 사자다! 이 나라의 왕에게 우리 나라의 왕이 보낸 서간을 전달하러 왔다!"

세 사람 중 한 명으로, 가장 키가 크고 머리에 흰 깃털을 장식한 남자가 큰 목소리로 외쳤다.

이그리트 왕국은 브륀힐드에서 남서쪽에 있는 섬나라로, 미스미드와 벨파스트를 넘어선 곳의 바다에 위치한다.

이그리트 민족은 수해의 일부 부족이 바다를 건너가 정착한 사람들이라고 한다. 확실히 어딘가 닮은 것 같긴 한데…….

딱 한 번, 나도 가 본 적이 있다. 분명히 바빌론의 '연구소'를 찾으러 갔을 때였다. 안내해 준 해룡의 거처에 상륙했을 뿐이지만.

살기 편한 남쪽의 낙원 같은 나라 이그리트. 그런 곳에서 일부러 뭘 전달하러 온 것일까.

나는 거조 아래에서 걸어오는 세 사람 앞으로 걸음을 내디뎠다.

"이야기는 알겠습니다. 서간을 받지요. 제가 이 나라, 브륀힐드 공국의 공왕인 모치즈키 토야입니다."

그렇게 이름을 밝히자 세 사람 모두 깜짝 놀라며 얼굴을 마주 보더니 무릎을 꿇고 손에 들고 있던 서간을 건네주었다.

뭐냐~. 아직 관록이 느껴지지 않는 건가? 이런 젊은 사람이 국왕일 리 없다는 말인가? 파르프 왕국은 국왕이 10살이야. 그에 비하면 나은 편이잖아. ……수염이라도 길러 봐? 안 어울릴 것 같지만.

나는 금속제 통을 졸업증서를 넣는 통을 열듯이 뽀옹 연 다음, 둥그렇게 말린 봉랍된 편지를 꺼냈다.

어~. 어디 보자……. 음, 이건…….

"무슨 말이 적혀 있는고?"

"음, 간단히 말하자면 구원 의뢰야."

이그리트 왕국은 최근 며칠간 폭풍우를 만나 큰 피해를 본 모양이었다. 작물은 홍수로 떠내려갔고, 대형선은 한 척도 남지 않고 대파되었으며 비축해 둔 식량 창고도 완전히 망가졌다고 한다. 또한, 사망자는 많지 않았지만 부상자는 많이 발생한 듯하다.

특히 식량이 부족한지, 국교를 맺고 있는 벨파스트, 미스미드, 리프리스에게 도움을 요청하려고 해도 배도 없고, 식량을 운반하려면 시간이 오래 걸려 문제였다.

그래서 나에게 도움을 청하고자 이그리트에서 거조를 타고 찾아온 참이었다.

솔직히 말하면 브륀힐드는 많은 식량을 지원할 수 없었다.

나라 자체도 작고, 이렇게 말하면 너무 노골적이지만 우리가 쓸 식량 역시 중요했다.

하지만 세계 동맹인 나라들에 요청해, 아주 조금씩이라도 식량을 갹출해 그걸 모아 이그리트로 전이해 주는 것 정도는 가능하다. 내가 전이 마법이나 공간 마법의 사용자라는 사실은 이미 잘 알려졌을 테니, 아마 그런 도움을 받고자 날 찾아왔으리라 생각한다.

다른 나라들도 각자의 사정이 있을 테니 지금 당장 어떻게 해 줄 수는 없지만, 아마 지원을 받을 수는 있으리라 생각한다.

"일단 누군가 성으로 같이 가 주실 수 있을까요? 다른 나라에는 제가 연락하죠. 식량 문제는 조금 시간이 걸릴 테지만……. 아, 그 새들은 그대로 두세요."

"알겠습니다."

흰 깃털 장식을 한 청년과 붉은 깃털 장식을 한 여성이 이쪽으로 다가왔다. 갈색 깃털 장식을 한 청년은 새들과 이곳에 남는 모양이다.

이 새는 루프 새라고 해서, 역시 마수가 거수화한 동물인 듯했다. 그 루프 새를 길들인 일족이 바로 이 루프족이라는 모양이었다.

그렇다고는 해도 이 세 마리를 포함해 다섯 마리밖에 없다는 모양이지만.

세 사람 중 리더인 흰 깃털 장식을 한 청년이 토토라 루프. 붉은 깃털 장식을 한 여성이 리리카라 루프. 두 사람은 남매다. 마지막으로 갈색 깃털 장식을 한 청년이 로차 루프. 역시 루프라는 성이었지만 형제는 아니고, 그 사람은 사촌인 듯했다.

스우가 루프 새에 타고 싶어 했지만 상황이 상황이라 말렸다. 위험하기도 하니까.

스우가 내 약혼자라고 설명해 주자, 토토라와 리리카라 남매는 또 눈을 휘둥그렇게 뜨며 깜짝 놀랐다.

다른 나라들의 대표자들과 연락하여 어느 정도는 식량 지원 계획이 세울 수 있었지만 그것만으로는 부족했다.

빨리 이그리트가 독자적으로 식량을 확보할 수 있도록 도와야 한다. 주된 산업이 어업이니, 확실히 배가 없으면 힘이 들겠다 싶었다.

그럼 바빌론의 '공방'에서 배를 양산할까? 물론 그만큼 대금은 받을 생각이지만.

그런데 그것만으로는 문제가 해결되지 않는 듯했다.

"배가 있어도 지금은 어업을 할 수 없습니다. 텐터클러가 버티고 있기 때문입니다."

"텐터클러? ……아, 대왕오징어 같은 바다의 마수였던가?"

지구의 대왕오징어는 세계 최대급의 무척추동물로, 몸길이가 18미터나 되는 개체도 있다고 하는데, 텐터클러는 그걸 훌쩍 뛰어넘는 크기를 자랑하는 마수라고 한다. 모험자 길드에 있던 세계 마수 사전에서 이전에 읽은 적이 있다.

여하튼, 다리를 이용해 대형선을 바닷속으로 끌고 들어갈 정도라고 한다. 그런데도 거수화가 된 건 아니라고 하니 정말 엄청나다.

내가 이전에 소환한 크라켄과 비슷하지만 사실은 다른 마수라는 모양이다.

"하지만 이그리트에는 분명히 해룡이 있었을 텐데요?"

이그리트의 수호신이라고 해도 좋을 해룡 시 서펜트. 이그리트의 근해에 살며 이그리트 국민을 지켜주는 다정한 용. 루리의 권속으로 나도 한 번뿐이지만 만난 적이 있다.

그 녀석이라면 텐터클러인가 뭔가의 횡포를 그냥 두고 보지는 않을 텐데?

"해룡은 텐터클러와 싸웠지만, 패배한 채 어디론가 모습을 감추었습니다. 죽지는 않았으리라 생각합니다만……."

어이쿠……. 해룡을 이겼다고? 그 해룡을 이기다니, 텐터클러는 어지간히도 큰가 보네?

……그 녀석을 먹을 수 없을까? 식량 부족 해결에 보탬이 될

지도 모른다. 오징어처럼 말려서 보존식으로 만든다든가.

그런 말을 가만히 중얼거렸더니, 엄청나게 불쾌한 표정을 지었다. 어라? 이그리트에서는 어업을 주로 하면서도 오징어는 안 먹는 건가?

문화가 다르구나. 억지로 먹으라고 할 생각은 아예 없고, 맛있을지 어떨지도 확실하지 않기는 하지만.

이러는 나도 실은 오징어를 싫어한다. 못 먹는 건 아니지만, 그 흐늘거리는 식감이 영~. 삶거나 구운 녀석의 탄력 있는 식감도 별로 안 좋아해서, 딱딱한 말린 오징어 아니면 그다지 나서서 먹지 않는다.

아무튼, 일단은 이그리트 왕국으로 가 볼까?

물속에서 오징어와 싸우는 것만큼은 최대한 피하고 싶지만…….

토토라에게서 【리콜】로 이그리트의 왕도인 레트라반바의 기억을 받은 뒤 【게이트】를 열어 전이하려고 했는데, 갑자기 스우도 따라오겠다고 말을 꺼냈다.

"항상 나는 집에 남아 있어 심심해. 이번에는 데려가게. 가끔은 색시의 고집을 들어주는 것도 남편의 역할 아닌가."

놀러 가는 게 아닌데……. 스우가 그런 말을 꺼내자 다른 모두도 손을 들고 동행하겠다고 나서기 시작했다.

역시 약혼자들을 줄줄이 데리고 다른 나라 임금님을 만나려니 부끄러웠다. 어떻게든 모두를 얼러서 두 명만 더 데리고 가기로 결정했다. 세 명도 많은 편이지만…….

이렇게 해서 남은 8명이 가위바위보로 승부를 내기 시작했다.

가위바위보에 열을 내는 내 약혼자들을 보고 루프 남매가 입을 떡 벌렸다. 우와, 그 마음 알아. 그래도 가능하면 딴지를 걸지 말아 주세요.

"해냈어요!"

"승리. 브이."

결국 승리한 사람은 린제와 사쿠라였다.

패배한 다른 모두는 나에게 선물을 사오라고 요구했다. 참, 놀러 가는 거 아니라니까.

남쪽의 낙원 같은 나라니, 바캉스를 보내러 가는 거였다면 최고였겠지만.

일단 산호와 코쿠요도 데리고 가자. 물속에서 싸우고 싶지는 않지만, 만약을 위해서.

"그런데 그 텐터클러는 얼마나 커요?"

"모릅니다. 바다에서 머리와 촉완만 밖으로 내놓기 때문입니다. 하지만 해룡과 비슷한 크기였다는 이야기도 있습니다."

그렇다면 15미터 이상은 확실하다는 건가?

어떻게 쓰러뜨리지?【게이트】를 통해 지상으로 전이시키면 바닷물까지 전이시키게 되니, 자칫하다간 2차 피해가 발생한다.

프레임 기어로 오징어 낚시라든가……? 역시 안 되려나? 낚싯대도 없고. 아니, 낚싯줄은 【모델링】으로 오레이칼코스를 가공해서 와이어 모양으로 만들면…….

응? 그런데 오징어는 어떻게 낚지?

뭔가 힌트를 얻을 수 있을지도 몰라, 나는 스마트폰을 사용해 인터넷으로 오징어 낚시를 조사해 보기 시작했다.

이그리트 왕국은 두 개의 섬으로 이루어져 있다. 남북으로 긴 이그랜드섬과 그 3분의 1 정도 되는 마를렛섬이다.

그 작은 쪽의 섬, 마를렛섬에 나와 스우, 린제, 사쿠라 그리고 코쿠요와 산고까지 네 명과 두 마리가 발을 내디뎠다.

루프족 세 사람은 한발 먼저 내가 연 【게이트】를 통해 이그랜드섬의 왕도인 레트라반바로 갔다. 우리가 이 섬에 온 이유는 거대 오징어 마수인 텐터클러에게 진 해룡이 어떻게 됐을지 걱정이 되어서였다.

해룡의 잠자리인 동굴 안은 바빌론 '연구소'의 전이 게이트와 연결되어 있다. 그곳으로 전이해 여전히 비밀 기지 같은 동굴을 빠져나가 보니 확 트인 장소가 나왔다. 거긴 마치 작은 지저(地底) 호수 같았다.

"토야 씨, 저건……."

같이 온 린제가 지저 호수의 안쪽을 가리켰다. 그곳에는 상처투성이의 몸을 눕히고 있던 해룡의 모습이 보였다.

상반신(?)만을 지면에 눕히고 남은 몸을 해수면 안으로 담근 모습이었다. 아름다웠던 사파이어블루 비늘은 군데군데 벗겨졌고, 피가 눌어붙어 있었다.

끊어질 듯이 숨을 쉬던 해룡은 살짝 열린 눈으로 내 모습을 포착했다. 나는 움직이려고 하는 해룡의 몸에 손을 댔다. 기다려, 지금 내가 치료해 줄 테니까.

"【빛이여 오너라, 여신의 치유, 메가힐】."

빛의 파동이 해룡을 감싸자 상처투성이였던 몸이 보면 볼수록 회복되어 갔다. 비늘도 원래대로 사파이어블루의 반짝임을 되찾았다.

"이제 괜찮아?"

〈네. 감사합니다. 루리 님의 주인이신 모치즈키 토야 님. 아주 꼴사나운 모습을 보여 드리고 말았군요.〉

"대강의 얘기는 이그리트 사람에게 들었어. 텐터클러인가 하는 녀석과 싸웠다고?"

〈네. 무례하게도 그 녀석들이 저의 영역에 침입하여서……. 녀석들의 무시무시한 촉완은 제 몸의 뼈를 부서뜨릴 정도였습니다.〉

으~음. 용의 뼈를 부서뜨리다니, 보통이 아냐. 텐터클러는 겉보기에 오징어에 가까운 모습이었지만, 문어 같은 요소도 포함되어 있을지도 모른다. 분명히 문어는 몸의 90퍼센트가 근육이었지?

게다가 바다에 사는 무척추동물 중에 오징어는 헤엄치는 속도가 가장 빠르다고 한다. 제트 추진…… 물을 가두어 내뿜는 힘으로 최대 시속이 40킬로미터에 가깝게 나온다는 모양이다.

의외로 터무니없는 괴물일지도 모른다.

"그 괴물 퇴치도 부탁을 받았으니 너는 조금 쉬고 있어. 처리가 끝난 후에는 또 이그리트를 지켜주고."

〈두터운 온정, 진심으로 감사합니다…….〉

해룡이 들어 올렸던 고개를 숙였다. 여전히 인간 냄새가 나는 용이다.

하지만 신경 쓰이는 점이 하나 있었다.

"조금 전에 '그 녀석들' 이라고 했는데, 텐터클러는 한 마리가 아니었어?"

〈네, 여러 마리입니다. 저는 두 마리와 싸우다 세 마리째가 나타난 시점에 도망쳤으니, 확실한 숫자는 모릅니다만…….〉

그렇다면 최소한 세 마리는 있다는 거잖아……. 이거, 한바탕 고생 좀 하겠는걸?

가라앉은 마음을 전환하며 해룡에게 작별을 고하고, 우리는 토토라에게 전달받은 기억을 더듬으며 【게이트】를 열어 레트라반바로 전이했다.

◇ ◇ ◇

"이곳이 이그리트의 왕도, 레트라반바인가. 참 아름답고 깨끗한 곳이구먼."

스우의 말대로 레트라반바는 해안선 근처의 언덕 위에 있는데, 그곳 아래로는 야자 같은 나무가 늘어선 흰 모래사장에 에메랄드그린의 바다가 펼쳐져 있는 풍경이라, 마치 남쪽 나라의 리조트에 온 기분이었다.

마을 안에는 녹색 잔디가 펼쳐져 있었고, 색이 화려한 새들이 하늘을 날고 있었다. 거리에서는 돌로 만든 건물이 많이 보였고, 멀리서는 높은 탑과 신전도 보였다. 그리고 고대 아즈텍 문명이 남긴 피라미드 같은 것도 있었다.

멀리 있는 산들은 녹음이 푸르렀고, 하늘은 푸르고, 바다도 푸르렀다. 수천일벽(水天一碧)이란 그야말로 이걸 말하는 것이 아닐까?

하지만 자세히 보니, 야자 같은 나무는 부러진 흔적이 있었고, 건물도 무너진 집이 몇 채인가 있었다. 지난번의 폭풍으로 인한 피해인가. 역시 대미지가 큰 모양이었다.

레트라반바의 중앙부에 커다란 건물이 있는데, 저게 이곳의 성인가? 일단 그곳으로 가려고 도시의 거리를 걸어 보았다.

"마을 사람들이 어딘가 힘이 없어 보여, 요."

"식량이 부족하다는 모양이니까. 바다에는 텐터클러가 있고, 산은 산사태가 일어날 우려가 커서……."

린제의 말을 들을 것도 없이, 나도 낙담한 이그리트 왕국 사람들을 직접 눈으로 확인할 수 있었다.

모든 마을이 그렇지는 않겠지만, 역시 나라의 피해는 매우 큰 듯했다.

왕도는 그렇게 심한 편이 아니었지만, 산간부나 북부의 어항(漁港) 도시 등은 괴멸적인 피해를 보았다고 한다. 산사태나 강의 범람으로 교통도 막혔을 테고. 대형선이 있으면 어떻게든 해 볼 수 있겠지만……. 아, 텐터클러 때문에 안 되나.

문득 보니 맞은편에서 마차가 다가오는 중이었다. 아니, 마차라는 표현은 올바르지 않을지도 모른다. 그 차체를 끌고 있는 동물은 말이 아니라 새였으니까. 타조처럼 생긴 새인데, 타조보다도 목과 머리가 더 두껍고 컸다.

그 마차(일단 그렇게 부르기로 했다)가 우리의 눈앞에서 멈췄다. 이두 마차로, 지붕이 없는 4륜 마차의 마부석에서는 루프 남매의 여동생 쪽인 리리카라가 고삐를 쥐고 있었다.

"맞이하러 왔습니다. 성에서 저희의 왕이 기다리고 계십니다."

맞이하러 와 준 거구나. 고맙게도.

그런데 우리가 마차에 타려고 하는 순간, 모래사장 쪽에서 비명이 들려 많은 사람들이 술렁이기 시작했다.

절벽 위에 설치된 철책에서 아래를 보니, 바다에서 거대한 오징어처럼 생긴 마수가 고개를 내밀고 촉완을 뻗어 사람들을 습격하고 있었다.

저 녀석들, 지상까지 기어 올라올 수 있단 말이야?!

뻗어 나온 촉완이 남성 한 명을 휘감아 들어 올렸다. 텐터클러는 육식으로 돌고래나 상어 등을 포식하는데, 가끔은 인간마저도 먹는다.

"【물이여 오너라, 맑고 차가운 칼날, 아쿠아 커터】."

사쿠라가 날린 물의 칼날이 남자를 들어 올린 텐터클러의 촉완을 촤악! 하고 잘라 버렸다.

모래사장에 떨어진 남성이 다급히 도망치자, 푸른 피를 흩뿌리는 텐터클러에게 이번엔 린제가 마법을 발동했다.

"【불꽃이여 오너라, 연옥의 화구(火球), 파이어볼】."

바닷속에서 나와 있던 텐터클러의 머리에 거대한 불덩어리가 작렬했다.

〈푸갸아아아아————!〉

불길한 소리를 내며 텐터클러가 바닷속으로 후퇴했다. 나도 몰아붙이기 위해 【파이어 애로우】를 날렸지만, 그 공격에 맞기 전에 텐터클러는 바닷속으로 잠수해 사라졌다.

"놓친 건가. 아쉽네."

"들었던 것보다, 작았던 것, 같아요."

"새끼였을지도 모르겠구먼."

새끼라고 해도 흉악하다는 점에는 변함이 없었다.

잘린 촉완이 모래사장 위에서 아직도 구물거렸다. 우와아, 징그러워.

저런 게 있으면 아무래도 안심하고 바다에 나갈 수 없겠어. 그런데 텐터클러는 이 근해에 얼마나 있지?

"검색. 이그리트 왕국 근해에 있는 텐터클러의 숫자."

〈검색 중……. 검색 종료. 53마리입니다.〉

"오……?!"

품에 있는 스마트폰이 알려 준 이상할 정도로 많은 숫자를 듣고 나는 말문이 막혔다.

조금 전과 같은 어린 개체(인지 어떤지는 모르지만)를 포함한 숫자라고 해도 너무 많은 거 아닌가?!

분명히 텐터클러는 오징어와 마찬가지로 난생이긴 하지만, 한 번에 천 개 단위의 알을 낳는 오징어와는 달리 수십 개밖에 알을 낳지 않는 데다, 그 수십 마리 중 부화하여 무사히 성체가 되는 개체는 불과 몇 마리에 불과하다고 길드에 있던 책에 적혀 있었는데…….

어쩌면 이것도 세계 융합의 여파로 벌어진 이상 현상인지도 모른다.

모래사장에 내려서 브륀힐드를 블레이드 모드로 만든 뒤, 텐터클러가 남긴 촉수를 잘라 보았다.

끈적거리는 점액에 칼날이 미끄러져 제대로 자르기 힘들었다. 그다음은 칼끝으로 찔러 봤는데, 어느 정도 저항은 있었지만 쉽게 찌를 수 있었다.

자극을 받았기 때문인지, 또 촉완이 구물거리며 움직였다. 우웨엑.

야에 정도의 실력이라면 쉽게 잘라낼 수 있을지도 모르지만, 크기가 더 큰 개체는 어려울 듯했다. 마법의 칼날은 효과가 있는 듯하지만.

"텐터클러에게 잘 듣는 마법은 어떤 속성이었더라?"

"불 속성이나 바람 속성의 뇌격, 빛 속성의 공격 마법이면 잘 통할 거예요. 물 속성은【아쿠아 커터】같은 참격 계열은 효과가 있겠지만,【메일스트롬】같은 종류는 효과가 적지 않을까, 해요."

으~음. 하지만 불이나 번개는 바닷속에서 사용하면 위력이 반 이하로 줄어드는데. 빛도 바다 위에서 사용하면 굴절될 테고.

그렇다면 바닷속에서 끌어낼 수밖에 없겠구나. 역시 낚시가 좋으려나?

내가 모래사장에서 생각에 빠져 있는데, 황금 깃털을 머리에 쓴 갈색 피부의 남성이 병사를 몇 명 데리고 다가왔다. 옆에는 루프 남매인 토토라와 리리카라도 함께였다.

나이는 30대 초반 정도일까. 그 사람은 날씬했지만 단련된 근육에는 독특한 문신이 그려져 있었고, 네이티브 아메리칸

같은 민족의상으로 몸을 두르고 있었다.

"마수를 멋지게 격퇴해 주셨군요. 감사합니다, 브륀힐드 공왕 폐하."

"누구세요?"

"레라우레 코차의 아들, 레판 레트라. 이그리트 왕국의 국왕입니다."

국왕 폐하였구나. 강건한 전사 같은 겉모습이라 전사장인 줄 알았다.

나는 국왕 폐하가 내민 손을 잡았다. 다부진 그 손은 평소 무기를 들고 훈련에 몰두한 전사의 손 그 자체였다.

"브륀힐드 공국의 공왕, 모치즈키 토야입니다. 잘 부탁합니다, 이그리트 국왕 폐하."

다음으로 내 뒤에 있는 약혼자 세 사람을 소개했다. 약혼자보다, 모두 뛰어난 마법사라는 점을 더 강조했지만. 여러 애인을 데리고 오다니, 관광 왔냐? 라고 생각하지 말길 바라니까.

다행히 조금 전의 싸움을 봤던 사람도 많아 순순히 받아들여 주었지만.

"조금 전에 이 근처 바다를 탐색 마법으로 조사해 보니, 텐터클러는 50마리 이상이 있는 듯했습니다."

"50……! 그럴 수가……. 그래서는 배가 있어도 바다에 나갈 수 없습니다."

"새로운 배는 우리 나라에서 준비할 테니, 남은 건 텐터클러를 퇴치하는 것뿐인데요. 아무래도 상대가 바닷속에 있어서요. 어떻게든 지상으로 끌어내서 퇴치하고 싶어요."

왕도 레트라반바에서 조금 떨어진 곳이라면 조금 거칠게 행동해도 상관없다고 이그리트 국왕에게 허가를 받아서, 그곳을 텐터클러 퇴치 현장으로 삼기로 했다.

일단 그건 그렇다 치고.

"코쿠요. 이건 먹을 수 있을까?"

〈글쎄요~? 독성은 없으니 안전하긴 해요~. 맛있을지 어떨지는 모르지만.〉

둥실둥실 떠다니면서 내 주변을 떠돌던 산고의 등에서 코쿠요가 대답했다.

일단 【애널라이즈】로 조사해 봤는데, 확실히 독성은 없었다. 먹어도 문제는 없다는 말이다. 맛있을지 어떨지는 알 수 없지만.

스마트폰으로 조사해 보니, 대왕오징어는 암모니아를 포함하고 있어 쓰고 맛없다고 한다. 하지만 조금 전의 【애널라이즈】로 조사해 본 결과, 텐터클러는 괜찮은 것 같았는데…….

나는 겨우 움직임을 멈춘 촉완 부분을 얇게 잘라 소금에 주무른 다음 잘 씻어서 점액을 제거했다. 그리고 그걸 가늘게 잘라 【스토리지】에서 꺼낸 용기에 담았다.

마찬가지로 【스토리지】에서 이셴의 간장과 생강을 꺼내, 생강을 갈아 작은 그릇에 넣고 같이 섞었다. 간단히 말해 *이카소멘이었다.

"공왕 폐하……. 설마 그걸 먹을 생각이신가?"

"식량 부족에 도움이 될까 싶어서요. 저도 별로 좋아하지는 않지만 이셴이라는 나라나 제 출신지에서는 이렇게 먹기도 하니, 시험 삼아 먹어 보려고요."

이셴에서는 평범하게 오징어도 문어도 먹으니까. 독이 아닌 이상 먹을 수 있을…… 거야, 아마도. 문제는 맛있는가 맛없는가이다.

냄새는…… 특별히 이상하지 않으려나? 이그리트 사람들이 오싹해 하는 가운데, 나는 이카소멘이 아닌 텐터클러 소멘을 건져 작은 그릇의 생강간장에 찍어 한 입 먹어 보았다. 우……움…….

"어…… 어떠신가, 요?"

린제가 걱정스러운 표정을 지으며 물었다.

"……의외로 괜찮은데? 나는 물렁거리는 식감을 별로 안 좋아하는데, 이거라면 뭐, 못 먹을 정도는 아니야. 맛도 나쁘지 않고. 좋아하는 사람은 나름 좋아할지도?"

"나도 먹어 볼래."

나의 뒤를 이어 사쿠라도 텐터클러 소멘을 먹어 보았다. 그 다음으로 스우가, 또 코쿠요와 산고가, 마지막으로 린제가 텐

*이카소멘 : 오징어를 국수 면처럼 가늘게 썰어 먹는 일본 음식

터클러 소멘에 도전했다.

"의외로 맛있어."

"나는 별로 좋지 않구먼……."

"씹히는 맛이 있어서 맛있, 어요. 양념을 바꾸면 다른 맛을 즐길 수 있지, 않을까요?"

각자 감상은 다른 듯했지만, 결론을 말하면 '못 먹는 음식은 아니고, 사람에 따라서는 맛있다' 로, 입맛에 따라 다 다른 감상이었다. 문어 같기도 하고 오징어 같기도 하고, 단맛이 나면서도 담백한 맛이었다. 조금 두껍게 썰어 회로도 먹을 수 있으려나?

미간에 주름을 만들며 우리를 보던 이그리트 사람들도 이윽고 흥미가 생겼는지, 먼저 루프 남매의 오빠인 토토라가, 그 후에는 여동생인 리리카라가 텐터클러 소멘을 먹어 보았다.

"굉장히 맛있는가 하면 그렇지는 않지만, 먹지 못할 정도는 아니야."

"나는 말끔해서 좋아. 이 생강간장과도 잘 맞고."

역시 호불호가 갈리는 듯했다. 그리고 결국 이그리트 국왕 폐하도 텐터클러 소멘을 먹어 보았다.

"……흐음, 생각보다 나쁘진 않군. 처음에는 거부감이 들었지만, 먹어 보니 특별히 이상하지는 않아. 이거라면 못 먹을 정도는 아니겠군. 조금 더 맛이 진한 양념이 나에게는 더 맛있을 듯하지만."

국왕 폐하는 그다지 맛있다고 생각하지 않는 듯했다. 지금까지 먹어 본 적이 없는 음식이니 처음에는 다 그런 거겠지.

이렇게 됐으니 겸사겸사 여러 가지 오징어 요리를 시도해 볼까?

튀김옷을 묻혀 기름에 튀긴 오징어 프라이. 마늘종을 넣은 오징어마늘종볶음. 버터 간장 구이. 생강구이. 시험 삼아 내가 이것저것 만들어 보니, 이그리트 사람들도 '이건 음식 재료다' 라는 인식이 생겼는지, 왕궁 쪽에서 본격 요리사들이 나와 이그리트풍으로 요리하기 시작했다.

역시 프로라 그런지, 내가 만든 것보다도 세련된 음식이 완성되었다. '텐터클러 파르스 향초 볶음' 은 참 맛있었다.

오징어로는 보존식도 만들 수 있다. 텐터클러로도 만들 수 있지 않을까?

이건 계속 낚아 올려야겠는걸?

린제 일행의 프레임 기어를 사용하면 불가능하지 않다. 특히 스우의 오르트린데 오버로드는 전용기(발큐리아) 최고의 파워를 자랑한다. 텐터클러 한 마리나 두 마리 정도는 쉽게 바다에서 낚아 올릴 수 있겠지.

쓰러뜨려도 음식 재료로 사용해야 하니 너무 몸에 상처를 내지 않는 편이 좋겠지? 어라? 그러고 보니 예전에 할아버지가 오징어나 문어를 한 방에 죽이는 방법이 있다고 말했던 것 같은데…….

인터넷으로 살짝 조사해 볼까.

어~. '눈과 눈 사이에 아이스픽을 꽂는다'. ……우오오.

"이 정도일까요?"

"응, 아주 좋아, 아주 좋아. 이거라면 아주 훌륭한 루어야."

바빌론 '공방'에서 만든 배를 보면서 나는 만족스럽게 고개를 끄덕였다. 형태는 큰 범선이지만, 돛은 펼치지 않았고 뒤쪽에는 방사상의 거대한 침이 붙어 있었다.

이 배는 오징어를 낚기 위해 사용하는 루어, 즉, 미끼 대신이다. 물론 형태만 배 모양인 더미로, 안은 텅 비었다. 텐터클러가 쉽게 부수지 못할 만큼 탄탄하게 만들기는 했지만.

오징어는 물속에서 낚지만, 텐터클러는 배를 습격한다. 그걸 이 배째로 스우의 오르트린데를 이용해 지상으로 끌어 올리려는 심산이다.

물속에서 【게이트】를 여는 것은 문제가 있고, 【텔레포트】면 내가 직접 건드릴 필요가 있으니까. 물론 【텔레포트】로는 그렇게 커다란 것을 전이시킬 수 없겠지만.

그리고 지상으로 올라오면 개량한 린제의 프라가라흐로 텐터클러의 눈과 눈 사이의 몸을 찌를 생각이다.
조사해 보니 이 방법으로 신경을 끊어 꿰뚫으면 오징어가 움직이지 않는다는 모양이었다.

다만, 실제로 텐터클러에게 그 방법이 통할지 어떨지는 해 보지 않으면 알 수 없다. 내장의 위치가 다르면 이 방법이 전혀 통하지 않을 테니.

자자, 과연 잘 진행될까?

쿠우웅! 하고 크게 땅을 울리며 황금 거신(巨神)이 이그리트의 땅에 내려섰다.
30미터가 넘는 거대 프레임 기어, 스우의 오르트린데 오버로드다.
오레이칼코스에 정재(晶材) 코팅을 한 보디가 남쪽 나라의 태양 아래에서 황금색으로 반짝였다. 그 손에 쥐고 있는 와이어는 루어선(船)에 장착된 거대 방사형 침에 직접 연결되어 있었다.
오레이칼코스를 【모델링】으로 실처럼 변형시킨 뒤, 그걸 꼬아 만든 와이어였다. 굵기도 내 허리둘레의 몇 배에 달한다.

일단 끊어질 가능성은 없다.

"좋아. 준비됐지?"

오르트린데의 후방에는 사쿠라의 로스바이세가, 상공에는 비행 형태인 린제의 헬름비게가 대기하고 있었다.

자, 낚으려면 앞바다로 배를 이동시켜야 한다. 평범한 낚시처럼 던질 수도 없고, 루어선을 【게이트】를 이용해 앞바다로 전이시키고 싶어도 와이어가 달려 그럴 수 없었다.

그래서 내가 배에 올라타 【그라비티】로 배를 가볍게 한 다음, 린제의 헬름비게로 들어 올리기로 했다.

린제는 그대로 나를 태운 루어선을 앞바다까지 옮긴 뒤 해수면에 착수시켰다.

당연하지만 이 배에는 동력이 없어, 스우의 오르트린데가 조금씩 잡아당길 계획이다.

텐터클러 입장에서는 며칠 만에 보는 배다. 이거에 걸려 주면 좋을 텐데…….

천천히 끌리고 있는 배 위에서 에메랄드그린인 해수면을 들여다보았다.

산호가 부서져 만들어진 모래 등으로 바다의 바닥은 희었다. 물은 붉은색을 흡수하기 때문에 반사되어 눈에 닿는 빛 안에는 붉은색이 포함되어 있지 않다. 즉, 바다가 에메랄드그린으로만 보이는 이유는 햇빛 중에서 붉은색이 제외되었기 때문이다.

물론 깊어지면 파란색이 짙어지지만, 이 근처는 아직 아슬아슬하게 그린이었다. 이곳은 얕은 곳이니까. 더 앞바다로 나가야 하는 건가?

하지만 갑자기 그 투명한 물결 사이에서 파쉬잇! 하고 촉완 하나가 튀어나왔다. 그리고 순식간에 선체를 휘감았다.

"왔다!"

바닷속 모습은 보이지 않았는데, 보호색 능력도 있는 건가? 반대편에서도 촉완이 뻗어 나와 순식간에 루어선이 텐터클러의 전신에 휘감겼다.

"스우!"

〈알고 있으이!〉

스마트폰으로 스우에게 신호를 보낸 뒤, 나는 【플라이】를 사용해 하늘로 날아올랐다.

급격하게 배가 속도를 올리는 동시에, 설치된 방사상의 침이 텐터클러의 몸에 박혔다.

인터넷으로 조사한 바에 따르면 기본적으로 무척추동물에는 통각이 없다고 했는데, 텐터클러도 과연 마찬가지일까?

그런 생각을 하는 사이에 텐터클러를 태운 배는 해안 쪽으로 쭉쭉 계속 끌려갔다.

〈푸갸아아아아~!〉

해안으로 끌려 나온 텐터클러가 거대한 온몸을 태양 아래에 드러냈다.

그 몸길이는 25미터 이상. 오르트린데 오버로드의 반 이상이나 되는 크기였다. 물론 지상에서는 직립해 움직이지 못해서 흐느적하게 눌린 느낌이긴 하지만.

텐터클러는 자신을 낚아서 끌어낸 황금 거신을 향해 촉완을 뻗으려고 했지만, 사쿠라의 로스바이세가 가창(歌唱) 마법으로 텐터클러의 움직임을 봉쇄했다.

그 사이를 놓치지 않고 이번엔 린제의 헬름비게가 비행 형태인 채로 돌진해 기체 하부에 장착된 꼬치 모양의 특수한 프라가라흐를 텐터클러의 양쪽 눈 사이에 기세 좋게 박았다.

〈푸캬아으으가가아아아아!〉

불길한 단말마를 지르고 텐터클러가 그대로 흐늘흐늘해지며 힘이 빠진 듯 움직이지 않았다.

몸의 색이 다갈색에서 흰색으로 순식간에 변화했다. 이건 동영상 사이트에서 본 신경이 끊긴 오징어와 똑같았다. 아무래도 텐터클러도 신경을 절단하는 방법은 오징어와 똑같은 모양이다.

자, 여기서부터가 큰일이다. 낚시는 세 사람에게 맡겨 두고 나는 해체를 시작했다.

다시 루어선을 끌어올려 앞바다로 옮기는 헬름비게를 배웅하고, 나는 【게이트】를 열어 나의 애기(愛機)인 레긴레이브를 불러냈다.

이어서 더는 움직이지 않는 텐터클러를 레긴레이브로 해안의 언덕으로 옮기고, 등의 프라가라흐를 두 개의 대검으로 변형시켰다.

"어~. 일단은 내장을 빼내야 했던가?"

먼저 나는 배 쪽을 프라가라흐로 갈라 내장과 눈알을 빼냈다. 내장도 진미일지 모르지만, 이번에는 패스다. 이렇게 커서는 역시 좀 힘들다.

그래서 잘라낸 내장은 【게이트】를 통해 해수(海獸) 종류의 먹이가 되도록 바다로 되돌려 놓고, 손질한 텐터클러는 소금물로 잘 씻었다.

그리고 산고와 코쿠요가 농도를 조절해 준 소금물에 절인 뒤, 이대로는 너무 커서 적당한 크기로 잘라 해안에 늘어서 있는 야자나무에 와이어로 매달았다.

남쪽 나라의 강력한 햇볕 덕에 며칠이라는 짧은 시간에 말린 텐터클러로 완성……되지 않을까 한다. 이것만큼은 완성된 상태를 보지 않으면 어떻게 될지 알 수 없다.

정확하게 말하면 내 첫 번째 목표는 일단 텐터클러 퇴치로, 비상식량 만들기는 어디까지나 덤이다. 텐터클러가 사라져 고기잡이를 나갈 수 있게 되면 억지로 이걸 먹을 필요는 없으니까.

〈푸교우어어어어어!〉

그런 생각을 하는 사이에 벌써 두 마리째를 제압한 모양이었다.

아니, 잠깐. 앞으로 50번이 넘게 해야 한단 말이야? 이걸?
이 작업이 상당히 힘들다는 사실을 깨달은 것은, 그보다 조금 더 시간이 지난 뒤였다.

"힘들어……."
이그리트 근해의 텐터클러를 거의 다 낚아 올려 왕도 레트라반바의 북쪽에 있는 해안선에 좌르륵 늘어놓는 데 꼬박 하루가 걸렸다.
섬의 반대편이나 멀리 있는 녀석은 【게이트】를 써서 주변의 바닷물째로 이쪽 바다로 끌어와 낚아 올렸다.
이렇게 많은 양이 늘어서 있으면 비린내가 너무 심해서, 바람 정령에게 며칠만이라도 최대한 냄새가 바다 쪽으로 흘러가게 해 달라고 부탁해 두었다.
또 야생 동물이 먹어 버릴까 봐, 범위가 넓은 【프리즌】으로 인간, 아인 이외에는 침입하지 못하게 해 두었다. 범위가 넓은 【프리즌】이라 쉽게 부서지지만, 동물 정도라면 이 정도로도 충분하다.
물론 그냥 말리기만 한 것이 아니라, 말린 오징어를 이용한 요리나 조미오징어, 오징어포 등의 레시피도 이 나라의 요리사들에게 제공해 주었다. 초보자인 내가 만드는 것보다 맛있는 음식이 완성될지도 모른다.

해 질 녘 해변에는 조금 전부터 맛있는 냄새가 감돌았다. 말린 오징어로 만들지 않은 텐터클러를 국왕 폐하가 요리사들을 시켜서 무료로 배급해 주는 중이기 때문이다.

이 섬의 사람들은 오징어를 먹는 문화가 없지만, 한 번 먹어보고 거부감이 없어진 사람도 많은지 여러 가지 텐터클러 요리를 먹으며 걸어 다니는 사람도 있었다.

꼬치에 꽂아 구운 텐터클러는 조금 맛있어 보였다.

“이번에 궁지에 빠진 우리 나라를 구해 주셔서 정말로 감사합니다. 게다가 저렇게 많은 배까지…….”

“아니요. 대가는 충분히 받았으니 사양하지 마세요. 각국에서 구원 물자도 나중에 도착할 테니, 식량난도 어떻게든 버틸 수 있지 않을까요?”

그렇게 말하며 나는 이그리트 국왕에게 숙인 머리를 다시 들라고 했다.

해안에는 ‘공방’에서 만든 몇백 척이나 되는 배가 떠 있었다. 물론 그 소재는 이그리트의 삼림을 벌채한 목재 등이지만, 그 외에도 텐터클러 퇴치를 하며 나름의 대가는 확보해 두었다.

재해를 당한 나라에 당장 돈을 받을 수는 없어서, 탐지 마법으로 이그리트의 영해에 떠 있는 작은 섬의 커다란 금광을 발견해 가르쳐 주었다. 이제는 그곳을 이용해 조금씩 빚을 갚으면 된다.

이것으로 피해를 본 지역의 재건도 순조롭게 진행되리라 생각한다.

황혼이 드리운 모래사장에서는 스우의 오르트린데가 후릿그물로 대량의 물고기를 잡았다. 모래사장으로 끌어 올린 물고기를 마을 사람들이 일제히 꺼내 각자 집으로 가지고 가거나, 그 자리에서 요리를 시작했다.

모래사장에 직접 엉덩이를 대고 앉아 있는 우리 앞에도 요리가 놓여 있었다.

"아주 맛있어 보여."

"사양하지 말고 드시지요. 말은 이렇게 해도, 사실 공왕 폐하의 약혼자님이 잡은 것이지만……."

간단한 나무 접시 위에는 생선구이부터 회까지 많은 음식이 놓여 있었다. 이셴과 같은 섬나라인 이곳에서도 회를 먹는구나. 간장은 없는 듯하지만, 이곳에서는 겨자나 식초, 파, 마늘 등과 함께 먹는 모양이었다.

가다랑어 타타키처럼 표면만 구운 회는 기생충 등을 죽이기 위해서인가? 몰래 【애널라이즈】를 사용해 봤는데, 확실히 문제는 없었다.

겨자를 조금 찍어 먹어 보니 아주 맛있었다. 개인적으로는 텐터클러보다 몇 배는 맛있다. 아아, 쌀밥을 같이 먹었으면.

스우 일행도 불러 떠들썩하게 파티를 시작했다. 사람들이 즐겁게 춤추면서 텐터클러의 위협이 사라졌다며 모두 기뻐했다.

화톳불 주변에는 피리를 부는 사람과 큰북을 치는 사람들이 모였고, 그 안에서 노래하는 사람이 나타나자 모두가 박수를 보내 주었다.

그러자 가만히 있을 수 없었는지, 사쿠라가 일어나 노래를 한 곡 선보이기로 했다. 물론 반주 담당은 나였다. 【스토리지】에서 피아노를 꺼내 사쿠라의 요청곡을 연주하기 시작했다.

그런데 뭐냐……. 여전히 사쿠라의 선택은 뭔가 어긋나 있다고 해야 할지……. 서양 음악은 가사의 의미를 모르니 어쩔 수 없다고는 생각하지만, 이 곡은 고향을 그리워하는 마음을 노래한 곡인데…….

웨스트버지니아가 등장하지만, 그게 토지 이름인 줄도 모르고 노래하는 거겠지? 물론 이 노래를 부른 가수조차 사실은 웨스트버지니아주(州)에 가 본 적이 없다는 우스개 이야기도 있지만. 작사한 사람은 다른 사람이니, 이쪽도 어쩔 수 없는 일인지 모른다.

하지만 그런 사정은 관계없다는 듯, 이그리트 사람들은 사쿠라의 노래를 열심히 들었다.

그러고 보니 이 곡은 일본의 애니메이션 영화의 삽입곡으로도 사용됐다. 그쪽은 일본어 가사지만. 그 영화의 제목처럼 귀를 기울이며 모두 사쿠라의 노래를 듣고 있다.

후렴구가 끝나고 2절에 들어가자, 어딘가에서 현악기 소리가 들렸다. 신기한 생각이 들어 그쪽으로 고개를 돌려보니, 모래사장 위에서 기타를 켜는 사람은 다름 아닌, 음악의 신인 소스케 형이었다.

"푭!"

나는 무심코 연주를 멈출 뻔했지만 간신히 계속 이어갔다. 잠깐, 언제 온 거야?!

유심히 보니 이그리트 여성들과 함께 회를 먹는 카렌 누나가 있었고, 오징어구이 앞에는 모로하 누나와 카리나 누나가, 술잔치를 벌이는 그룹에는 스이카와 코스케 삼촌이 있었다.

우오오오오! 하느님들! 여기엔 어느새 온 거야?!

연주 중에 그런 딴지를 걸 수도 없어, 나는 식은땀을 흘리며 피아노를 계속 연주했다.

말할 것도 없지만, 신들은 마음만 먹으면 모두 전이 마법을 사용할 수 있다. 정확하게는 마법이 아니지만, 아무튼 그걸 사용해서 이곳으로 온 모양이다.

노래가 끝나고 우레와 같은 박수가 울려 퍼지는 가운데, 나는 생선 프라이를 먹고 있는 카렌 누나에게 바짝 다가갔다. 그리고 소스케 형이 두 번째 곡을 연주하자 사쿠라도 그 반주에 맞춰 노래를 시작했다.

"토야, 이거 맛있다. 너도 먹어 봐."

"그것참 잘됐네요! 그런 것보다 언제 온 거예요?!"

"로제타한테 얘길 듣고 바로 전에. 파티를 하고 있길래 겸사겸사 모두 불러서 같이 왔어."

카렌 누나가 가리킨 방향으로 고개를 돌려 보니 린제, 스우와 함께 유미나, 에르제, 야에, 루, 힐다, 린은 물론 코하쿠 일행과 폴라까지 모두 다 같이 모여 물고기를 먹고 있었다. 폴라는 먹는 척이겠지만.

결국 모두 다 온 거잖아!

겸연쩍어져 나는 이그리트 국왕 폐하에게 돌아가 고개를 숙였다. 국왕 폐하는 웃으며 사과를 받아 주었다.

"나도 아내가 일곱 명이나 있지. 신경 쓸 것 없어. 약혼자끼리 모두 사이가 좋아 참 보기 좋지 않은가. 부럽군."

"어? 그런가요? ……역시 왕비님끼리 싸우면 큰일인가 보네요?"

일부다처의 선배에게 나는 무심코 그런 질문을 했다. 그러자 지금까지 밝은 모습이던 국왕 폐하가 표정이 사라진 가면을 쓴 것 같은 얼굴이 되었다.

"그야말로 가시방석이 다름없지……. 잘 듣게. 브륀힐드 공왕 폐하. 나라의 평화는 가정의 평화에서 시작되는 법. 아내의 불안, 불만은 빨리 제거하게. 그렇게 하지 않으면…… 지옥을 보게 될 거야."

강건한 전사인 국왕 폐하가 공허한 눈으로 나에게 말했다.
앗, 무슨 일이 있었던 거예요?! 무서워서 더는 못 물어보겠어!
뒤에 있는 병사들이 쓴웃음을 짓는 모습을 보니, 그렇게까지 살벌한 이야기는 아닌 듯하지만 본인에게는 상당히 마음이 무거운 사건이 있었던 듯했다.
침울해져 어두워진 국왕 폐하를 격려하듯이 나는 다른 이야기로 화제를 돌렸다. 이전부터 생각하던 세계 동맹에 참가하지 않겠냐고 제안하자 국왕 폐하는 곧바로 하겠다고 대답했다.
예전부터 리프리스 황왕 폐하에게 이야기는 들어서 알고 있었던 모양으로, 자국에 유리하다면 긍정적으로 참가를 검토할 의향이었다고 한다.
거기에 텐터클러 퇴치의 답례로 이후에 왕가 전용 프라이빗 비치를 빌려준다고 하여, 이번 달 동맹 회의를 마친 후에 사용하기로 하였다.
이렇게 아름다운 바다는 좀처럼 찾을 수 없으니까. 다른 임금님들도 기뻐하지 않을까? 마린 레저 준비라도 해 둘까. 물론 안전에는 세심한 주의를 기울일 예정이다. 【프리즌】을 사용하면 위험한 해양 생물도 쫓아낼 수 있고 말이다.
이번 기회에 이센, 하노크, 라일, 엘프라우, 파레리우스의 대표자도 정식으로 동맹에 참가하게 하자.
문제는 이센이네……. 사실상 그곳은 토쿠가와의 이에야스

씨가 통치하고 있지만, 나라의 정점에는 왕이 있다. 한 번 제대로 된 절차를 밟아 둬야 하는 건가.

어디까지나 신국 이셴에서 가장 높은 지위에 있는 사람은 왕이다. 그 아래에 영주들이 신하로 존재하고, 이에야스 씨는 그 신하의 정점일 뿐이니까.

……그러고 보니 이셴의 왕은 어떤 사람인지 모르네. 남자인지 여자인지, 아이인지 노인인지도 모른다. 음, 나중에 야에한테라도 물어볼까?

별이 떨어질 듯한 밤하늘 아래에서, 모래사장 위의 파티는 계속 이어졌다.

제2장 재회

"왕에 관해선 소인도 모릅니다. 궁중 안의 사람이니 말이지요."

이셴의 왕에 관한 야에의 대답은 그랬다.

아무래도 이셴의 왕은 많은 부분이 수수께끼에 휩싸여 있네. 측근과 영주 이외에는 직접 볼 수도 없는 모양이고. 방콕족인가?

일단 이에야스 씨에게 연락하여 면회할 수 없는지 물어보자.

이셴은 아직 세계 동맹에 가입하지 않아 이에야스 씨에게는 양산형 스마트폰을 건네주지 않았다. 그래서 게이트 미러를 써서 그 취지를 편지로 보내야 했기에, 나는 브륀힐드의 국새를 찍은 정식 서면을 이에야스 씨에게 보냈다.

며칠 후, 이셴의 왕이 면회해도 좋다고 서면을 보내서 나는 얼른 야에와 함께 오에도에 있는 이에야스 씨의 성으로 전이했다.

"이것 참, 잘 와 주었다, 토야 님."

"바쁘신데 죄송합니다."

전보다 더 풍채가 좋아진 이에야스 씨는 짧은 콧수염을 기른 모습으로 여전히 사람 좋은 미소를 짓고 있었다.

우리는 성의 한 방으로 안내받아 차를 대접받았다. 호지차다. 맛있어.

다다미방은 참 좋아. 역시 이셴에 오면 마음이 안정된다.

"얼마 전에 또 많은 쌀을 보내 주셔서 감사합니다. 아주 맛있었어요. 야에도 매일 덥석덥석……."

"그, 그건 클레아 님의 요리가 너무 맛있어서 젓가락이 멈추지 않고 절로……. 으으으, 왜 이런 때에 그런 이야기를 하십니까! 토야 님, 너무 심술궂습니다!"

휘익. 뺨을 부풀리며 새빨갛게 물든 고개를 돌린 야에를 나는 열심히 달랬다. 심술을 부릴 생각은 아니었는데.

야에가 밥을 먹는 모습은 힘이 넘쳐서 안심된다. 진심으로 평화롭다는 생각이 든다. 그런 야에도 나는 아주 좋아한다.

"하하하. 사이가 좋아 보여 아주 좋구먼, 좋아. 이셴에 있었을 때의 야에 님은 검술의 수행에 수행을 거듭해, 그것만 바라보는 느낌이었지만……. 사랑하는 남편을 얻으면 이렇게까지 변할 수 있는 것인가."

"사, 사랑하는, 이라니……. 아니, 요. 저어~. 그건~……."

이에야스 씨의 말을 듣고 더욱 얼굴이 새빨개져 고개를 숙인 야에. 얼굴을 양손으로 감싸고 그 틈으로 힐끔힐끔 이쪽을 보고는 또 부끄럽다는 듯이 고개를 숙였다. 우와아, 뭐야 이 귀여운 생명체는! 힘껏 꽉 안아주고 싶어!

아무래도 이 장소에서는 그럴 수 없어서, 꾹 참으며 어흠 헛기침도 한 번 해 주고, 본론으로 들어갔다.

"그래서, 임금님 이야기인데요……."

"왕께서는 오에도가 아니라 교토의 궁궐…… 왕궁에 계시네. 토야 님의 전이 마법이라면 바로 갈 수 있겠지. 물론 나도 동행하지."

교토라. 아마 그렇지 않을까~하고 생각은 했지만.

정작 중요한 왕에 관해서는 한마디도 듣지 못했다. 물론 만나면 알 수 있는 일이지만.

왕은 이 나라 최고의 위치에 올라 있는 사람이지만 정치적인 책임을 지는 사람은 아니다. 지금까지는 그 아래의 영주들이 각각의 영지를 통치했고, 가끔 싸우기는 했지만 그들이 미묘한 균형을 이룬 덕에 이셴은 유지되어 왔다.

그런데 최근에 왕의 자리를 차지하려고 야심을 불태운 자가 있었다. 그 사람이 오다 노부나가였다.

노부나가는 이셴을 통일하려고 다른 영주들에게 싸움을 걸었지만, 부하인 아케치 미츠히데의 반역으로 뜻을 이루지 못한 채 세상을 떴다.

지금 생각해 보면, 노부나가의 야심에 불을 붙인 존재는 하시바 히데요시라고 이름을 밝혔던 원숭이…… 즉, 그 이면에 있던 종속신이 아니었나 싶다.

결국 그 일이 계기가 되어 영주들 간의 힘의 균형이 무너지게 되었고, 그러는 가운데 이에야스 씨가 한발 앞서 나오게 된 것인데.

아무튼, 만날 수 있다고 하니 이야기를 해 보자. 솔직히 말해 이셴의 대표는 이에야스 씨라도 상관없지만, 나중에 불평을 들을지도 모르니까.

【리콜】로 쿄토의 기억을 건네받은 후, 【게이트】를 열었다.

나와 야에, 이에야스 씨 그리고 토쿠가와 가문의 호위인 사무라이들은 모두 같이 쿄토로 전이했다.

"하아———……. 그렇구나, 여기가 쿄토라……."

예상대로라고 해야 하나 뭐라고 해야 하나. 시대극에서 자주 보는 헤이안쿄(平安京)의 이미지 그대로다. 이 도시만 시대가 어긋나 있는 거 아닌가? 소가 끄는 가마가 있는데. '천천히 가겠사옵니다' 같은 귀족 말투가 튀어나오지 않을까 하는 생각이 든다.

멀리서는 오층탑 같은 건물이 보였고, 내가 있는 곳의 정면에는 커다란 주홍색 칠이 된 문, 뒤에는 길의 폭이 넓은 큰길이 끝없이 이어져 있었다. 여기는 헤이안쿄의 주작대로 같은 곳일까?

이에야스 씨가 방문하자 주홍색 칠이 된 문이 크게 삐걱거리는 소리를 내며 열렸다.

헤이안 귀족 같은 의상을 입은 안내인을 따라 우리는 신발을 벗고 신전 같은 궁중으로 들어갔다. 주홍색 칠이 된 기둥이 쭉 늘어선 곳을 나아가다 보니, 마치 미궁에 빠져든 것 같은 기분이었다.

우아한 공간을 걷다가 군데군데에 결계가 쳐져 있다는 사실을 깨달았다. 이건 반사 계열의 방어 결계구나. 저주나 재앙이 다시 튀어나오는 계열.

내가 결계에 정신을 빼앗긴 사이에, 가장 안쪽 방으로 보이는 엄숙한 미닫이문 앞에서 안내인 남성이 걸음을 멈췄다.

그 미닫이문을 안내인 남성이 천천히 열자 넓은 다다미방이 나왔는데, 그 앞의 한 단 정도 높은 곳에 발이 내려온 상좌가 보였다.

그 안쪽에서는 확실히 인기척이 느껴졌다. 저 사람이 이센의 왕인가.

이에야스 씨의 호위는 밖에서 대기한 채로, 미닫이문이 닫혔다. 우리는 발이 내려온 곳 앞까지 걸어가다가 이에야스 씨를 따라 걸음을 멈췄다.

"폐하. 브륀힐드 공국의 공왕, 모치즈키 토야 님이십니다."

이에야스 씨는 평소의 말투와는 다르게 말하며 바닥에 앉아 몸을 숙였다. 야에도 앉아 깊숙이 고개를 숙였지만, 나는 이 나라에서 태어난 사람도 아니거니와 신하도 아니다.

작더라도 한 나라의 대표이니 쉽게 고개를 숙여서는 안 된다. 그렇게 멋을 부리고는 있지만 분위기에 휩쓸려 숙일 뻔했는데, 그건 비밀이다. 그래도 가볍게 숙이는 정도야 문제없을 테지만.

"잘 왔노라, 공왕이여."

스르르륵 발이 올라가더니, 한 사람이 상좌 아래로 내려왔다.

나온 사람은 옅은 분홍색과 흰색을 주로 사용한 '주니히토에' 라는 잔뜩 겹친 옷을 두른 인물. 새하얀 살결과 마찬가지로 새하얗고 긴 머리카락을 지닌 아름다운 여성이었다.

놀랐다. 이센의 왕은 여제였구나.

무엇보다 내가 경악한 이유는 새빨간 두 눈동자와 이마에서 뻗은 두 개의 작은 뿔 때문이었다.

도깨비. 그런 단어가 머릿속에 떠올랐다. 아니, 도깨비라기보다는 유각인(有角人)……. 아인인가?

"시라히메라고 하니라. 이래저래 2000년간 이센의 왕으로 앉아 있지."

"아, 안녕하세요……. 모치즈키 토야입니다."

2000년. 엘프라우 여왕 폐하와 마찬가지로 역시 장수종인가? 어라? 유각인은 확실히 사람보다 장수하긴 하지만, 그렇게 오래 살 수 있었던가?

게다가 뭐지? 이 느낌…… 어딘가에서…… 아.

"눈치챘는가? 눈치챈 대로 나는 평범한 아인이 아니다. 아버지는 유각인이지만, 어머니는 정령이었지."

시라히메 씨가 작게 미소를 지었다. 그래서였구나. 기척이 정령에 가까웠던 건.

정령도 인간화하면 아이를 낳을 수 있다. 하지만 그렇게 하면 자신의 힘을 크게 잃을 수도 있다. 최악의 경우 소멸할지도 모른다.

물론 정령이라 죽지는 않지만, 부활한 정령은 원래의 정령과는 다른 존재다. 이 시라히메 씨의 어머니인 정령도 그런 사태를 모두 각오하고 아기를 낳은 걸까?

"원래는 정령의 피를 이어받은 자로서 새로운 정령의 왕인 그대에게 무릎을 꿇어야 할지도 모르나, 용서해 주게. 그래도 한 나라의 대표자 아닌가."

"아~……. 신경 쓰지 마세요. 그런 것보다, 누구한테 들었나요?"

"얼음 정령의 권속에게 들었다. 나의 이모 같은 존재인 권속이라 많은 것을 가르쳐 주지."

"시라히메 씨의 어머니는……."

"눈의 정령이었다. 다정한 어머니였지."

아, 눈의 정령이구나. 나는 눈앞에 있는 여성을 보고 절로 이해했다.

눈의 정령은 얼음 정령과 마찬가지로 대정령들에 이은 계급에 해당하는 정령이었다. 지상에는 아주 드물게 출현하지만.

시라히메 씨가 어렸을 때 어머니인 눈의 정령은 힘을 잃고 소멸하였다고 한다.

"공왕님에게는 인사를 하고 싶다고 항상 생각하고 있었다.

하시바 히데요시의 일로 말이야."

"그 원숭이요?"

"한심한 이야기이지만, 어째서인지 나는 그를 강하게 대할 수가 없었지. 영주 임명도 억지로 밀어붙였는데 거절할 수가 없어서 말이야……."

하항. 그건 종속신 때문이다. 썩어도 신은 신. 정령의 피를 반쯤 이어받은 이 사람에게는 거절하기 힘든 강제력이 발동된 거겠지.

"거기 있는 이에야스와 함께 히데요시를 물리쳐 주었을 때는 막혔던 혈이 뚫린 기분이었지. 정말 감사하네."

"황송하옵나이다……."

납작 엎드린 이에야스 씨가 그렇게 말했다. 그런 것보다, 이제 고개를 들어도 되지 않나?

"그래서, 이번 일 말인데……."

"아, 네. 어~. 그러니까 말이죠……."

나와 시라히메 씨는 마주 보고 앉아 이야기를 나누며 이런저런 일을 진행했다.

이센이 세계 동맹에 참가하는 데 찬성을 받아냈고, 그 덕에 다음 회의에는 시라히메 씨도 참가하게 되었다. 단, 다음 회의는 이그리트의 프라이빗 비치에서 열리니 주니히토에 같은 옷을 입기는 조금 힘들지도 모른다.

게다가 눈의 정령의 피를 이어받은 만큼 남쪽 나라의 햇볕은

버티기 힘들지도 모르겠어.

그 후, 시라히메 씨와 이에야스 씨에게 양산형 흰 스마트폰을 건네주고 사용법을 전체적으로 설명해 주었다.

의외로 시라히메 씨는 이해가 빨라, 이에야스 씨보다도 먼저 스마트폰을 제대로 사용했다. 그중에서도 카메라 기능이 마음에 들었는지 시라히메 씨는 찰칵찰칵 사진을 찍으며 즐겁게 웃었다.

"그런데 조금 전의 이야기를 듣고 한 가지 신경이 쓰였는데요. 시라히메 씨의 어머니…… 눈의 정령은 그 후에 나타난 적 없나요?"

시라히메 씨가 어렸을 때 소멸했다면, 이미 매우 긴 시간이 지난 상태다. 부활해도 이상할 게 없는 시간인데.

"정령은 한 번 소멸하면 부활한다 해도 완전히 별개의 존재. 어머니와는 다르다. 나를 기억할 리가 없다."

쓸쓸하게 웃는 시라히메 씨에게 나는 뭐라 말을 걸기 힘들었다.

실제로 내가 쓰러뜨린 어둠의 정령도 완전히 다른 사람이 되었고, 기억도 잃은 것처럼 보였다. 하지만 완전히 다 잃었을 리 없다. 자신과 유대를 느끼는 정도라면 가능하리라 생각한다.

"불러볼까요?"

"어머니를…… 말인가? 그런 일이, 가능한가?"

"가능해요. 물론 시라히메 씨를 기억 못 할지도 모르지만,

뭔가를 느낄 가능성도 있어요."

잠시 망설이는 기색을 보이던 시라히메 씨였지만, 곧 작게 고개를 끄덕였다.

원래는 촉매(이 경우엔 눈)가 필요했지만, 일단 정령왕이라는 직위도 얻었으니 아마 촉매가 없어도 부를 수 있으리라 생각한다.

신기(神氣)를 갈고 닦아 정령계에 말을 걸었다.

"【정령왕의 이름으로 명한다. 오너라, 눈의 정령이여】."

정령 언어로 말해서 이 자리에 있는 사람들은 내가 무슨 말을 했는지 알아차리지 못했다. 그것보다도 실내에 있는데도 잔뜩 내리기 시작한 눈을 보고 모두 깜짝 놀랐다.

그 눈이 솟구치며 내 눈앞에 하나의 형태를 만들어 갔다.

……그러고 보니 잊고 있었는데, 정령은 부활할 때마다 성별과 형태가 달라졌었지? 어, 어쩌나. 근육이 울퉁불퉁한 마초 같은 눈의 정령이 나오면. 시라유키 씨, 트라우마에 걸리거나 하지 않을까? 어쩌면 너무 서두른 걸지도…….

그런 내 걱정과는 달리 눈앞에 나타난 눈의 정령은 아름다운 여성의 모습이었다. 아무래도 기우였던 듯하다.

흰 살결에 흰 머리카락. 어딘가 시라히메 씨랑 닮았네. 마치 자매 같다. 뿔이 없고 눈의 색이 다르긴 하지만.

어? 정령체가 아니라 실체화했네. 눈으로 된 몸인가?

이윽고 눈의 정령이 눈을 뜨더니 아이스블루 눈동자로 시라히메 씨를 바라보았다.

"어머……니?"

시라히메 씨가 떨리는 목소리로 그렇게 말했지만, 눈의 정령은 조금 난처한 미소를 지을 뿐이었다. 불안해진 나는 다급히 눈의 정령에게 말을 걸었다.

"역시 기억 안 나?"

〈……네. 어렴풋할 뿐이랍니다. 하지만 이 아이가 저의 아이라는 사실은 확신할 수 있습니다. 아주 소중한…… 사랑스러운 아이라고, 마음이 그렇게 말하고 있습니다.〉

"흐흑……. ……어머니……!"

그 말을 듣고 울음을 터뜨리기 시작한 시라히메 씨를 눈의 정령이 조용히 안아주었다. 굵은 눈물방울을 흘린 이셴의 왕은 마찬가지로 어머니인 눈의 정령의 등에 팔을 감고 꼬옥 껴안았다.

몸이 눈이라 차가울 텐데, 그런 것은 사소할 뿐이라는 듯이 시라히메 씨는 눈의 정령의 가슴에 얼굴을 묻고 울었다. 눈의 정령의 딸이잖아. 차가운 것에 내성이 있어도 이상하지 않아.

문득 옆을 보니, 야에가 목소리를 억누르며 펑펑 울고 있었다. 콧물까지 흘리며 눈앞의 모녀 대면을 바라보는 중이다.

"흐윽…… 으으…… 우에엥……. 다, 다행, 다행입니다……."

"에구구. 자, 여기."

나는 손수건을 꺼내 야에의 얼굴을 닦아 주었다. 여전히 쉽게 감동하는구나, 야에는. 나는 야에의 이런 순수한 면도 아주 좋아한다. 야에는 화를 낼지도 모르지만 귀엽다는 생각이 절로 든다.

"흐윽, 흐으윽……. 다, 다행이십니다…… 폐하……."

갑자기 들려온 또 하나의 우는 소리를 듣고 고개를 돌려보니, 이에야스 씨가 줄줄 눈물을 흘리며 천장을 바라보고 있었다. 당신도?! 미안하지만 손수건은 안 빌려줘요.

〈정령의 왕이시여. 저를 불러 주신 분은 당신이지만, 이 아이와 계약을 맺는 무례를 용서해 주실 수 있을까요?〉

"응. 좋아. 문제없어."

처음부터 나는 계약할 생각이 없었고, 계약을 맺지 않아도 불러낼 수 있으니까. 나보다도 시라히메 씨와 함께 있는 편이 눈의 정령도 행복할 테지.

〈이제부터는 계속 당신과 함께 있겠습니다. 행복할 때도 슬플 때도, 당신을 지키고, 당신을 돕고, 당신과 어깨를 나란히 하며 걷겠습니다. 사랑하는 아이여. 당신에게 저의 축복을 내려 드리겠습니다.〉

"어머니……."

눈의 정령은 조용히 빛이 되어 사라졌고, 시라히메 씨의 손에는 유리구슬 정도의 둥글고 흰 정령석이 남았다.

나는 그 정령석을 건네받은 뒤, 【스토리지】에서 미스릴 덩어리를 꺼내 눈의 정령석을 꼭 끼울 수 있는 팔찌를 【모델링】

으로 만들었다. 이렇게 하면 잊어버릴 염려가 없다.
내가 그 팔찌를 건네자, 시라히메 씨는 소중하게 그것을 꼬옥 껴안았다.
"무엇보다 소중한 선물을 주어 감사한다. 브륀힐드 공왕이여. 이셴이 귀국의 친구가 되어 함께 평화와 번영의 길을 걷기를 나는 진심으로 바라는 바다."
"네, 잘 부탁드립니다."
나는 앞으로 내민 시라히메 씨의 손을 잡았다. 눈의 정령의 여운이었을까. 시라히메 씨의 손은 서늘하고 차가웠지만, 그건 부드럽고 마음이 편해지는 서늘함이었다.

이번에 열리는 세계 동맹 회의에는 새롭게 이그리트, 이셴, 엘프라우, 라일, 하노크, 파레리우스 등 여섯 나라가 참가했다.
물론 여전히 회의라기보다는 홈파티 같은 모임으로, 맛있는 음식을 먹고 사이좋게 대화를 나누는 정도이지만.
아, 그렇지. 파레리우스섬은 정식 국가로 다른 나라에 인정을 받아 파레리우스 왕국이 되었다. 그리고 센트럴 도사는 파레리우스 여왕이 되었다.

이렇게 해서, 앞쪽 세계는 노키아 왕국과 호른 왕국을 제외한 총 18개국이 세계 동맹에 참가했다.

사실 나머지 두 나라에도 제노아스와 펠젠을 통해 참가를 타진했지만, 호의적인 대답을 받지 못했다.

자세히는 모르지만, 양국 모두 국내에 작은 분쟁 거리를 안고 있다고 해야 하나, 나라의 방침을 통일하지 못하고 있다고 해야 하나. 그런 느낌이라고 한다.

이쪽이 주제넘게 나설 수도 없는 문제라 지금은 조용히 상황을 살피는 중이다.

일단 항상 그렇듯 브륀힐드의 회의실 겸 유희실에 새로 참가한 나라의 대표들을 초대했다.

그리고 양산형 스마트폰을 건네주고 먼저 사용법을 설명했다. 다른 분들은 평소처럼 차를 마시거나, 게임하거나, 환담을 나누었다.

이셴의 왕, 시라히메 씨는 이미 스마트폰을 능숙하게 사용해서 모두에게 가르쳐 주는 쪽이 되었다.

"오호라, 이건 정말 편리하군요."

하노크 왕국의 국왕, 카를로 올 하노크가 눈앞의 인물에게 전화를 걸며 그렇게 중얼거렸다.

하노크 국왕과는 유론과 다툼이 일어났을 때 레굴루스 황제 폐하의 소개로 한 번 얼굴을 마주한 적이 있다. 별 특징 없는 모습으로, 안경을 쓴 40대 정도의 아저씨다.

일반 회사의 중간 관리직이라고 해도 위화감이 없다. 그렇지만 외모는 그래도 상당한 명군(名君)이라는 모양이다. 실제로 명군이 아니었다면 유론의 외교 압력에서 나라를 지키지 못했을 확률이 높다. 겉모습에 속아 넘어가서는 안 되는 표본 같은 사람이다.

"통화뿐만이 아니라 다양한 일을 할 수 있다는 점이 굉장해. 이 녹화 기능으로 연극 등을 촬영해 보고 싶습니다."

라일 왕국의 국왕 발스트라 둘가 라일 4세는 하노크 국왕과 눈앞에서 통화하며 싱글벙글 웃었다.

키가 작고 조금 살이 찐 편인 할아버지다. 드워프의 피가 섞여 있는데, 그런 것치고는 온화한 성격이다. 드워프들이 많이 사는 라일 왕국에서 그들의 지도자 역할을 하기도 하는 모양이다. 본인은 술도 못 마시고 거친 일도 싫어하는 등, 드워프와는 정반대인 성격인데 어째서인지 원만하게 지내고 있다.

"아, 그렇구나! 이렇게 하면 자신을 찍을 수 있는 거군요!"

"이 마크는 무엇입니까, 시라히메 님."

"이건 말이지, 어두운 곳에서 찍을 때 빛을 발하는 장치다. 스스로 전환을 해도 괜찮지만, '자동' 으로 해 두면 알아서 판단해 주니 편리하지."

파레리우스 왕국의 여왕이 된 센트럴 도사는 같은 여왕인 엘프라우 여왕과 함께 시라히메 씨에게 카메라 기능을 배웠다.

그러다가 세 사람은 같이 기념사진을 찍기 시작했다. 마치 여고생들 같아. 그중 두 사람은 1000살을 넘었는데…….

“우리 나라는 다른 나라와 떨어져 있으니, 참 고마운 물건이야.”

이그리트 왕국의 국왕은 항상 하고 다니는 황금 깃털 장식을 흔들고는, 스마트폰의 화면을 바라보며 손가락을 움직였다. 내가 메시지를 보내는 법을 가르쳐 줬는데 이 아저씨, 그냥 근육파가 아니라 꽤 머리 회전도 빠르고 요령이 좋은 분인 듯했다.

잠시 후, 다들 송신과 답신을 잘할 수 있게 되어 설명을 마쳤다.

그리고 한동안은 자유롭게 쉬도록 시간을 내주자, 각각 나라의 대표가 대화를 나누며 메일 주소나 전화번호 등을 교환했다.

이어서 오후부터는 이그리트 왕국으로 전이해, 이그리트 국왕의 프라이빗 비치에서 바다를 즐기기로 했다.

역시 국왕 폐하의 프라이빗 비치답게 아름다운 모래사장에 에메랄드그린 바다가 펼쳐져 있었고, 해안의 암벽 위에는 멋진 별장도 있었다.

나는 어제 【프리즌】으로 바다의 위험한 생물들이 들어오지 못하게 조치해 두었다. 안전 대책은 확실히 해 두어야 한다. 게다가 누군가가 물에 빠져도 산고와 코쿠요가 철저히 커버해 주기로 했다.

각국의 대표들과 그 가족, 거기에 더해 호위들까지 와서 프라이빗 비치가 순식간에 평범한 해수욕장처럼 변했다. 사람이 꽤 많다…….

"왕족 비율이 엄청나게 많습니다……."

"지금 여기서 무슨 일이 벌어지면 세계가 엄청 위험에 처할 수도 있겠어."

이미 수영복으로 갈아입은 야에와 에르제가 그런 소리를 중얼거렸다. 불길한 소린 하지 마…….

대부분이 수영복을 입고 해수욕장에서 놀았다. 일부 바다를 껄끄러워하는 사람이나 햇볕을 힘들어하는 사람은 이그리트 왕국의 별장에서 휴식을 즐기고 있지만.

나도 무릎 위까지 오는 트렁크스 타입의 수영복을 입고 위에 파카를 걸친 모습이었다. 이 수영복들은 1급 소재를 사용한 고급품으로, 자낙 씨의 옷 가게가 제공해 준 것이다.

햇볕이 강하게 내리쬐는 하늘 아래에서 내가 빌려준 튜브나 비치볼, 고무보트 등을 손에 들고 아이들이 바다를 향해 달려갔다. 다들 힘이 넘치네.

저 아이는 미스미드의 레무자 왕자(10)와 아르바 왕자(7). 그리고 하노크의 라일락 공주(10)와 미르네아 공주(8)구나.

파르프 왕국의 소년왕(10)과 약혼자인 레이첼(10)도 바다로 나가 물가에서 떠들썩하게 놀았다. 아이들은 순식간에 서로 친해진다.

앗, 저쪽에서는 리프리스의 리디스 황자(12)와 미스미드의

티아 공주(11)가 둘이서 나무 그늘에 들어가 즐겁게 웃고 있다. 오오, 뭔가 분위기 좋은걸?

"첫사랑이야. 반짝거려."

"역시 있을 줄 알았어요……."

카렌 누나가 어느새 히죽거리며 내 옆에서 중얼거렸다. 핑크색 비키니를 입고 허리에 파레오를 두른 차림을 보면, 완전 놀 생각으로 머릿속이 가득해 보인다.

"……미리 말해 두는데, 이상한 짓은 하지 마세요?"

"안 해. 양쪽 다 첫사랑인, 이렇게 재미있는 상황에 손을 대다니 멋없는 짓이야."

이미 그 발언 자체가 멋없기 짝이 없습니다만. 뭐, 좋다. 지금은 그냥 방치해 두자.

카렌 누나는 유미나와 스우가 있는 곳으로 가 버렸다. 나는 나무 그늘에 있는 비치체어에 앉으려고 했는데, 그 옆쪽 모래사장에서 시체처럼 누워 있는 인물을 보고 순간 흠칫했다.

"왜 제노아스 마왕 폐하가 쓰러져 있는 거지……?"

열사병인가? 그렇게도 생각했는데, 아무래도 아닌 모양이었다. 불길하게 생각하는 나에게 근처에 있던 사쿠라의 호위인 다크엘프 스피카 씨가 설명해 주었다.

"저어, 마왕 폐하가 사쿠라 님의 수영복 차림 사진을 찍어 주겠다며 찰칵찰칵 분주하게 사진을 찍었는데, 사쿠라 님이 멸시하는 눈으로 '재수 없어.' 라고 말씀하셔서……."

그래서 쇼크로 시체가 되었다는 말이구나. 이 부녀는 이전부터 한결같구나…….

아무리 아버지라고는 해도 딸의 수영복 차림을 마구 찍어 대는 건 문제가 있어 보이지만.

"열사병에 걸릴지도 모르니 나무 그늘로 옮겨 주세요."

"네."

마왕 정도 되는 사람이니 쉽사리 어떻게 되지야 않겠지만 일단 만약을 위해서. 스피카 씨와 마왕 폐하의 호위이자 스피카 씨의 아버지이기도 한 시리우스 씨가 대답하지 않는 시체를 연행해 갔다.

"토야 씨."

"응? 아, 린제……랑 리리엘 황녀……."

"오랜만이야."

린제 옆에서 말을 건 리프리스 제1 황녀의 차림을 보고 나는 반사적으로 몸을 움츠렸다.

이 위험한 장미 이야기의 황녀 작가는 어떻게 보면 적이나 마찬가지다.

"두 사람은 아는 사이였어?"

"유미나를 통해 몇 번인가 만났어. 이 아이, 내 책을 읽고 있으니까."

그다지 알려지길 원하지 않는지, 리리엘 황녀가 목소리를 낮추며 나에게 말했다. 아버지인 리프리스 황왕에게도 작가

활동은 비밀로 하고 있는 모양이니까.

그것만이라면 큰 문제가 없을 듯하지만, 내용이 내용인지라…….

"저어, 토야 씨. 실은요, 릴 선생님…… 아, 리리엘 황녀님이 스마트폰을 한 대 받고 싶으시다고……."

"어? 왜 또?"

"당연히 집필 활동 때문이지. 종이에 써 두면 위험해. 청소 메이드가 발견해 아버지에게 보고라도 하면 큰일이야. 그런 점에서 봤을 때, 그거라면 휴대하고 다닐 수 있고, 언제 어디서든 글을 쓸 수 있잖아. 이상적인 마도구야!"

흥미롭다는 듯이 말하며 바짝 다가와 나는 비치체어에서 떨어질 뻔했다. 그, 그렇구나. 이유는 잘 알았다.

잘 알았지만, 과연 건네줘도 괜찮은 걸까? 나처럼 등장인물의 모델이 된 남자들의 평온을 위해서는 거절하는 편이 좋을 것 같기도…….

내가 망설이자 린제가 엄호 사격을 해 주었다.

"토야 씨, 릴 선생님은 무대의 각본도 담당하고 계시는데, 지금은 다음 작품을 구상하는 중이에요. 꼭 도와주셨으면 해요."

무대? 아, 그러고 보니 전에 유미나와 벨파스트의 왕도에서 연극을 봤었지? 「검은 용에게 납치된 유이나 공주를 구하는 용사 토야의 모험담」인가 뭔가를.

명백하게 나를 모델로 만든 이야기다. 내용은 거의 다 오리지널이었지만. 분명히 그건 건전하고 멀쩡한 이야기였지만…….

힐끔, 하고 린제를 바라보았다. 하~……. 린제가 이렇게까지 부탁하니 어쩔 수 없나. 악용은 하지 않을 거라 생각하니까.

나쁜 사람은 아니다. 유미나가 잘 따를 정도니까. 민폐형 사람이긴 하지만.

나는 【스토리지】에서 양산형인 흰 스마트폰을 꺼내 리리엘 황녀에게 건네주었다.

"사용법은 린제한테 물어봐 줘. ……미풍양속에 반하는 용도로 사용하지 말길 간절히 바랄게. ……정말로 간절히."

"왜 두 번씩이나……? 아무튼 알았어. 고마워. 그리고 가능하면 인쇄할 수 있는 마도구도 어떻게 안 될까?"

빈틈이 없네……. 그쪽은 곧 각 나라에 나눠 주려고 생각하던 참인데, 그걸 리프리스 황왕에게 빌릴 수는 없을 테니…….

나는 다시 【스토리지】에서 반으로 접힌 얇은 노트 같은 물건을 꺼냈다.

이건 사이에 종이를 끼우고 스마트폰을 올려 '프린트'를 터치하면 안의 종이에 인쇄되는 휴대용 인쇄기다.

박사가 아니라 내가 시험 삼아 만든 물건으로, 한 장씩 인쇄해야 한다는 게 난점이었다.

"시험 작품이지만 사용엔 문제없을 거야. 개인이 사용할 생각이라면 충분하겠지."

"도움이 되겠어. 고마워. 이 답례는 작품으로 할게."
"아냐, 신경 쓰지 않아도 돼! 정말로 신경 쓸 거 없어!"
이상한 방법으로 은혜를 갚아 봐야 곤란할 뿐이라, 나는 일단 거절해 두었다.
린제와 리리엘 황녀는 함께 이그리트 왕국의 별장 쪽으로 걸어갔다. 별장에서 스마트폰 사용법을 가르쳐 주려는 듯했다.
"여어, 즐겁게 지내고 있는가. 공왕님."
"네. 어라? 그건……."
내 옆에서 비치체어에 앉아 있던 이그리트 국왕이 손에 들고 있던 글라스에 들어 있던 무언가를 나에게 내밀었다. 손에 든 스틱 모양의 말린 음식, 그것은 독특한 냄새를 풍겼다.
"말린 텐터클러인가요?"
"그래. 겨우 완성되었지. 한번 먹어 보게."
끝을 깨물어 먹어 보니, 단단한 식감과 함께 풍부한 감칠맛이 입안에 퍼져 나갔다. 꽤 먹을 만하다. 이건 성공 아닌가?
"맛있어요."
"그래. 술안주로 딱 좋더군. 이게 그 징그러운 텐터클러라니 믿을 수 없어."
"그러네요. 마요네즈를 찍어 먹으면 더 맛있어요."
나는 【스토리지】에서 마요네즈를 꺼내 작은 접시에 짠 다음, 말린 텐터클러를 찍어 먹었다. 와아, 최고. 취향에 따라 고춧가루를 찍어 먹어도 좋다.

이그리트 국왕도 나를 따라 마요네즈에 말린 텐터클러를 찍어 입에 머금었다.

"이건……! 맛있어! 술이 더 잘 넘어가는군. 이런이런."

나한테도 술을 권했지만, 나는 술을 못한다며 거절했다. 이쪽 세계에서는 열네댓 정도만 돼도 마시는 사람은 잘 마시지만.

나 대신 술에 이끌려 온 건 아닐 테지만, 미스미드 국왕과 펠젠 국왕이 다가오더니 말린 텐터클러를 술안주 삼아 셋이서 술판을 벌이기 시작했다.

나는 적당히 타이밍을 살피다가 간신히 탈출.

술 취한 사람의 상대만큼은 피하고 싶다. 게다가 솔직히 말해 저 세 사람은 근육파라서 사이에 끼어 있으면 여러모로 성가시기도 하고.

문득 모래사장을 보니, 모로하 누나와 레스티아 국왕인 라인하르트가 목도(木刀)를 들고 대결을 펼쳤다. 이런 곳까지 와서 한단 말이야……?

바다에서는 여전히 작살을 든 카리나 누나가 물고기를 잡았고, 조금 전에 술판을 벌이던 팀에 어느새 스이카가 참가했다. 그리고 어디선가 들려오는 이 하와이안 분위기의 악기로 연주하는 음악은…… 말할 것도 없나?

코스케 삼촌은 수박을 잘라 모두에게 나눠 주었다. 브륀힐드에서 수확한 수박은 달고 맛있다. 재배하는 사람이 농경의 신이니, 당연하다면 당연한 일이지만.

그러고 보니 배가 고프네……. 역시 말린 텐터클러만으로는 배가 안 찬다. 뭐라도 먹을까?

나는 【스토리지】에서 바비큐 세트를 꺼내 그물망과 철판을 좌우에 반반씩 불 위에 올려 두었다. 채소는 옆에 있는 코스케 삼촌에게 받았고, 고기는 용고기를 꺼내 구웠다.

맛있는 냄새에 이끌려 스우와 야에 그리고 루 등, 음식이라면 사양하지 않는 세 사람이 다가왔다.

"맛있어 보이는구먼."

"정말 그렇습니다……."

"이제 거의 다 구워졌으니 조금만 기다려. 루, 잠깐 도와줄 수 있을까?"

"맡겨 주세요!"

요리가 특기인 루를 요리사로 끌어들여 철판 위에서 야키소바를 만들어 달라고 부탁했다. 나는 철망에 올린 옥수수에 사악 간장을 바르고 다 익은 옥수수를 두 사람에게 건넸다.

"하윽, 하윽, 뜨거워!"

"뜨겁지만 달콤하고 짭짜름한 게 참 맛있구먼!"

두 사람이 구운 옥수수를 맛있게 먹었다. 다음은 철망 위에 용고기를 올려 계속해서 구웠다. 양파, 호박, 피망 같은 채소도 잊으면 서운하다. 식사는 균형 잡히게 해야 한다.

"오오, 맛있어 보이는군."

"토야, 우리에게도 하나 다오."

"여기요~."

벨파스트 국왕 폐하와 리프리스 황왕 폐하에게 구운 옥수수를 건네주었다. 치이, 치이, 하고 음식을 굽는 소리와 향기로운 간장이 타는 냄새가 주변으로 퍼지자, 다른 사람들도 몰려왔다.

"야키소바가 완성됐어요!"

"짐은 루시아가 만든 음식을 먹지. 맛있어 보이는군."

"그럼 저도요."

루의 야키소바를 아버지인 레굴루스 황제와 언니인 엘리시아 씨가 받아 들었다.

나도 코스케 삼촌에게 조리를 부탁하고, 루가 만든 야키소바를 먹었다.

나무 접시에 담긴 소스 맛이 밴 면에 알싸한 후추가 들어가 아주 맛있었다. 이 붉은 생강도 맛에 포인트를 더해 줘 아주 좋았다. 먹을 때마다 루의 요리 실력은 늘어나네?

리니에 국왕이 낚은 생선의 포일구이, 벌꿀 스페어립, 구운 주먹밥, 껍질째 구운 소라, 새우 소금구이, 오코노미야키 등, 루가 잇달아 요리를 만들었다.

그리고 그 요리는 모두 다 맛있었다. 코스케 삼촌도 토마토와 치즈를 포일에 싸서 구운 음식과 양파를 찐 음식 등을 만들었다. 이쪽도 맛이 전혀 뒤지지 않는다. 소재의 맛을 아주 잘 살렸다.

해변에서 바비큐 파티를 즐기며 우리는 그날 저녁때까지 놀았다.

각각의 게스트를 【게이트】를 열어 각자의 나라로 보내고, 우리 브륀힐드 사람들도 이그리트 왕국과 작별 인사를 한 뒤에 공국으로 돌아갔다.

"하아~. 힘들어~."

"힘들다니, 그냥 놀기만 했잖아."

"그거야 그렇지만."

어이없다는 듯한 목소리로 말한 에르제에게 대답한 다음 나는 소파에 뒹굴 누웠다. 일단 나름대로 신경을 쓰다 보니 역시 힘들다.

"예절을 지키세요, 토야 님."

"미안, 조금만……."

힐다가 나무랐지만, 조금 봐줬으면 한다. 원래는 그냥 이대로 잠을 자고 싶을 정도로……. 앗, 정말로 졸리기 시작했어…….

"피곤해 보이시는데, 죄송합니다."

"으악?! 깜짝이야!"

꾸벅거리던 눈을 번쩍 떠 보니 메이드 차림의 세스카가 숨결이 닿을 정도로 가까운 곳에 얼굴을 대고 있었다. 가까워, 너무 가깝다고!

깜짝 놀라 나는 소파에서 미끄러져 떨어졌다.

"어라? 잠을 깨우는 뜨거운 키스를 하기도 전에 일어나다니, 정말 겁쟁이 자식이군요."

"시끄러워! 대체 뭐야?!"

이 에로 메이드 녀석. 노렸구나?!

"성문 앞에 마스터를 만나게 해 달라는 2인조가 와 있습니다. 마스터와 면식이 있다고 하니 일단 보고를 합니다."

"2인조……? 누군데?"

"후드를 쓰고 있어 누구인지는 모르지만, 모두 여성이었어요."

누구지? 짚이는 데가 없는데. 어디서 만난 적이 있는 여자 모험자인가?

"아이를 인지해 달라는 이야기일까요? ……어디서 임신시키셨죠?"

"임신시킨 적 없어! 앗, 아냐! 이 바보 메이드가 멋대로 시어낸 말이라고!"

나는 펄쩍! 뛰면서 나를 본 모두에게 변명했다. 변명이 아니라, 정말 아무 짓도 안 했어!

"아니, 소인들은 믿고 있습니다. 토야 님에게 그런 배짱은 없으니…… 아니, 아~…… 소심하시니까요."

"단…… 토야 님은 좋든 나쁘든 여성을 유인하는 습성이 있어서……."

"상대가 혼자 착각하는 일은 충분히 가능성이 있지 않을까

하고…….”

잠깐만. 유인하는 습성이라니 무슨 소리야? 사람을 꼭 초롱아귀처럼…….

일단 누구인지 확인을 해야 한다. 나는 모두에게서 도망치듯이 【텔레포트】를 사용해 성문 앞으로 이동했다.

성문 앞에는 확실히 후드를 쓰고 로브를 두른 사람 두 명이 있었다.

그중 한 명이 나를 보더니 몇 발자국 앞으로 나와 말을 걸었다.

“오랜만이군. 모치즈키 토야.”

“……? 누구……? 앗!”

밤의 장막 안에서도 내 눈은 어둑어둑한 후드 안쪽의 얼굴을 확실히 포착할 수 있다. 딱 한 번 만났을 뿐이지만 그 얼굴은 잊을 수 없다.

“리세야?”

“그래. 엔데뮤온의 행방을 찾고 있다. 안다면 가르쳐 주길 바란다.”

리세. 결정 생명체 프레이즈의 정점에 있는 종족의 한 사람. 엔데와 함께 행동하던 여성형 지배종이다.

그런데 지금은 엔데와 따로 행동하는 중으로, 같은 지배종이자 언니이기도 한 네이가 있는 곳으로 갔다고 들었다.

그렇다면 설마…….

나는 뒤에 서 있는 후드 차림의 인물을 바라보았다. 어두워도 꿰뚫어 볼 수 있는 내 눈에 일찍이 나를 습격했던 인물의 얼굴이 보였다. 나는 무의식중에 몸을 움츠리며 자세를 잡았다.

네이. 프레이즈를 이끄는 지배종이 저기에 서 있다.

나는 언제든 전투로 이행할 수 있게 자세를 잡으며 그 지배종에게 말을 걸었다.

“당신…… 네이라고 했던가? 당신이 이쪽 세계에 와 있었다니.”

“내 이름을……? 엔데뮤온한테 들은 건가?”

“그래. 메르에게도 들었다.”

그 말을 들은 순간 네이가 나에게로 바짝 다가와 멱살을 잡았다. 그 모습을 본 문지기 기사들이 네이에게 창을 들이댔지만, 내가 괜찮다고 손으로 제지했다.

“이 자식! ‘왕’을 어떻게 아는 거지?! 설마 ‘왕’이 부활한 건가?! 어디에 있지?! 말해라!”

“……【파워라이즈】.”

“크, 오옷?!”

나는 네이의 팔을 붙잡고 비틀어 올리며 성의 해자가 있는 곳으로 내던졌다. 크게 물보라를 튀기며 내던져진 네이가 점차 가라앉았다. 아무리 지배종이라 할지라도 결정 생명체인 몸으로는 수영을 할 수 없는 듯했다.

이윽고 물기둥을 만들듯이 해자 안에서 네이가 튀어나왔다. 물의 바닥에서 점프한 모양이다.

“이 자식……!”

“엔데도 메르도 내가 어떤 곳에 정중히 모시고 있지. 리세는 만나게 해 줄 수도 있지만, 이대로라면 당신은 만나게 해 줄 수 없어.”

“뭐라고………?!”

“메르는 대화를 원하거든. 그리고 누군가를 상처 주길 원하지 않아. 우리에게 적대적인 행동을 취하는 이상, 당신과 만날 수 있도록 주선해 주긴 힘들어.”

“뭘 안다고 아는 체를……. 네놈 따위가……!”

우득우득 신체를 변형시켜 갑옷 같은 결정체를 몸에 둘러 전투 상태로 들어가는 네이를 옆에 있던 리세가 말렸다.

“네이, 좀 진정해. 여기서 잘못 행동하면 또 ‘왕’은 모습을 감출 거야. 게다가 지금 너에게는 ‘왕’에게 전해야 할 말이 있을 텐데?”

“그건…… 그렇지만…….”

“저자는 ‘왕’에게 위해를 가할 인물이 아니야. 게다가 저자는 기라를 쓰러뜨렸어. 그런 사람을 네가 쉽게 이길 수 있을까?”

“…………알았다. 리세의 말대로, 일단은 ‘왕’을 만나 봐야 해. ……리세의 말에 따르도록 하지.”

그렇게 중얼거리더니 네이는 전투 형태를 해제했다. 아무래도 리세가 설득을 해 준 모양이었다. 리세가 여동생이라고 들었는데, 오히려 반대 같은 느낌이 든다.

"그럼 우리는 어떻게 하면 되지?"

"엔데 일행과 마찬가지로 결계에 들어가 줘야 해. 그렇게 하지 않으면 데리고 갈 수 없거든."

"좋다."

리세는 고개를 끄덕였지만, 네이는 마음대로 하라는 듯이 고개를 휘익 돌렸다. 생각보다 순순히 말을 들어주네. 아니면 인간이 만든 결계 정도는 쉽게 부술 수 있다고 얕보는 건가?

나는 신기를 담은【프리즌】을 두 사람 주변에 펼쳤다. 바빌론에서 날뛰기라도 하면 큰일이니까.

자신들 주변에 펼쳐진 장벽을 깨닫고 네이는 눈을 조금 부릅떴고, 리세는 흥미롭다는 듯이【프리즌】의 장벽을 두드려 보았다.

네이와 메르를 만나게 해 주면 프레이즈와의 전투를 회피할 수 있을지도 모른다. 하지만 자칫 잘못하면 전면 대결이 펼쳐질 가능성도 있었다.

이미 네이는【프리즌】에 가두었으니 새장 속의 새이긴 하지만.

이게 종속신의 신기를 지닌 변이종 쪽 지배종이었으면, 엔데 때처럼 파괴되었을 가능성도 있다.

나는 스마트폰을 꺼내 메르와 엔데에게 연락했다. 그 두 사람에게도 스마트폰을 건네주었다.

그 두 사람은 바빌론의 한정된 공간에 연금된 상태라, 책을 읽거나 게임하며 시간을 때우는 것 외에는 할 게 없으니까. 가끔 셰스카의 '정원' 쪽에서 찰싹 붙어 러브러브하게 지낸다고 하지만. 오늘도 그곳에서 편히 쉬고 있는 듯했다.

"응, 맞아. 리세랑 네이가 왔어. 지금 그쪽으로 전이할게. ……너는 얻어맞을 가능성이 크니 각오하는 편이 좋을지도 몰라."

엔데에게 그렇게 말하고 나는 통화를 끊었다. 뭔가 큰 소리로 아우성친 듯하지만 난 모른다. 혹시 때리려고 하면 메르가 말릴 거라 생각하지만.

"그럼 갈게."

두 사람이 고개를 끄덕였다. 【프리즌】째로 나는 두 사람을 데리고 【텔레포트】를 하여 바빌론의 '정원'으로 전이했다.

밤하늘의 구름바다가 펼쳐진 곳을 배경으로 달빛 아래에 무성하게 피어난 잔디와 나무들 그리고 꽃들 사이를 흐르는 수로. 그런 아름다운 공중 정원의 나무 아래에서 메르가 혼자 서 있었다.

어라? 엔데가 없네. 도망갔나?

"'왕'……. 메르 님……. 메르 님! 컥?!"

네이가 메르의 모습을 보고 기세 좋게 달려나갔다가——【프리즌】의 장벽에 격돌하여 강하게 머리를 부딪쳤다.

어어? 노려보지 마. 방금 그게 내 탓인가?

걱정스럽다는 듯이 메르가 먼저 이쪽으로 다가왔다. 정원에는 따로 【프리즌】을 펼쳐 놓았기 때문에 리세 일행의 【프리즌】은 해제해 주었다.

"메르 님……."

"오랜만이군요. 네이."

무릎을 꿇고 앞으로 내민 메르의 손을 잡은 네이는 자신의 왕을 겨우 만나 기쁜지 목소리를 떨었다.

"리세도, 건강해 보여 정말 다행입니다."

"……네."

어? 방금 리세, 웃은 건가? 리세는 기본적으로 무표정한 얼굴이라 상당히 보기 힘든 모습이다.

"토야 씨. 리세와 네이를 데리고 와 주셔서 감사합니다."

"뭘. 이쪽도 의도가 있거든. 이번 기회에 잘 대화를 나눠 줬으면 좋겠어. 그렇게 해서 너희 프레이즈가 이쪽 세계에 위해를 가하는 일이 사라졌으면 하니까."

"…… '왕' 이 발견된 이상 우리가 너희를 습격할 이유는 이제 사라졌다."

"음. 그건 정말 듣던 중 반가운 소리인걸? 이대로 계속 가다간 프레이즈를 전부 멸망시켜야 했을 테니까."

네이가 나를 노려보았다. 하지만 이 정도는 말을 해도 된다고 생각한다. 너희의 이기주의로 인해 얼마나 많은 사람이 죽었는지 알아?

우리가 반격하긴 했지만, 그건 때려서 같이 때린 거나 어쩔 수 없는 일이잖아? 아무런 저항도 하지 않고 순순히 죽는 사람은 거의 찾아볼 수 없어.

하드보일드 탐정도 '총을 쏠 자격이 있는 자는 총에 맞을 각오가 되어 있는 녀석뿐이다' 라고 말했잖아.

"……우리가 이제 너희 손에 멸망할 가능성은 없어졌다. 이미 대부분의 병사가 '금색' 으로 흡수당했으니……."

"금색? 아, 변이종 말이지?"

"변이종……. 그럴듯한 표현이긴 한데, 그래, 그 말대로다. 그 녀석들을 이끄는 배신자인 레트와 루트에게 습격당해 우리는 대부분이 흡수당했다. 우리는 더는 녀석들에 대항할 방법이 없어. 흡수당한 자는 '금색' …… 변이종이 되는데, 그들은 더는 우리의 동포라고 할 수 없다. 우리를 사냥해 버리거든."

마치 병원체처럼 사신의 세포에 감염되면 의지를 거슬러 다른 생명체로 다시 만들어진다.

물린 사람들이 좀비가 되는 공포 영화의 상황과 똑같다. 감염된 자는 이제 구할 수 없다.

자신의 천적이 같은 편에서 나타나다니 얄궂은 일이다.

"너희는 똑같은 짓을 지금껏 다른 세계에서 해 왔잖아. 자업자득 아니야?"

"……………."

네이는 아무런 대답도 하지 않았다. 칫, 이래선 내가 약한 사람을 괴롭히는 것 같잖아.

나와 가까운 사람이 죽거나 다쳤으면 이 정도로는 끝나지 않았을 테지만, 개인적으로는 프레이즈에 그다지 깊은 원한이 없었다.

솔직히 말하면 이쪽 세계에서 물러나 준다면 그것으로 충분하다.

"일단은 넷이서 이야기를 해 봐."

"……넷?"

리세가 고개를 갸웃했다.

"거기 나무 그늘에 있잖아? 숨어 있는 녀석이."

"말하면 어떡해, 토야……."

나무 그늘에서 겸연쩍은 표정을 지으며 엔데가 모습을 드러냈다. 조금 전부터 슬쩍슬쩍 머플러가 보였어.

그러자 엔데의 모습을 포착한 네이의 눈동자에 불꽃이 깃들었다.

"엔데뮤온……."

네이가 일어서면서 주먹을 건틀릿처럼 결정으로 무장했다. 앗, 때릴 생각이구나? 저걸 보니.

네이로서는 경애하는 주군을 홀려 데리고 도망친 샛서방처럼 보일 테니까.

"기, 기다리세요, 네이! 엔데뮤온을 때리면 용서하지 않겠습니다!"

"하지만, 메르 님……! 그래선 저의 분이 풀리지 않습니다!"

"워, 워. 지, 진정해. 메르도 이렇게 말하잖아……."

"네놈은 닥치고 있어라!"

엔데를 때리려고 하는 네이를 메르가 등 뒤에서 어깨 사이로 팔을 넣어 저지했다.

……언제까지 이럴 건지. 옆의 리세를 힐끔 보니, 마치 전혀 관심이 없다는 듯 무표정한 얼굴이었다.

엔데가 얻어맞든 말든, 나도 그건 별로 상관없지만.

이대로는 이야기가 진행되지 않는다.

"한 방 맞아, 엔데. 일단 그걸로 일단락 짓고 이야기를 하는 게 어떨까?"

"뭐?! 남의 일이라고 그런 소릴……!"

"즉사당하지만 않으면 잘 회복해 줄 테니까 안심해. 네이, 그러면 되지?"

"……불만스럽긴 하나, 일단 그걸로 보류해 주지."

"죽이면 안 돼."

"그 정도는 잘 안다. 마음에 안 들지만, 죽여 버리면 메르 님이 슬퍼하실 테니까."

두 사람 사이에서 허둥대는 메르에게는 미안하지만, 이게 가장 빠른 방법이다. 응어리가 있는 상태로는 침착하게 이야기할 수 없다. 엔데도 하고 싶은 말이 있겠지만, 지금은 그냥 무시하기로 했다.

1분 후, 바빌론 정원에 메마른 소리가 울려 퍼지더니 엔데가 밤하늘 높이 날아올랐다.

오오…… 잘 나네.

"그래서 어떻게 됐나요?"

"어떻게 되고 말고도 없었어. 일단 메르가 네이를 설득했지만 네이는 아직 메르를 데리고 가길 포기하지 않은 모양이거든. 보니까, 시간이 좀 걸릴 것 같아."

힐다의 질문에 그렇게 대답한 나는 하품을 참느라 고생했다. 그 녀석들, 밤새도록 이야기를 했으니까. 게다가 똑같은 대화를 반복하고 또 반복해서……. 그야말로 생산성 없는 논쟁이라는 느낌?

프레이즈는 아마 잠을 자지 않는 모양이야……. 잔다고 하더라도 휴면 상태라거나, 곰이 겨울잠을 자는 것처럼 오랫동안 잠들어 있거나 하지 않을까? 우리가 처음 만났던 프레이즈도 가사(假死) 상태였고.

……혹시 【프리즌】으로 대기의 마력을 모두 차단하고, 남은 마력도 모두 흡수 마법으로 빼앗으면 그 세 명은 휴면 상태에 들어가지 않을까?

그런데 그런 짓을 하면 엔데가 용서하지 않으려나? 가정일 뿐이기도 하니, 쓸데없는 불씨를 만들지 말자.

머리에 떠오른 쓸데없는 생각을 내쫓고 잠을 깨려고 나는 눈앞에 있는 홍차를 들이켰다.

이미 아침 식사 시간도 끝나서, 다들 각자 볼일을 보러 외출한 듯했다. 테라스에는 나와 힐다만이 남았다.

"프레이즈에게는 레스티아 국민도 희생되었어요. 조금 복잡한 심경이네요……."

물론 쉽게 맺고 끊을 수 있는 문제가 아니긴 하다. 서로 죽고 죽이던 상대와 바로 사이좋게 지내라는 이야기니까.

사이좋게 지내는 편이 더 좋다는 사실은 머리로 생각하면 당연한 이야기지만, 감정은 그렇지 않으니 어려운 문제다.

"그런데 힐다는 뭐 하고 있었어?"

"앗. 저, 저는 린제 씨에게 빌린 책을 좀……."

"……린제한테 빌린 책?"

어제 장미 작가와 있었던 일을 떠올리며 불안에 사로잡힌 나는 테이블에 놓여 있던 책의 제목을 확인했다. 저건 분명히 로드메어의 학생들 사이에서 유행한다는 여성이 주인공인 연애소설이지? 순애물로 '평범한' 연애를 그린 작품……이었다. 아마도.

"재미있어?"

"이런 이야기를 그다지 읽어 본 적이 없어서 신신하고 재미있어요. 기사가 용을 쓰러뜨리고 공주를 구하는 영웅담이라면 많이 읽어 봤지만요."

조금 수줍어하며 힐다가 대답했다. 오로지 기사도 외길을 달려온 아이니 어쩔 수 없는 건가……. 레스티아 기사 왕국, 양육법을 잘못 선택한 것 아냐?

"부끄럽지만 예전에는 그런 이야기를 꽤 동경했었어요."

"기사에게 구출되는 공주님을?"

"아니요, 구출하는 기사 쪽을요."

"아, 그쪽……."

잘못 선택했어, 레스티아 기사 왕국.

"하지만 토야 님을 처음 만났을 때, 구출되는 공주의 마음을 이해했어요. 죽을지도 모르는 위기에 씩씩하게 나타나신 토야 님……. 눈앞에서 프레이즈들을 베어 버리시는 그 모습을 보고 저는 눈을 빼앗겼답니다."

아, 그러고 보니 처음 만났을 때 힐다는 프레이즈에게 습격당하고 있었던가?

"그 뒤로 토야 님을 조사했어요……. 오라버니가 어이없어할 정도로요. 흑룡 퇴치나 제국의 반란 진압 같은 이야기를 들을 때마다 가슴이 두근거려서……. 금세 저는 다시 만나고 싶어졌답니다."

으, 윽. 뭔가 쑥스럽네. 이 아이의 이런 올곧은 부분은 기사다운 성격 때문일까? 오빠인 라인하르트 국왕도 그런 경향이

있고 말이야.

쑥스러운 감정을 숨기기 위해 나는 조금 장난스럽게 말했다.

"프레이즈가 없었다면 우리도 만나지 못했을 거란 말이구나. 그런 점에 한해서는 프레이즈에게 감사해야겠는걸?"

"그러네요. 해서는 안 되는 말인지도 모르지만요."

그렇게 말하며 힐다는 작게 웃었다.

"그래서 지금은 이 책에 나오는 주인공인 여자아이의 마음을 이해할 수 있어요. 만나지 못하는 안타까움이나, 마음을 전달할 수 없는 답답함이나, 상대의 작은 행동을 보고 기뻐한다는 점 같은 것들요. 그래서 무심코 푹 빠져 버렸어요……."

그렇구나. 그 상대가 나라는 사실이 조금 쑥스럽지만, 힐다가 무슨 말을 하려는지 잘 알겠다.

그런 힐다를 기쁘게 해 주고 싶어서 나는 마침 떠오른 생각을 말해 주었다.

"그럼 지금부터 같이 그런 장르의 영화를 한 편 볼까?"

"'영화' 요?! 와아, 오랜만이네요!"

힐다가 손뼉을 치며 매우 기뻐했다. 영화는 가끔 다 같이 보지만, 아무래도 이세계의 이야기라 스토리에 따라서는 일일이 설명을 해 주어야 해서 힘들기도 하다. 그런 이유도 있어, 스토리를 이해하기 쉬운 액션이나 판타지, 단순한 코미디를 많이 본다. 연애 영화는 이번이 처음이네.

스마트폰을 조작해 나는 다운로드 판매 어플리케이션을 열었다. 덧붙이자면 전자머니는 하느님의 선물인지 엄청난 금액이 쌓여 있어 아무런 문제도 없다. ……야한 동영상을 다운받거나 하지는 않아요.

뭐가 좋을까……. 앗, 이게 좋겠어.

평범한 서점 경영자인 남자와 할리우드 스타인 여성이 만나 사랑에 빠지는 연애 영화. 이전에 텔레비전에서 방영해서 가볍게 본 적이 있는데, 꽤 재미있었던 기억이 난다.

거실의 커튼을 닫고 소파에 앉은 뒤, 나는 우리 앞쪽 공간에 화면을 투영했다.

영화가 시작되었다. 일본어 더빙판인데 어떻게 된 일인지 이쪽 사람들에게도 평범하게 이쪽 말로 들리는 듯했다……. 나도 뭐, 이쪽에 오자마자 바로 대화할 수 있었으니, 하느님이 어떻게든 해 준 거겠지.

그런 세세한 사항을 신경 쓰는 내 옆에서 힐다는 영화에 푹 빠져 있었다. 나도 집중해서 보자.

러브신에서 분위기가 조금 어색해졌지만, 전체적으로 힐다가 기뻐한 영화였으니 그 정도는 그냥 신경 쓰지 않기로 했다.

막간극 I'm Happy Just to Dance with You.

"아, 아, 아니! 이럴 수가! 이, 이건 정말 대답합니다! 설마 이런 물건을 직접 보게 될 줄이야!"

"역시 좋은 물건인가요?"

원단이 좋은지 나쁜지 전혀 구별하지 못하는 나는 자낙 씨의 그 말을 듣고 상당한 값어치가 있는 물건이라고 판단할 수밖에 없었다.

"그럼 좋다마다요! 이 원단을 만들어 내는 문실크 웜은 300년 전에 멸종했습니다!! 손수건 정도의 천 조각조차도 왕후 귀족은 모두 가지고 싶어 안달을 내는 그런 원단이죠! 그걸 이런 피륙 상태로 볼 수 있을 줄이야! 이걸 대체 어디서 구하셨습니까?!"

"어~. 저어, ……던전에서요."

"으으음……! 아마 보호 마법이 걸려 있는 보석 상자에 들어 있었겠지요. 무시무시할 만큼 보존 상태도 좋습니다. 이건 그야말로 보물입니다!"

자낙 씨는 내가 가져온 광택이 나는 아름다운 피륙을 조금 전부터 뚫어져라 바라봤다.

방금 던전에서 발견했다고 말했지만, 사실 거짓말이다. 이건 바빌론의 '창고' 에 사장되어 있던 보물 중 하나다.

바빌론 박사가 살던 5000년 전에 번영한 파르테노 신성 제국에서 만들었던 원단이라는데, 당시에도 상당히 고급스러운 원단이었던 모양이니 틀림없이 보물은 보물이다.

바빌론의 보물은 일단 내 소유다. 원래 박사의 물건이지만, 그 박사마저도 '내 소유' 라고 한다. 인조인간이라고는 하지만 물건 취급하는 건 아무래도 좀 그렇다고 생각하지만.

아무튼, 이 원단을 어떻게 할지는 내 자유라고 해서 이곳에 와 감정을 받은 것인데.

"이 원단을 저에게 가지고 오셨다는 말씀은, 제게 이걸 다룰 기회를 주시는 거라…… 생각해도 되겠지요?"

"물론이죠. 자랑하려고 가지고 온 게 아니니까요. 사실은요, 다음에 파레리우스 왕국에서 건국 파티가 열리거든요."

"파레리우스……. 아, 북쪽에서 발견됐다는 큰 섬나라 말입니까?"

파레리우스섬에 관해서는 세계 동맹 참가국에도 알렸기 때문에, 이미 눈치 빠른 상인들은 그 소식을 다 알고 있었다. 새로 발견된 나라. 그 나라의 독자적인 물건을 상품으로 취급하면 돈벌이가 될 테니까.

"그 파레리우스 왕국의 파티에 초대되었어요. 저와 약혼자들이.”

슬쩍 가게 쪽으로 시선을 돌려 보니, 유미나를 비롯한 약혼자들이 각자 좋아하는 ‘패션 킹 자낙’의 신상품을 손에 들고 잔뜩 들떠 있었다.

“그렇군요. 예상해 보자면, 이 원단을 사용해 여러분의 새로운 파티용 드레스를 맞추고 싶다, 그런 것이지요?”

“네. 부탁할 수 있을까요?”

내 말을 듣고 자낙 씨가 흥분하며 바짝 다가왔다. 가까워요, 가깝다니까요. 너무 가까워요!

“물론입니다! 이렇게 훌륭한 소재를 사용해 볼 수 있다니, 실력을 발휘하고 싶어 좀이 쑤시는군요! 저희 ‘패션 킹 자낙’의 모든 힘을 투자해 멋지게 완성하겠습니다!”

다행이다. 이 원단이 지금은 값싼 물건이었다면, 이걸로 모두의 드레스를 만들 수는 없었을 테니까.

어쨌든 국왕의 약혼자들인데 다른 나라의 귀족들에게 ‘브륀힐드는 돈이 없다’라는 소리를 들어 괜히 주눅 들게 하고 싶지는 않았다.

우리가 부자 나라인가 하면 미묘하다고 할 수 있지만, 그래도 모두가 창피를 당하지 않을 정도의 드레스는 사 줄 수 있다.

“토야 오빠. 이야기는 끝났나요?”

“응. 괜찮대. 이거, 생각 이상으로 상당히 좋은 물건이라는 모양이야.”

대화가 끝나는 타이밍을 기다렸는지 등 뒤에서 유미나가 말을 걸었다. 그걸 보고 다른 약혼자들도 가까이 다가왔다.

“그럼 치수를 잴 테니, 사모님 여러분은 이쪽으로 와 주십시오.”

여성 점원을 따라 모두가 우르르르 탈의실 쪽으로 걸어갔다. 그러고 보니 모두는 오늘을 위해서인지 식단을 조절하며 신경을 썼는데, 그걸 파티 당일까지 계속할 생각인가. 그다지 신경 쓸 필요는 없어 보이는데.

나중에 다이어트 식단 레시피를 검색해 요리장인 클레아 씨에게 건네주자. 너무 무리하지 않길 바라니까.

“그리고 말이죠. 드레스 디자인은 약혼자들의 희망이 따로 있어서……. 이걸로 부탁드립니다.”

나는 모두가 각자 취향대로 고른 형형색색의 드레스 그림 아홉 장을 테이블 위에 펼쳐 놓았다.

자낙 씨는 끙끙대며 한 장 한 장 정성스럽게 그림을 확인했다.

“으으으음……. 여전히 본 적 없는 디자인입니다. 하지만 아름다운 드레스군요. 정말 폐하께서는 다재다능하십니다.”

“하하하…….”

죄송해요, 죄송합니다. 사진 검색으로 조사했더니 나온 녀석들이에요. 제 오리지널이 아니에요.

양심의 가책을 억누르면서, 나는 자낙 씨와 의상에 관한 논의를 계속 이어갔다.

파레리우스섬에는 동서남북에 네 개의 도시가 있다. 각각의 도시는 아레리아스 파레리우스의 수제자 네 명과 그 자손들이 통치했고, 섬의 중앙에는 파레리우스 옹이 남긴 '차원문'이 설치된 중앙 신전이 있었다.

현재 중앙 신전 주변에는 새로운 마을이 형성되는 중이다. 머지않아 파레리우스 왕국의 왕도로서 번영할 테지만, 현재는 아직 왕성도 완성되지 않은 상태다.

그래서 건국 기념 파티는 남쪽 도시인 메리디우스에서 열리게 되었다.

초대객은 세계 동맹 참가국의 군주와 그 가족 및 중신들. 물론 전송과 마중은 내가 한다. 아니, 그게 가능한 사람은 나밖에 없다.

전이 마법 사용자는 적긴 하지만 각국에도 없지는 않다. 하지만 나라를 건너갈 정도의 장거리를 뛰어넘는 전이 마법을 사용할 수 있는 사람은 거의 없어서 결국 내가 하는 수밖에 없었다.

파티는 새로운 왕이 된 센트럴 도사, 즉, 파레리우스 여왕 폐하의 건국 선언으로부터 시작되었다.

파레리우스 왕국은 귀족제가 아니지만, 여왕 폐하 아래의 네 수제자 자손들이 각각 도시의 영주로 일했다. 형태상으로는 이셴의 왕과 지방 영주의 관계와 비슷했다.

즉, 평소에는 귀족들을 모아 파티를 열어 본 적이 없다. 그래서 파레리우스 왕국의 파티는 화려하고 세련되지 않은, 입식 형식의 허물 없는 파티였다.

솔직히 브륀힐드도 비슷한 느낌이라 안심이 되었다. 무엇보다 댄스가 없어서 좋다!

음악은 작지만 악단이 있는 듯, 홀에 느릿한 곡이 흘렀다.

으~음. 악단이라……. 역시 우리도 필요한가? 음악의 신인 소스케 형만 있어도 충분하다면 충분하지만.

그러고 보니 기사단원 중에 음악을 좋아하는 사람이 몇 명인가 있었지? 비번일 때 악기 연습을 한다고 들었는데. 소스케 형한테 배우고 있다던가? 아예 그 사람들을 악단으로 스카우트해? 아니면…….

"공왕 폐하. 이번에 여러 가지로 협력해 주셔서 감사합니다."

악단의 필요성을 생각하던 나에게 국외에 정식으로 즉위를 알린 파레리우스 여왕이 인사했다. 그 뒤로는 이 남쪽 도시의 영주인 디엔트 사우스 대표도 보였다.

여전히 엄격해 보이는 거한이지만 그 얼굴에는 미소가 떠올라 있었다. 파레리우스 국왕의 공개적인 데뷔 무대다. 당연히 미소가 나올 수밖에.

"아니요. 건국을 축하드립니다. 서로 신흥국이니 앞으로도 잘 부탁드립니다."

나는 파레리우스 여왕이 내민 손을 잡았다. 서로 신흥국은 신흥국이지만, 파레리우스는 5000년의 역사를 자랑한다.

파레리우스 여왕은 다른 나라의 대표들에게도 인사를 해야 해서 고개를 살짝 숙여 인사한 뒤 나에게서 떠나갔다.

테이블에는 다양한 요리가 놓여 있었다. 모두 다 처음 보는 요리였지만, 아주 맛있어 보였다.

나는 그중에서 뼈가 달린 고기 하나를 접시에 덜어 맨손으로 들고 먹었다. 음, 맛있어. 스페어립 같아 꽤 괜찮은걸?

이건 스우가 좋아할 것 같아.

힐끔, 홀의 구석 쪽을 보니 스우를 비롯해 다른 모두도 각국의 부인들에게 둘러싸여 있었다. 말할 것도 없이 약혼자들이 몸에 두른 그 드레스에 모두 강한 흥미를 보였다.

눈치가 빠른 왕족의 사모님들과 귀족 부인들은 곧장 약혼자들이 입고 있는 드레스의 가치를 알아보았다. 그에 더해 그 드레스가 이미 손에 넣을 수 없다고 알려진 문실크 웜의 원단이라는 사실을 알자, 저렇듯 순식간에 주변을 둘러쌌다.

사실은 손에 안 들어오기는커녕, 바빌론 '창고' 에 트럭 한 대 분량이 피륙 상태로 남아 있다.

약혼자들에게는 미안하지만, 이런 파티에서는 각자의 역할이 있다. 나는 다른 나라의 대표들과 나라에 관해 이야기하고, 약혼자들은 왕가와 귀족의 부인들과 친교를 다져야 한다.

서로 각자의 영역에는 깊게 발을 들이지 않는다는 암묵의 룰이 있다. 부인들이 사이좋게(?) 남편의 험담을 하는데 그사이에 들어갈 수는 없는 법이니까.

그러니 나는 아무것도 할 수 없다. 사쿠라와 스우 그리고 야에가 뼈가 붙은 고기를 먹는 나를 원망스럽다는 듯이 바라보고 있지만, 어떻게 해 줄 수가 없다니까. 나중에 잘 챙겨 놓을 테니 제발 봐줘.

"후우……. 역시 지쳤어요……."

겨우 부인들에게서 해방된 유미나가 한숨을 내쉬며 그렇게 중얼거렸다. 수고하셨습니다.

그 옆에서 내가 챙겨 둔 고기를 먹으며 뚱한 표정을 짓고 있는 스우.

"토야는 정말 너무하는구먼. 우리가 곤란해 하는 모습을 봤으면 바로 도와줘야 하지 않는가."

"아니아니, 그건 힘들어……."

그 안으로 들어갈 용기는 없습니다. 여성을 적으로 돌리면 얼마나 무서운지는 뼈저리게 잘 아니까.

그런 나를 유미나와 마찬가지로 지친 표정의 린이 바라보았다.

"달링. 문실크 웜의 원단 말인데, 어느 정도 사람들에게 돌리는 편이 나을지도 몰라. 저 기세를 보니 던전섬에 억지로 기사나 모험가를 보내고도 남겠어."

"아~……. 그럼 곤란하지."

아무리 던전섬을 찾아도 그 원단은 나오지 않을 테니까. 완전히 다른 유적에서 새롭게 발견했다고 하며 조금 시장에 유통시킬까?

"오랜만에 파티에 참석했는데, 가끔은 참 좋은걸요?"

"힐다 님은 그래도 익숙하시겠지만, 소인에게는 너무 벅찬 자리입니다……."

야에가 힐다에게 푸념을 늘어놓으며 힐의 발뒤꿈치를 살폈다. 자주 신지 않는 신발이니, 아픈가? 나는 슬쩍【큐어힐】을 걸어 주었다.

"고맙습니다, 토야 님."

"무리하지 않아도 돼. 힘들면 먼저 돌아가서 쉬어."

"아니요. 소인도 토야 님의 반려가 되면 이런 일은 일상이 될 테니, 지금 적응해 두어야 합니다."

야에의 마음은 기쁘지만 역시 무리는 하지 말았으면 한다. 개인적으로는 불편하면 참석하지 않아도 상관없지만, 그러면 꼭 불화설이 부상한단 말이지.

귀족에게 있어 이런 파티는 부부 사이가 좋다고 어필하는 장소이기도 하다. 집에 돌아가면 대화조차 하지 않는 가면 부부도 있는데…….

나의 경우엔 부인이 아니라 모두 약혼자지만, 이런 자리는 '이렇게 약혼자가 많아요. 이제 필요 없어요' 라고 대외적으로 어필할 기회가 되기도…… 하는 모양이다.

맞아, 아직도 자신의 딸을 나랑 맺어 주려고 하는 사람들이 계시니……. 대부분은 우리 약혼자들을 보고 포기하지만.

응? 뭐지? 센트럴 도사……. 아니, 파레리우스 여왕이 이쪽으로 빠르게 다가오는데…….

"공왕 폐하. 잠시 괜찮으신가요?"

"……무슨 일 있으셨나요?"

"네. 한심한 이야기지만, 사실은 바깥 나라들과 친교를 맺어서는 안 된다며 여러분과의 교류를 반대하는 자들이 있는데, 그자들 중 일부가 폭주한 모양입니다."

"……습격을 받은 건가요?"

변화를 원치 않는 자들이 있을 거라고는 생각했지만, 폭주라니 뭔가 흉흉하다.

건국 기념 파티에는 각국의 대표와 유력 귀족들이 모여 있다. 우리와의 관계를 엉망으로 만들기에는 최고의 무대다.

그 녀석들이 파티 중에 우리를 습격해 외교 관계를 파괴하려고 생각한다 해도 이상할 것은 없다.

"아니요, 습격하지는 않았지만 나쁜 짓을 꾸미고 있습니다. 녀석들은 거수를 이 메리디우스로 끌어들이려고 하는 중입니다."

초조함을 드러내며 여왕 옆에서 대기하던 디엔트 대표가 내 질문에 대답했다.

거수를 끌어들여? 그런 일이 가능한가?

" '사향목' 일까? 태우면 마물과 마수를 끌어들이는 향기를 내뿜는 악마의 향목. 또는 그것과 비슷한 물건이 있을지도 몰라."

"네. 이쪽에는 '마향초(魔香草)' 라고 불리는 커다란 잎이 있는데, 그것을 특수한 약액에 담근 뒤 건조하면 '사향목' 과 효과가 같아집니다. 그 연기를 맡은 마수 종류는 이성을 잃고 그 향을 쫓아다니지요."

린의 말을 듣고 여왕 폐하가 대답했다. 그런 게 있단 말이야?

"원래는 결계 밖에서 거수에 습격당했을 때, 그것을 태워 정신을 다른 곳으로 돌리고 그 틈에 도망치기 위해 사용하는 것인데……."

"녀석들은 거수를 이 도시로 끌어들이기 위해 사용하고 있습니다. 도시는 결계로 뒤덮여 있어 피해는 없을 테지만, 각국에서 오신 초대객들은 아마 불안하실 테지요. 우리 나라의 인상이 아주 나빠질 겁니다."

그건 그렇다. 이미지 다운은 피할 수 없다. 건국 기념일에 흠집이 가고 만다.

이전에 파레리우스섬의 거수를 우리가 마구 사냥했지만, 전멸시키지는 않았다. 섬의 각 장소에 있는 마소 웅덩이에서 새로 만들어지는 거수도 있을 수 있고.

섬을 둘러싸고 있던 결계는 제거했지만, 중앙 신전과 네 도시에 펼쳐진 마력 결계는 남아 있어 디엔트 대표의 말대로 거수가 집단으로 공격해 오지 않는 한 큰 문제는 벌어지지 않는다. 물론 그걸 다 알면서도 이런 폭거를 저지르는 거겠지만.

"검색. 주변에 있는 거수의 위치를 표시."

〈……검색 종료. 표시합니다.〉

내 눈앞에 남쪽 도시인 메리디우스 주변의 지도가 작게 표시되었다. 아직 멀리 있었지만 빨간 점 하나가 확실히 이쪽을 향해 다가오는 중이었다. 마향초인가 뭔가를 태우면서 마차 같은 이동 수단을 이용해 이쪽으로 끌어들이고 있는 건가?

자, 어떻게 할까. 국교 반대파 녀석들은 소동을 일으켜 이 파티를 망치고 싶은 듯했다. 그렇다면 파티 참가자들이 눈치채지 못하게 처리해 버리면 그만이다.

"근처에 오면 제가 브륀힐데로 저격할까요? 스텔스 기능으로 기체는 숨길 수 있어, 마을 사람들에게 들킬 가능성도 아마

적을 거예요."

유미나가 그렇게 제안했다. 그게 가장 수월한가. 총성은 【사일런스】로 지울 수 있으니까.

일단 여왕 폐하에게 말하여 쓰러뜨린 거수는 이쪽이 받아가기로 합의를 보았다. 모두의 드레스값 정도는 벌고 싶기도 하고 말이지.

"그럼 그렇게 하자. 디엔트 대표님, 몇 명 정도 기사가 동행해 주었으면 합니다. 거수를 끌어들이는 녀석들을 붙잡아야 하니까요."

"알겠습니다. 그럼 이쪽으로 오시죠."

"나머지는 여기를 부탁할게. 녀석들의 동료가 습격해 오지 않는다는 보장은 없으니까."

"맡겨 두십시오."

야에가 힘차게 대답해 주었다. 약혼자들이 끼고 있는 약혼반지와 스마트폰에는 【스토리지】가 부여되어 있는데, 안에는 무기 종류도 들어가 있다. 웬만한 습격자들에게 밀릴 가능성은 없다.

나와 유미나는 디엔트 대표의 뒤를 따라가다가, 기사단 몇십 명을 호출한 디엔트 대표와 함께 도시의 바깥으로 전이했다.

"브륀힐데!"

성문을 등진 유미나가 왼손을 높이 들어 올리자, 약혼반지에서 발사된 섬광과 함께 은색의 경면(鏡面) 장갑을 지닌 프레임 기어가 출현했다. 프레임 기어는 손에 전용인 긴 스나이퍼 라이플을 장착하고 있었다.

"오오……!"

놀라는 기사들을 슬쩍 보며 콕핏으로 뛰어든 유미나는 브륀힐데를 곧장 스텔스 모드로 전환했다.

그러자 스윽, 하고 밤에 녹아들 듯이 브륀힐데의 모습이 사라졌다.

"【롱센스】."

나는 1킬로미터 앞을 눈으로 확인해 보았지만 거수의 모습은 보이지 않았다. 조금 더 먼 곳인가? 나는 신기를 발동해 【롱센스】의 거리를 늘렸다. 오, 있다 있어.

"유미나, 1시 방향, 5킬로미터 앞이야."

〈네. 확인했습니다.〉

연기를 피우면서 마차로 마구 달리고 있구나. 그 마차에 이끌리듯이 이쪽을 향해 오는 거수는 커다란 검은 염소 같은 생김새였다.

〈다크고트네요.〉

검은 털에 검게 비틀리며 구부러진 커다란 뿔. 주로 마구 돌진하여 몸통 박치기 공격을 하는 마수인데, 랭크 자체는 그다지 높지 않았다.

하지만 그래도 거수화하면 피해를 본다. 저런 게 돌진해 오면 손쓸 방법이 없다. 크기는 20미터를 훌쩍 넘는 듯했다. 그나마 다행인 점은 자신의 무게 때문인지 그다지 빠르지 않다는 것인가. 그렇지 않고서야 마차 정도로는 금방 따라잡힌다. 한 걸음 한 걸음의 보폭이 크니, 마차도 필사적인 것처럼 보이지만.

자세히 보니 다른 마수가 다크고트의 발치에서 짓밟혀 찌부러져 있었다. 마향초에 이끌려 온 녀석들인가. 가여워라.

〈아머터틀처럼 단단한 마수가 아니라 다행이에요. 더 이상 접근하면 도시 사람들도 눈치챌 테니 이제 제압하겠습니다.〉

"알았어. 【바람이여 막아라, 속삭임의 차단, 사일런스】."

내 주변에서 모든 소리가 사라졌다. 다음 순간, 브륀힐데가 있었던 어둠 속에서 작은 섬광이 튀더니, 저 멀리 있던 다크고트가 쿠웅하고 쓰러졌다. 한 방인가요. 멋지다.

"──────! ──────!"

"───! ──────!"

기사들 모두가 기뻐하며 함성을 질렀지만 【사일런스】 효과로 인해 소리는 들리지 않았다. 이제 해제.

갑자기 머리에서 피를 내뿜으며 쓰러진 다크고트를 보고 마차를 탄 남자들이 멍한 표정을 짓고 있는 모습을 【롱센스】를 통해 확인할 수 있었다.

"【게이트】를 열겠습니다. 선동가들을 포박해 주세요."

"신경을 써 주셔서 감사합니다."

여기서는 우리가 붙잡는 것보다 같은 파레리우스 사람들이 붙잡는 편이 낫다.

내가 【게이트】를 열자, 파레리우스 기사단 사람들이 그 앞에 있던 마차를 단숨에 둘러쌌다. 나도 뒤이어 【게이트】를 지나가 아직도 불타며 연기를 뿜고 있는 마향초에 물 마법을 날렸다.

"【물이여 오너라, 청렴한 수류(水流), 워터폴】."

"푸아앗?!"

"우웁?!"

마차에 타고 있던 남자들 머리 위로 폭포처럼 물이 떨어졌다. 그리고 마향초의 불은 꺼졌고 남자들은 마차에서 떨어져 내렸다.

"모두 체포해라!"

디엔트 대표의 명령을 받고 기사단원이 일제히 남자들을 제압했다. 저항할 새도 없이 쉽사리 남자들은 모두 포박되었다.

"끝났나요?"

"응, 일단은."

계속 열어 두었던 【게이트】를 유미나가 빠져나오더니 내 곁으로 달려왔다.

아직 모든 사태가 끝이라고는 볼 수 없었다. 이 녀석들에게 명령을 내린 주모자도 있을 테니까.

다만 그쪽은 이 나라의 문제이니 우리가 어떻게 할 수 없는 일이다.
숨이 끊어진 다크고트를 보니 완벽하게 이마가 꿰뚫려 있었다. 그 먼 거리에서 이렇게 정확히 맞히다니……. 방해가 되기 때문에, 나는 얼른 다크고트를 【스토리지】에 넣어 두었다.
우리는 포박당한 녀석들을 데리고 메리디우스로 돌아갔다. 그리고 디엔트 대표와 헤어지고 나와 유미나는 파티장으로 갔다.
"앗, 어서 오세요."
"해치웠어?"
우리 모습을 보고 린제와 에르제가 말을 걸어 주었다. 옆에는 파레리우스 여왕도 있었다. 내가 가볍게 손을 들며 무사히 일이 끝났다고 대답하자, 여왕 폐하는 안심이 되는지 가슴을 쓸어내렸다.
"감사합니다. 이 답례는 나중에 꼭 하겠습니다."
"아니요, 괜찮아요. 거수도 받았고요."
게다가 나는 거의 아무 일도 하지 않았다. 유미나도 한 방에 해치웠고.
"이쪽은 문제없었어?"
"문제없어. 닭*테리야키가 맛있었어."
저기, 사쿠라……? 그런 게 아니라. 그래도 맛있었다니 좋은 게 좋은 건가?

*테리야키 : 간장을 중심으로 한 달콤한 양념을 식재료에 바르고 구운 요리.

“그런데…… 조금 신경 쓰이는데, 어째서 댄스가 시작된 거야……?”

입식 공간을 반 정도 정리하고 남녀 페어가 그 공간에서 춤을 추고 있었다. 악단이 연주하는 왈츠에 맞춰, 남녀가 가볍게 스텝을 밟았다.

게다가……. 저기서 피아노를 치는 사람은 소스케 형이잖아?! 언제 온 거야?!

“잠깐. 댄스는 없다고 하지 않았어……?”

“그랬는데, 다른 분들이 역시 댄스가 없으면 아쉽다고 하셔서요……. 그랬더니 어느새…….”

“소스케 형이 피아노와 함께 나타나 곡을 연주하기 시작했다고?”

루의 말을 내가 이어서 하자 루가 작게 고개를 끄덕였다. 저 아저씨가 쓸데없는 짓을!

게다가 연주하는 이 곡은 차이콥스키의 ‘꽃의 왈츠’ 잖아. ‘호두까기 인형’ 의. 악단 사람들도 처음 들었을 텐데 어떻게 연주하고 있는 거지?

그런 내 의문에 린이 대답해 주었다.

“저 사람들은 파레리우스 사람들이 아니라 브륀힐드의 기사단원들이야. 봐, 음악을 좋아해서 달링이 만든 악기를 연습했던 사람들이잖아.”

“어? ……그러고 보니…….”

기사단 기숙사에는 내가 이전에 분위기에 취해 만들었던 다양한 악기를 보관해 두었다. 기사단원 중에 음악을 좋아하는 사람들이 그 악기들을 연습하며 비번인 날에 소스케 형에게 사사했다는 말을 듣기는 했지만……. 이 사람들까지 데리고 왔단 말이야? 소스케 형도 전이 마법을 사용할 수 있으니…….

"아, 아버지와 어머니예요."

"어?"

유미나의 시선을 따라가 보니, 벨파스트 국왕 폐하와 유에루 왕비님이 정답게 손을 잡고 춤을 추고 있었다. 그럭저럭…… 아니, 상당히 그럴듯해 보인다. 그거야 당연한가. 경력의 차이가 뚜렷하니까.

"……질 수 없어요."

"어?"

유미나가 내 손을 잡고 쭉쭉 당기며 댄스를 하는 사람들 틈으로 들어가려고 했다. 어? 잠깐만!

"자, 잠깐만, 유미나! 난 춤 잘 못 춰!"

임금님이 된 이후로 이런 파티에 참석할 기회가 늘어 일단 댄스 레슨을 받긴 했다. 안타깝게도 나에겐 재능이 없었지만.

그래도 필사적으로 노력해 기본 스텝 정도는 익혔지만, 겨우 얼버무리며 춤을 추는 수준에 불과했다. 솔직히 말해 이런 곳에서 춤을 추다니, 나에게는 너무 문턱이 높다.

“기본은 가능하죠? 그럼 괜찮아요. 간단한 춤을 출 거니까요. 한 곡만 춰요.”

“앗, 그럼 저도요!”

“그, 그럼 저는 루 씨 다음으로 출게요!”

“치사하구먼! 토야, 나하고도 춤을 춰 주게!”

유미나의 말을 듣고, 루, 힐다, 스우가 나섰고, 반대로.

“소, 소인은 그냥 보기만 하겠습니다.”

“어~. 음, 나도 패스.”

“저어, 저도…….”

“귀찮으니 난 됐어.”

“춤추기보다는 노래를 부르고 싶어.”

야에, 에르제, 린제, 린, 사쿠라는 춤을 포기했다.

춤추고 싶은 그룹과 춤추고 싶지 않은(춤을 못 추는?) 그룹, 이렇게 둘로 나뉜 형국이었다. 아니, 나도 춤추고 싶지 않은(춤을 못 추는) 그룹인데요?!

그런 저항도 소용없이, 결국 나는 유미나에게 이끌려 댄스 공간으로 나아가고 말았다.

잠깐, 기다려. 잠깐, 잠깐! 어~. 먼저 등을 쭉 펴고, 어깨는 내리지만 팔꿈치는 내리지 말아야 했지……? 양쪽 팔꿈치는 같은 높이로 두고, 여성의 견갑골 부근에 오른손을…….

“토야 오빠.”

“흐악?!”

벼락치기로 배운 댄스 레슨의 기억을 떠올리던 나를 보고 유미나가 미소 지었다.

"괜찮아요. 침착하게, 천천히."

"으, 응."

조용히 호흡을 가다듬고 나는 유미나의 손을 맞잡았다.

그리고 음악에 맞춰 발을 움직였다. 소스케 형의 아름다운 선율에 맞춰 다른 사람들도 춤을 추기 시작했다.

"응? 이 곡은……."

"왜 그러세요?"

"……아니, 아무것도 아니야."

나는 춤을 추면서 소스케 형을 슬쩍 바라봤다. 저 아저씨, 일부러 그런 건가?

에릭 사티가 작곡한 '주 트 부(Je Te Veux)'. 원래는 프랑스 여성 샹송 가수를 위해 작곡한 곡으로, 번역하자면 '당신을 원해요'가 된다.

가사도 있는데, 우아하고 아름다운 선율인 데 반해 상당히 농밀한 사랑의 말이 이어지는 곡이다.

"앗, 위험해……."

균형을 잃고 넘어질 뻔했지만 간신히 버텼다. 안 되지, 안 돼. 집중하자.

그런 나를 보고 유미나가 미소를 지으며 말했다.

"당황하지 않아도 괜찮아요. 더 편하고 즐겁게 춤춰요. 모처

럼의 기회인데, 아깝잖아요."

즐겁게 춤춘다. ……멋지게 춤을 추지 않아도 되는 건가? 주변을 슬쩍 보니, 모두 마음껏 춤을 추고 있는 것처럼 보였다. ……괜찮은 건가?

"……맞아. 너무 긴장했어."

임금님이니 서투른 모습을 보여 줘서는 안 된다고 생각하며 너무 목에 힘을 준 것인지도 모른다. 이상하게 꾸밀 필요 없이 우리답게 춤을 추면 되는 거야.

여전히 유미나는 내가 눈치채지 못한 면을 가르쳐 주었다. 그리고 한 발 앞으로 내디딜 용기를 주었다.

흐르는 곡의 리듬에 맞춰 이번엔 자연스럽게 발을 움직였다. 스텝을 밟으면서 즐거워하는 유미나를 보니, 나도 절로 웃음이 번져 나왔다.

이런 댄스라면 가끔 춰도 되지 않을까.

이윽고 곡이 끝나고 우리도 발을 멈췄다. 갤러리가 춤을 추던 사람들에게 박수를 보내 주었다.

"즐거웠어요!"

"응. 즐거웠어. 유미나는 굉장해."

무슨 말인지 잘 이해가 안 되는지 유미나는 고개를 갸웃했다. 그리고 빠르게 루가 다가왔다.

"유미나 씨, 교대할 차례예요. 자, 토야 님."

아차. 앞으로 세 명과 춤을 더 춰야 하는 건가…….

아니, 너무 부담 가질 필요는 없다. 즐기면 되는 거니까.

파트너가 루로 바뀌었고, 유미나는 약혼자들이 있는 곳으로 떠나갔다.

다시 소스케 형의 연주가 흘렀다. 이 곡은…… 발트토이펠의 '스케이터스 왈츠' 인가.

손을 잡고 나는 루를 맞이했다. 조금 전과는 달리 나는 침착하게 발을 움직일 수 있었다.

조금 댄스가 좋아질 것 같은걸? 루와 춤을 추면서 나는 그런 생각을 했다.

제3장 합연기연(合緣奇緣)

"오오, 연결됐어, 연결됐다고! 굉장한걸? 시차도 별로 없잖아."

〈그치그치? 얼마나 차원문과 링크시키는지가 문제였는데, 잘 진행됐어.〉

스마트폰 스피커에서 박사의 만족스러운 목소리가 들려왔다. 으쓱한 얼굴이 보일 듯하다.

지금 박사는 앞쪽 세계의 바빌론에, 나는 뒤쪽 세계의 드래크리프섬에 있다. 세계를 넘어 대화를 나누는 것 자체가 정말 엄청난 일일 테니, 박사가 으쓱한 표정을 지어도 어쩔 수 없는 건가. 보이지는 않지만.

이것으로 뒤쪽 세계에 변이종이 나타나도 대처할 수 있게 되었다.

이제는 이쪽 세계에 모험자 길드 같은 조직이 있으면 협력을 구할 생각이다.

정보 수집을 위한 기관이나 조직……. 그런 곳에서 힘을 빌릴 수 있다면 도움이 되는데, 우리의 닌자 부대인 츠바키 씨

같은 일족이 어디 없으려나?
앗, 혹시 홍묘의 부수령인 에스트 씨라면 뭔가 알고 있을지도 몰라. 비슷하게 몰래 돈을 버는 직업이기도 하니까.
어차피 에스트 씨나 수령인 니아에게도 스마트폰을 건네줄 생각이었으니, 겸사겸사 물어볼까.
"잠깐 나갔다 올게."
"다녀오십시오."
〈삐.〉
〈뽀.〉
〈빠.〉
은룡인 시로가네를 따라 메이드복을 입은 에투알 세 대가 똑같이 고개를 숙였다. 저 세 대도 상당히 움직임이 좋아졌다. 유사 인간형인 만큼, 역시 학습 능력이 뛰어나다.
어~. 니아 일행은…….
나는 스마트폰으로 검색해 보았다. 어? 스트레인 왕국의 버려진 성채도, 성왕국 아렌트의 성왕도에 있는 지하 아지트도 아닌 곳에 있네. 또 본거지를 바꾼 건가?
스트레인 왕국의 성채 터보다 북쪽이야. 같은 왕국 안이긴 하지만.
일단【게이트】로 버려진 성채로 전이해 보자.【텔레포트】로 니아가 있는 곳으로 직접 전이해도 되지만, 지난번의 팬티 사건도 있었으니……. 또 그럴 일은 없겠지만 혹시 모르니까.

나는【게이트】를 열고 버려진 성채의 안뜰로 전이했다.

"으앗?!"

안뜰에 있던 젊은 형이 깜짝 놀라 소리를 지르며 절로 허리의 검을 빼냈다. 머리에 두른 붉은 반다나를 보니 분명 '홍묘'의 멤버이리라.

"누, 누, 누구냐?!"

아무래도 나를 모르는 듯, 엉거주춤한 자세로 내 정체를 물었다.

"나는 모치즈키 토야. 니아한테 가다가 잠깐 들렀을 뿐이니 신경 쓰지 말아 줘."

"수, 수령님과 아는 사이, 인가?"

"응, 그렇다고 할 수 있지. 아, 에스트 씨는 있어? 유니나 유리도 괜찮은데."

내가 그렇게 묻자 반다나를 한 형이 성채 안으로 달려갔고, 곧장 안에서 포니테일 소녀인 유니가 구르듯이 튀어나왔다.

"여, 오랜만이야."

"토야 씨! 마침 잘 됐어요! 힘을 빌려주세요!"

인사마저도 중간에 잘라먹고 유니가 다급한 표정을 지으며 나에게 호소했다. 뭐야. 무슨 일이 있었길래 그러지?

"수령님과 부수령님이 싸우고 있어요! 도우러 가 주세요!"

"뭐?"

싸워? 그 두 사람이? 설마 왕국 기사단의 공격인가?!

"여기서 북쪽에 있는 립토스라는 마을에 황금 괴물이 나타났어요! 한 마리가 아니라 숫자가 상당히 많은 모양이라……! 저희 수령님과 추가로 온 왕자…… 파나세스 왕국의 왕자인데, '왕관' 두 대로도 역시 숫자가 많다 보니……!"

변이종이 출현한 건가?! 그것도 무리 지어서……. 그래선 역시 위험해……!

나는 스마트폰을 꺼내 이 주변 지도를 투영한 뒤, 변이종을 검색해 보았다.

투두두두두둑, 하고 많은 핀이 떨어져 꽂혔다. 숫자는 100마리 전후……. 후우, 당황했다. 만 단위인 줄 알았네…….

앗, 마음을 놓고 있을 때가 아니야.

" '왕관' 이 두 대나 있으면 어떻게든 되지 않을까?"

분명히 파나세스 왕국의 왕자는 변이종을 쓰러뜨린 '왕관'을 가지고 있는 사람이다. 이전에 뒤쪽 세계에 왔을 때, 신문에서 읽었다.

"수령님도 왕자도 다수의 적과 싸우는 데는 적합하지 않은 '왕관' 이에요! 게다가 마을 사람들을 지키면서 싸우고 있으니, 아마 수령님의 루주는 능력을 전력으로 다 사용하지 못할 거예요!"

루주. 니아가 소유한 고렘으로 '빨간색' 왕관. 그 능력은 귀신 같은 파괴력과 불꽃의 힘이었다. 그리고 그 대가로 계약자의 생피가 필요하다.

확실히 많은 숫자를 상대하기에 적합한 힘은 아니다. 게다가 숫자가 많으면 그만큼 니아가 흘리는 피도 많아진다. 자칫하면 출혈 과다로 죽을 수도 있다.

마을 사람들이 말려들 우려가 있어 전력으로 싸울 수도 없고…… 전력으로 싸우면 싸우는 대로 니아의 생명이 위험할 수 있다. 어느 쪽이든 간에 서둘러야 하는 건가.

"알았어. 도우러 갈게."

"감사합니다!"

이 거리라면 한 번에 【텔레포트】로 갈 수 있다.

나는 유니에게 인사도 하는 둥 마는 둥 하고 곧장 그 자리에서 【텔레포트】를 사용해 현장으로 전이했다.

순식간에 바뀐 시야에 펼쳐진 광경은 검은 연기가 피어오르는 마을의 모습이었다.

마을을 내려다볼 수 있는 언덕 위로 전이한 내 앞에서 100마리 정도의 변이종이 마을을 파괴하고 있었다. 대부분은 하급종이지만, 몇 마리인가 중급종도 섞여 있네.

이런 상황에서는 마을 가운데에서 프레임 기어로 직접 격투를 벌이기 힘들었다. 그렇다면.

"레긴레이브!"

나는 【스토리지】에서 나의 애기(愛機)인 레긴레이브를 불러냈다.

콕핏에 올라탄 나는 스마트폰을 콘솔에 세팅하고, 레긴레이브를 마을의 상공으로 비행시키며 프라가라흐를 기동했다.

그러자 레긴레이브의 등에 몇 장이나 장착된 판자 모양의 날개 부분이 분리되어 본체의 주변을 위성처럼 돌기 시작했다.

"형상 변화(모드 체인지) · 단검(대거)."

〈프라가라흐, 단검 모드로 이행합니다.〉

긴 판자 모양의 날개가 네 개씩 분리되었다. 그리고 열두 장의 판자 모양 정재는 순식간에 48개의 단검으로 변화했다.

"【유성검군(그라디우스)】."

검이 반짝였다.

48개의 유성이 빛을 반사하면서 잇달아 눈 아래에서 날뛰는 변이종을 찔렀다.

핵의 위치를 알 수 없어서, 나는 대략적인 위치를 세 번 정도 관통시켜 변이종을 쓰러뜨렸다. 그리고 변이종을 제압하면서도 마을에는 피해를 주지 않도록 신경을 썼다.

나는 순식간에 【유성검군(그라디우스)】으로 하급종을 전멸시켰다. 이제는 중급종만이 남았다.

그러자 그중 한 마리, 지네형 중급종이 나를 향해 빛을 모아 입자포를 날렸다.

그걸 공중에서 피하려고 하는데, 레긴레이브 앞쪽의 지붕 위에서 무언가가 튀어 올랐다. 고렘인가? 작고 푸른 기체의 고렘이다.

어딘가 모르게 니아의 루주와 비슷한데, 혹시 저 녀석이 '파란색' 왕관인가?

파란색 고렘이 다가오는 입자포를 향해 손을 내밀자, 손 바로 앞에서 똑바로 날아오던 빛의 창이 〉 모양으로 꺾여 하늘로 사라져 버렸다. 방금 그건 뭐지?

내 반사 마법인 【리플렉션】과 비슷하지만…… 방금 그건 반사가 아니었다. 비틀어 구부러뜨린, 그런 느낌이었다. 그게 이 고렘의 능력인가?

도와준…… 거지? 방금 그거. 솔직히 필요 없었지만…… 앗, 안 되지. 그건 나중에 생각하자.

나를 향해 입자포를 쏜 지네형 중급종을 나는 여러 개의 정재로 찔러 몸에 있는 핵을 관통시켰다. 그러자 지네형 중급종은 검은 연기를 내면서 주르륵 용해되었다.

남은 중급종은 세 마리인가.

"형상 변화(모드 체인지) · 정검(블레이드)."

나는 부유하고 있던 단검 네 개를 융합해 하나의 장검을 만들었다. 그리고 총 12개인 검을 각각 네 개씩 나누어 세 마리의 변이종을 덮쳤다.

카키이잉! 금속을 깨뜨리는 소리가 울려 퍼지며 변이종 세 마리가 산산조각이 났다.

불길하게 흐느적거리며 녹은 황금 금속 액체에서 검은 연기가 피어오르더니 변이종은 증발했다.

후우, 일단은 다 해치운 건가.

카메라를 아래로 향하자 잔해로 변한 마을의 모습이 모니터에 비쳤다. 피해가 상당히 커…….

오, 저기에 니아랑 에스트 씨가 있네? 무사해서 정말 다행이다. 두 사람의 고렘인 루주와 아카가네도 보였다.

경계하는 두 사람 앞에 레긴레이브를 착지시키고, 나는 콕핏에서 뛰어내렸다.

"토야?! 너였구나!"

"여어. 성채 쪽으로 갔더니 유니가 부탁하지 뭐야. 무사해서 다행이야."

"응, 도움이 되긴 했지만……. 넌 그 고렘, 어디서 났어?"

"이건 고렘이 아냐. 프레임 기어라고 해서……. 뭐, 됐어. 잠깐 기다려."

일단은 여기저기에서 불타고 있는 걸 어떻게든 해야 하니까.

"【비여 내려라, 맑디맑은 은혜, 헤븐리 레인】."

곧장 내 머리 위를 중심으로 비구름이 퍼지더니 이윽고 뚝뚝 비가 내리기 시작했다.

우리가 근처에 있는 처마 밑으로 피하자, 마치 그 타이밍을 노린 것처럼(내가 그렇게 한 거지만) 갑자기 쏴~아, 하고 스콜처럼 강한 비가 쏟아졌다가, 마치 언제 그랬냐는 듯이 금세 화창하게 날이 갰다.

"이제 화재는 대부분 진화됐겠지."

"굉장해……. 이런 일도 가능하단 말이야……?"

"그야말로 대마법사네요……."

맑게 갠 하늘을 바라보면서 두 사람이 어이없다는 듯이 중얼거렸다.

비를 내리게 하는 고대 마법 【헤븐리 레인】은 마력의 용량과 숙련도에 따라 그 범위와 강우량이 결정된다. 린이 말하길, 일반적인 마법사라면 가로세로 2미터 정도의 면적에 몇 분 정도 비를 내리는 것이 고작이라고 한다.

그 정도의 면적에 비를 내리게 하는 마법은 기본적으로 활용할 만한 곳이 없다. 그래서 별로 사용되지 않는 마법이다. 그래서 쇠퇴했던 거겠지만.

물이 필요하다면 【워터볼】이면 충분하기도 하고 말이다. 하지만 이거, 밭에 물을 줄 때는 아주 유용한 마법이다.

"아니, 아니지. 마법은 그렇다 치고! 토야, 저거! 저거 뭐야?!"

"고렘은 아니라고…… 말씀하셨는데요……."

니아가 레긴레이브를 가리켰고, 에스트 씨도 레긴레이브를 올려다보았다. 옆에 있던 루주와 아카가네도 자신들보다 훨씬 큰 레긴레이브를 올려다보았다.

자, 뭐라고 설명할까. 굳이 속이거나 숨길 생각은 없지만 얘기가 길어지니 일단 성채로 돌아간 다음…….

"굉장해!"

갑자기 우리 등 뒤에서 큰 목소리가 울려 퍼졌다. 뒤로 돌아 그 인물을 본 순간, 나는 자신의 얼굴이 일순간 일그러졌다는 사실을 깨달았다.

왜냐하면 그곳에는 '왕자님' 이라고 표현할 수밖에 없는 존재가 있었기 때문이다.

짧고 찰랑거리는 금발, 단발머리 위에는 작은 왕관. 전체적으로 파란색인 짧은 망토와 줄무늬가 들어간 호박 팬츠 그리고 거기서 뻗어 있는 다리는 흰 타이츠.

만약 어린아이였다면 귀여운 남자아이로 통했을 테지만, 눈앞에 있는 남자의 연령은 나와 거의 비슷했다. 그게 또 애처로웠다. 마치 동화 속에서 튀어나온 듯한 왕자님이다. 말끔한 얼굴인데. 참 안타깝다.

추측건대 이 사람이 파나셰스 왕국의 왕자님이겠지. 옆에는 조금 전에 변이종의 입자포를 비틀어 구부린 작은 파란색 고렘도 있으니까.

"멋져, 멋져, 굉장해! 그 강함, 이 아름다움! 나는 감동해 떨리는 몸을 주체할 수 없어!"

흥분한 모습으로 파란색 왕자님은 레긴레이브를 향해 찬사를 보냈다. 좀 오버스러운 녀석이네…….

"……이 녀석은 뭐야?"

"파나셰스 왕국의 제1 왕자, 로베르 테르 파나셰스 님이세요. '파란색' 왕관인 '디스토션 블라우' 의 사용자이기도 하고요."

"그냥 짜증 나는 바보 왕자야."

니아가 성가시다는 듯이 그렇게 말을 내뱉었다. 음, 평범하지 않다는 느낌은 어딘가 모르게, 아니지, 딱 봐도 알겠지만.

"여어! 네가 저 고렘의 마스터인가?!"

"마스터라고 해야 하나? 아무튼, 내가 맞긴 한데……."

레긴레이브에서 시선을 돌린 왕자님이 큰 보폭으로 성큼성큼 나를 향해 걸어왔다. 얼굴 가득 웃음을 짓고 있었는데, 마치 그 감정을 큼직한 몸짓과 손짓을 이용해 최대한으로 표현하고 있는 듯했다. 꼭 무대 배우 같아…….

"그런가! 고마워! 네가 달려와 주지 않았다면 어떻게 됐을지! 마을 사람들을 대신해 최대한의 감사를! 괜찮으면 이름을 가르쳐 줄 수 있을까?"

"모, 모치즈키 토야……."

"모치즈키 토야인가. 좋은 이름이야! 나는 파나셰스 왕국의 제1 왕자 로베르 테르 파나셰스다! 너와는 좋은 친구가 될 수 있을 듯하니, 가볍게 로베르라고 불러 주게! 어째서인지 나는 친구가 적거든. 내가 왕자라 다들 주눅이 드는 거겠지만, 너는 그런 점을 신경 쓰지 않았으면 기쁘겠어!"

로베르 왕자는 내 손을 양손으로 꼭 쥐고, 반짝거리는 눈빛으로 똑바로 나를 쳐다보았다. ……뭐야 이거. 짜증 나.

나쁜 녀석은 아닌 것 같지만, 뭐라고 하나……. 온도 차가 느껴진다. 친구가 적은 것도 그게 이유 아닐까? 이 사람에 대해 잘 알지는 못하지만, 적어도 이 패션 센스만큼은 도저히 따라갈 수가 없다.

"야, 너. 토야한테서 손 떼. 그 녀석은 내 친구야."

"네 친구라면 내 친구이기도 하지! 무슨 문제라도?"

"그러니까 너무 친한 척하면서 들러붙지 마!"

"우정을 기르는 데 제한을 두다니 난센스야, 니아 베르무트. 나는 너와 우정을 기르고 싶어."

"기분 나쁜 소리 하지 마! 바보 왕자 주제에!"

"부끄럼쟁이구나. '빨간색' 왕관 마스터는."

니아가 불량소녀처럼 노려보는 데도 전혀 악의 없는 미소를 지으며 대답하는 로베르. 이야기가 전혀 맞물리지 않고 있다. 두 사람의 언쟁(일방적으로 니아가 딴지를 걸고 있는 거지만)에서 벗어나 나는 에스트 씨에게 말을 걸었다.

"참 성가신 왕자네요……."

"그건 저도 동감이에요. 하지만, 슬슬 얌전해질 즈음이거든요."

"네?"

에스트 씨의 대답을 듣고 내가 의아한 표정을 짓고 있는데, 니아와 말다툼하던 로베르가 건전지가 끊어진 것처럼 앞으로 기울어지더니 그 자리에서 털썩! 하고 쓰러졌다.

뭐, 뭐지?! 무슨 일이 벌어진 거야?! 설마 니아가 때린 건 아니지?!

당황하는 내 귀에 도달한 소리는 〈쿠우우우우우울……〉인데…… 이거, 코 고는 소리……? 자는 거야?!

“‘파란색’ 왕관의 대가예요. ‘파란색’ 이 조종하는 건 ‘공간 왜곡’. 니아의 피와 마찬가지로 이 사람은 의식의 각성이 대가라 강제적으로 잠을 잘 수밖에 없는 거죠.”

공간 왜곡……? 아~. 조금 전의 입자포를 비틀어 구부린 힘도 그건가. 그리고 그 힘의 대가로 의식을 잃는다라. 기절한 게 아니라 그냥 잠을 자는 거구나.

“이 녀석은 공간을 비틀어 구부려서 토야처럼 다양한 곳으로 전이할 수 있어. 다만 능력을 사용한 지 1시간도 안 돼 보다시피 푹 꿈속 여행을 떠나니 편리한지 불편한지 판단하기 힘들지만.”

“얼마나 잠을 자는데?”

“능력 사용 빈도에 따라 다른가 봐. 들은 이야기라 예상에 불과하지만, 이번 정도라면 이틀 내내 자야 하지 않을까? 확실하지는 않지만.”

이틀 내내 잠을 잔다라. 정말 편리한지 어떤지 판단이 어려운 능력이네. 싸우는 도중에 잠들어 버리면 생명이 위험할 수 있어. 잠자는 공주가 아닌 잠자는 왕자인가.

……그런데 이 녀석, 어쩔 거야?

그런 고민을 하는데 내 앞에서 왕자 옆에 있던 고렘……(‘디스토션 블라우' 라고 했던가?)이 왕자를 그 작은 등에 둘러업었다. 아, 이 녀석이 데리고 돌아가는구나?

"왕자님!"

"로베르 님!"

무너진 마을 너머에서 기사로 보이는 남녀 두 사람이 이쪽으로 달려왔다. 니아에게 물어보니, 이 왕자를 따라다니는 호위인 듯, 항상 같이 전이를 하는 사람들이라고 한다.

그래, 저렇게 되면 완전한 무방비 상태니까. 어쨌든 왕자님이기도 하니 당연한 건가.

호위 두 사람에게 이끌려 '파란색' 왕관과 그 등에서 잠든 파란 왕자님은 우리 앞에서 떠나갔다.

"그런데 '빨간색' 도 그렇고, '보라색' 도 그렇고, '파란색' 도 그렇고……. '왕관' 의 계약자들은 멀쩡한 녀석이 없네……?"

"방금 뭐라고 그랬어?"

"아니, 아무 말도 안 했는데."

작게 중얼거린 내 말은 다행히 니아에게는 들리지 않은 듯했다. 위험해, 위험해. 입은 재앙의 근원. 조심하자.

일단 니아 일행도 도적단이라는 입장상 이곳에 오래 있을 수 없다는 모양이었다. 그래서 우리는 레긴레이브를 회수해【게이트】를 연 다음, '홍묘' 가 있는 버려진 성채로 전이했다.

◇ ◇ ◇

"단번에 믿기는 어려운 이야기네요……. 하지만 여러모로 이해가 가는 이야기도 있었습니다."

"하~……. 이상한 녀석이라고는 생각했지만, 넌 정말 이상한 녀석이구나."

"냅 둬."

'홍묘'의 아지트인 버리진 성채. 그 안뜰에 친 커다란 텐트 안에서 나는 지금까지의 자초지종을 이야기해 주었다.

내가 이웃 세계에서 왔다는 것, 그쪽 세계에 있는 공국의 왕이라는 것, 변이종이 이쪽 세계까지 멸망시키려고 한다는 것, 그것을 막기 위해서 활동하고 있다는 것을 비롯해 전부 다.

텐트 안에는 '홍묘'의 수령인 니아, 부수령인 에스트 씨, 간부인 포니테일 소녀 유니와 둥실거리는 웨이브 머리인 유리. 이렇게 네 명이 놀랍고 어이없는 표정을 지으며 테이블 앞에 앉아 있었다.

"그럼 그 황금 괴물…… 변이종이라고 하셨나요? 앞으로도 그게 이쪽 세계에서 날뛴다는 말씀인가요?"

"아마도. 우리 세계에서는 녀석들의 출현을 사전에 알아챌 수 있도록 협력 체제를 만들고 있어. 하지만 이쪽은 아무런 대책도 없지. 그걸 어떻게든 하고 싶어. 이번에는 그렇게 많이 나타나지 않았지만, 그것보다 더 대규모로 나타나면 나라가 금세 망할 거야.”

“대, 대규모라니 어느 정도요?”

“대략 만 단위는 나타나. 우리 세계에서는 이미 한 나라가 어떻게 해 볼 수 있는 수준이 아닌 상태야. 그래서 협력을 위해 노력하고 있는 거지.”

얄궂게도 세계를 멸망시키려는 이세계의 침략자 탓에 나라들이 한데 뭉치고 있다. 협력해서 호흡을 맞추지 않으면, 기다리고 있는 것은 세계의 멸망이니까.

이쪽 세계도 한데 뭉치기가 아마 쉽지는 않으리라 생각한다. 실제로 프리물란 왕국과 토리하란 신제국도 전쟁을 했었으니까.

“잠깐만. 만 단위라니……. 어이어이. 그런 게 그렇게 습격해 온다고?! 이길 수 있을 리가 없잖아!”

“조금 전에 니아와 에스트 씨가 봤던 프레임 기어가 있었지? 그건 원래 프레이즈…… 변이종의 바탕이 된 녀석들을 쓰러뜨리기 위해 만든 거야. 그걸 수백 기씩 투입해서 변이종을 섬멸하면 돼.”

“그걸, 수백 기……씩 말인가요?”

물론 레긴레이브가 수백 기인 건 아니지만. 아쉽게도 【스토리지】에는 레긴레이브밖에 넣을 수 없어서 다른 기체를 보여줄 수는 없었다.

"그럼 너는 이제부터 어떻게 하고 싶어?"

"간단히 말하면 이쪽에서 정보를 수집해 줄 협력자 그리고 힘을 빌려줄 나라와 이야기해 보고 싶어. 이미 프리물라 왕국이나 토리하란 신제국과는 연결고리를 만들었지만, 아직 일부 나라에 불과하니까."

"그치마~안. 다른 나라가 믿어 줄지 어떨지는 모르잖아요~? 이세계에서 왔다고 설명해 봐야 비웃음만 살 거예요……."

유리의 말도 타당하다. 아마 프리물라 왕국처럼 특수한 사례가 아닌 이상에야, 보통은 믿어 주지 않겠지.

하지만 곧 믿을 수밖에 없게 된다. 변이종이 습격해 오면 싫어도 믿을 수 밖에 없겠지.

하지만 그때까지 기다려선 늦는다. 나라가 멸망한 이후에 믿어선 아무런 의미도 없다.

"그러네요……. 일단 정보를 모으는 첩보 기관이라면 짚이는 곳이 없진 않아요."

호오호오. 역시 에스트 씨. 뭔가 짚이는 곳이 있는 모양이다.

"그런 곳이 있었던가? 나도 아는 곳이야?"

"'흑접(파피용)' 이에요."

"'흑접(파피용)' 이라니……. 그 암시장(블랙마켓)을 장악하고 있다는 그곳?"

내가 고대 기체(레거시)인 에투알 세 대를 사들였던 암시장. 그곳을 장악한 범죄 조직이 분명히 '흑접(파피용)' 이었다.

돈이 되는 거라면 뭐든지 하는 범죄 조직이라고 니아가 전에 그랬는데…….

"'흑접(파피용)' 은 현재 내부 분열 상태예요. 발단은 전의 암시장 습격의 복수를 위해 '보라색' 왕관에게 암살자를 보낸 일이죠. 그런데 완벽하게 반격을 당해 반대로 '흑접(파피용)' 을 지배하던 수장이 '보라색' 에게 살해당했어요."

'보라색' 왕관……. 파나틱 비올라인가. 그리고 그것을 거느린 광란의 숙녀, 루나 트리에스테.

그 녀석들 엉망진창인데. 개인적으로는 가능한 한 만나고 싶지 않은 상대다.

"결과, '흑접(파피용)' 은 두 개의 세력으로 분열되었어요. 크게 나눠 표면 집단과 이면 집단으로 나뉘었죠."

에스트 씨가 말하길, 표면 세력은 숙소나 창관(娼館)을 경영하면서 정보 수집을 생업으로 삼는 자들이라고 한다. 신문, 소문 등을 통한 여론 조작 또는 이간 공작 등을 하는 자들이 중심이다.

그리고 이면 세력은 요인 암살, 시설 파괴 활동, 집단 강도, 불법 거래 등을 하는 자들이라고 한다. 도둑질한 물건의 매매를 하는 암시장의 운영도 이면 세력의 일이다.

그 표면 세력의 일을 관장하는 간부와 이면 세력의 일을 관장하는 간부가 정면 대립하여 일촉즉발의 상황이라는 모양이었다. 후계자 상속 분쟁이라는 건가?

"공교롭게도 살해당한 수령에게는 아이가 없어서, 이 두 사람 중 누군가가 후계자가 될 거라고 생각했어요. 그런데 서로 상대의 주장을 받아들이지 않아 수렁에 빠진 상황이죠."

"그렇군요. 그러면 표면 세력 간부의 협력을 얻을 수 있으면……."

"네. 정보 수집이라는 측면에서 상당한 도움이 될 거예요. 여하튼 '흑접(파피용)'의 입김이 닿은 숙소는 폭넓고, 각국에 골고루 퍼져 있으니까요."

확실히 상당히 매력적으로 보였다. 앞쪽 세계의 모험자 길드에도 뒤지지 않을 만큼 다양한 정보가 손에 들어올 듯했다.

"———잠까~안. 에스트. 흑접(파피용)의 표면 세력 간부라면……."

"네. 실루엣 릴리. '그림자 백합'이에요."

"아, 안 돼 안 돼! 그런 여자한테 토야를 보내면 어떡해! 하룻밤 만에 완전히 혼이 나가 버릴 거야!"

니아가 당황한 듯 손을 흔들며 저지하려고 했다. 왜 그러지? 그런 것보다 표면 세력의 간부는 여자였어?

"……혹시 무서운 사람이야?"

"어떤 의미에서는. 그림자 백합이라고 불리는데, 그 여자는 '흑접(파피용)'이 경영하는 창관의 사장이야. 엄청난 여자지. 그 색기와 농간으로 홀리지 못하는 남자는 없다고 할 정도거든. 딱 한 번 만나 본 적이 있는데, 마성의 여자란 바로 그 사람을 말하는 게 아닐까 해. 아마도."

창관이라……. 으으음. 조금 움츠러들긴 하지만, 일단 이야기만이라도 들어볼까?

"표면 세력의 간부인 그림자 백합은 이면 세력의 간부와 비교하면 직접적인 전투원은 그렇게 많지 않아요. 하지만 인원 자체는 이면보다도 훨씬 많죠. 아군으로 만들면 상당한 도움이 될 거예요."

"그런 간부를 제가 만날 수 있어요?"

"'홍묘'의 연락망을 사용하면 그림자 백합이 있는 장소를 찾을 수 있어요. 그다음에는 음……. 토야 씨라면 억지로 만나러 가도 어떻게든 되지 않을까 하는데요."

가능한 한 원만하게 진행하고 싶은데 말이죠……. 트러블은 최대한 피하고 싶지만, 그럴 수는 없는 듯하다. 그런 거야 익숙해졌으니 별로 상관은 없지만…….

스트레인 왕국 북쪽에 있는 왕도에 이은 제2의 도시, 상업 도시인 칸타레.

나는 그 환락가 한가운데에 있는 이 도시 최고의 고급 창관인 '월광관(月光館)' 앞에 와 있었다.

커다란 숙소 같은 건물에는 라이트업된 빛이 번쩍거렸고, 네온(이라고는 해도 마광석이지만) 빛이 일곱 빛깔로 변화해 굉장히 환상적인 모습을 연출하고 있었다.

"진짜로 비싸 보이긴 하네……."

대체 한 번 이용에 얼마를 받을까? 백금화 1닢인가? 내지 못할 건 없지만, 그런 목적으로 온 게 아니니까. ……음, 그런 목적으로 오지는 않았지만, 가슴이 두근거리는 이유는 뭘까?

입구 계단 아래에는 몸이 튼실한 경비병 같은 남자 두 명이 서 있었다. 위압감이 장난 아니야…….

자, 여기에 가만히 서 있어 봐야 아무런 소득도 없다. 이대로는 누가 봐도 거동이 수상한 사람일 뿐이니까.

경비병의 시선을 받으면서 나는 입구 계단을 올라갔다. 커다란 스테인드글라스가 좌우로 박혀 있는 홀을 지나 카운터에 도착하자 저편에 있던 검은 옷을 입은 남자가 생글거리며 나에게 말을 걸었다.

"어서 오십시오, '월광관'에. 실례지만 처음으로 방문하신 손님이신지요?"

키가 크고 수염을 기른 30대 접수원 남자가 생글거리며 나를 바라보았다. 딱 봐도 영업 미소 같은 느낌으로, 솔직히 말하면 내가 껄끄러워하는 타입이다.

"처음이지만 손님이 아니에요. 이곳에 실루엣 릴리라는 사람은 있나요?"

"……손님이 아니면 돌아가라. 따끔한 맛을 보기 전에."

생글거리던 얼굴이 확 바뀌더니 위협적인 말이 튀어나왔다. 앗, 이 반응을 보니 잘 찾아왔나 보네?

"있죠? 이야기만이라도 할 수 없을까요? 잠깐이면 되는데……."

"애들아! 이 녀석을 끌어내라!"

남자의 목소리를 듣고 밖에 있던 경비원 두 사람이 성큼성큼 이쪽을 향해 다가왔다. 통나무처럼 굵은 팔이 내 멱살을 잡으려고 뻗어 왔지만, 나는 반대로 상대의 멱살을 잡고 【패럴라이즈】로 몸을 마비시켜 움직이지 못하게 만들었다.

"크으윽?!"

바닥에 데굴거리며 쓰러진 경비병을 방치하고 또 다른 경비병도 마찬가지로 【패럴라이즈】로 움직임을 봉쇄했다. 미안해, 나중에 원래대로 돌려줄게.

"이, 이 자식! 자빗의 첩자냐?!"

지배인으로 보이는 남자가 카운터 아래에서 단검을 꺼내 나를 향해 들이댔다. 자빗이라니 누구야? 아, 혹시 '흑접(파피용)'의 이면 세력 간부인가? 일촉즉발 상태라고 했으니까.

"뒈져라아아아아아아!"

"【슬립】."

"크허억?!"

허리 높이로 단검을 들고 찌르려고 달려들던 남자가 내 마법에 걸려 벌러덩 자빠졌다. 나는 넘어진 남자가 놓친 단검을 주워들고 창관의 기둥에 꽂았다. 갑자기 그러면 위험하잖아. 표면 세력의 조직원이라고는 해도 범죄 조직의 일원이라는 점은 마찬가지란 얘기구나.

"자빗이 누군지는 모르겠지만, 아무튼 실루엣 씨와 만나게 해 줄 수 없을까요? 조금 이야기를 하고 싶어서 그러거든요."

"크으으……."

바닥에 납작 엎드려 있으면서도 나를 노려보는 접수원인 남자. 이래선 어렵겠는데……. 장소가 장소인 만큼 가능한 한 힘으로 밀고 들어가고 싶지는 않았지만…….

그런 나를 향해 머리 위에서 여성이 말을 걸었다.

"거기까지만 하면 안 될까? 계속 소란을 피우면 아주 큰 민폐야."

"보, 보스!"

홀에서 2층으로 완만하게 커브를 그리며 이어진 계단에서 여성 한 명이 서 있었다.

황갈색의 긴 머리카락과 개암나무색 눈동자. 나이는 20대 초반. 그 여성은 스타일 좋은 몸에 흰 차이나 드레스를 입고 있었다. 흰 백합 모양의 아름다운 머리핀이 눈길을 끌었지만, 그 여성의 미모 앞에서는 그것마저도 빛을 잃는, 그런 느낌이었다.

이 사람이 실루엣 릴리. '그림자 백합' 인가.

분명히 미인은 미인이다. 하지만 나로서는 조금 가까이 다가가기 힘든 타입의 미인이었다. 뭐라고 하면 좋을까. 방심할 수 없다고 해야 하나? 마음이 편치 않다고 해야 하나? 그런 분위기를 내뿜었다.

"당신이 실루엣 릴리 씨인가요?"

"그래, 맞아. 누군지는 모르겠지만, 예약도 없이 들이닥치다니 조금 실례 아닐까? 이쪽도 이쪽 나름의 일정이 있거든."

"그 점은 사과합니다. 하지만 평범하게 약속을 잡아서는 만나 주시지 않을 거라는 말을 들어서요."

"누구한테?"

"'홍묘'의 부수령, 에스트 씨한테요."

내가 그렇게 대답하자, 실루엣 씨는 조금 놀란 표정을 지었다가 곧장 미소 짓는 모습으로 표정을 바꾸더니 천천히 계단을 내려왔다.

드레스의 슬릿으로 엿보이는 예쁜 맨다리가 어쩐지 눈부셨다. 으으음, 역시 이런 누님은 껄끄러워.

"아무래도 자빗의 자객은 아닌가 보네. 그래서? 나에게 무슨 볼일이지?"

계단을 내려와 실루엣 씨가 요염하게 내 앞에 서더니 고풍적인 미소를 지으며 그렇게 물었다.

하지만 그때 내 의식은 눈앞의 미녀보다도 다른 방향을 향해 있었다. 나는 품에서 스마트폰을 꺼내 확인해 보았다. 응, 역시 착각이 아니었어.

"……그 전에 잠깐 물어볼게요. 지금 밖에 네다섯 명이 이 건물을 둘러싸고 있는데, 단체 손님 예약이라도 되어 있나요?"

"……?!"

내 말을 듣고 놀라는 실루엣 씨. 그와 동시에 홀에 있던 스테인드글라스가 큰 소리를 내며 깨지더니 그곳에서 엿보이는 밤하늘에서 인간 세 명이 아래로 내려왔다.

아니, 인간의 형태이지만 인간이 아니었다. 검은 옷 같은 천을 두른 날씬한 고렘이었다.

그 고렘의 양팔에는 전투용 토시와 일체화된 날 길이 30센티미터 정도의 검이 장착되어 있었다. 고렘 세 대는 홀에 착지하자마자 나에게는 눈길도 주지 않고 일제히 실루엣 씨를 습격했다.

"보스!"

쓰러져 있던 남자들이 자신의 주인이 위기에 처하자 큰소리로 외쳤다. 등 쪽에서 그 목소리를 들으며 나는 마력을 집중했다.

"【실드】."

실루엣 씨를 향해 내가 손을 내밀자, 실루엣 씨 주변에 견고한 보이지 않는 방패가 출현해 고렘들의 칼날을 모두 막았다.

"이건……."

실루엣 씨가 자신 주변에서 막힌 고렘의 칼날을 보고 몸이 굳었다. 고렘들은 몇 번이고 팔의 칼날을 실루엣 씨에게 휘둘

렸지만, 단 한 번도 상처를 입히지 못했다.

“【얼음이여 감싸라, 영원한 관, 이터널코핀】.”

주문을 외우자, 고렘들의 발밑에서 엄청난 기세로 얼음이 기어 올라와 순식간에 고렘 세 대가 사각형 얼음 기둥에 갇혀 버렸다. 고대 마법 【이터널코핀】. 잠시 거기서 얌전히 있어.

얼음 기둥 세 개에 둘러싸인 실루엣 씨가 그것들을 피해서 내가 있는 곳으로 다가왔다.

“……방금 그건 당신이 한 거야?”

“쓸데없는 짓이었나요?”

“아니, 덕분에 살았어. 방금 그건 정말로 위험했거든……. 아마 이 고렘은…… 아니, 그것보다도 이 건물이 둘러싸여 있다고 했는데…….”

“아, 그쪽도 처리할까요? 그러면 제 이야기를 들어주실 시간을 내주실 수 있나요?”

“……좋아. 정말로 처리해 준다면 그 정도는 별것 아니지.”

좋아. 약속을 잡았다. 그럼 잠깐 바깥 청소를 하고 와 보실까.

“후, 이제 끝인가.”

고급 창관 ‘월광관’의 입구 앞에는 검은 옷을 입은 수상한 남자들이 겹겹이 쓰러져 있었고, 늘씬한 고렘 수십 대가 얼음에 갇혀 있었다.

물론 누구 하나 죽이지 않았고, 고렘도 파괴하지 않았다.

'월광관' 에서 나온 경비병이 검은 옷을 입은 남자들을 묶더니 어디론가 데리고 갔다. 도시의 기사단에게 인도……할 리가 없나.

아무리 봐도 이 녀석들은 일반인이 아니다. 딱 봐도 특수부대 같은 차림이고, 창관 안에서도 알 수 있을 만큼 살기를 내뿜었다. 그런 점은 암살자로서 2류구나. 아니, 암살자가 아니라 그냥 습격자인가?

이곳의 경비병은 이 녀석들의 자백을 받아내 흑막이 누구인지를 알아내려고 하겠지. 흑막이 누구인지야 이미 눈치챘겠지만, 확인을 위한 건가?

"정말로 모두 처리하다니……. 당신, '홍묘' 의 조직원이야?"

"아니요, 아니에요. 친하게 지내고 있기는 하지만요."

연행당하는 남자들을 보면서 어이없다는 듯한 말투로 실루엣 씨가 중얼거렸다.

"그건 그렇고…… 이렇게까지 과감한 짓을 하다니, 이제는 대화로는 사태가 해결되지 않는다는 말이구나……."

"조금 전에 말한 자빗이라는 녀석의 사주인가요?"

"그래. 자빗 그랜트. 흑접(파피용)의 암부를 장악한 남자야."

역시나. 눈엣가시인 실루엣 씨를 죽이러……. 아니, 이 변변치 못한 녀석들을 보낸 걸 보면 그냥 협방용인지도 모른다.

실루엣 씨, 미인이니까. 죽이기는 아깝다라고 생각해서?

"지금까지도 심하게 우릴 괴롭혔어. 창관 아이 중에는 성폭행을 당한 아이도 있지. 개중에는 마음의 상처를 입은 아이도 있고……. 그 남자는 상대를 서서히 궁지로 몰아가는 방식을 아주 좋아해. 특히 여자를. 지금쯤 공포에 떨고 있는 나를 상상하며 유열에 빠져 있을걸?"

그게 사실이라면 그 녀석은 구제 불능의 쓰레기다. 그런 녀석이 실루엣 씨를 노리고 있는 건가?

이건 상당히 위험한 상황 아닌가? 이번에 실패했으니 다음에는 진심으로 죽이러 올 가능성도 있고…….

"일단 약속대로 이야기는 들어볼게. 들어와."

실루엣 씨의 말을 듣고 나는 '월광관' 안으로 돌아갔다. 그러자 정면 홀에는 어느새 많은 사람이 모여 일제히 나를 바라보았다.

"으, 앗?!"

그 광경을 보고 나는 무심코 몸이 굳고 말았다. 남자도 있었지만 반 이상은 여자로, 게다가 대부분이 반라 상태였다.

컬러풀한 시스루 미니 슬립 안쪽으로는 속옷이 통째로 다 비쳐 보였고, 개중에는 브래지어를 하지 않은 사람까지 있었다. 그건 뭔가요? 한창 하던 중이었다는 말인가요?! 으악! 아예 아무것도 안 입은 사람도 있어?!

"굉장하다~! 강하구나, 너!"
"가게를 지켜 줘서 고마워! 덕분에 살았어!"
"우후후. 답례로 오늘 밤에 나랑 어때? 밤새도록 상대해 줄 수 있는데."
"앗, 치사해~! 내가 노리고 있었는데!"
"앗, 저어, 저기요? 저는, 볼일, 볼일이 있어서!"
여자들이 주물럭대는 곳에서 어떻게든 도망치려고 했지만, 이곳저곳에서 손이 뻗어와 날 놓아 주려고 하지 않았다.
우와아. 좋은 냄새가 나! 부드러운 뭔가가 등에 닿았어! 뺨에다 뽀뽀를 하다니!!!
"자자, 거기까지만 해. 그 아이는 나와 할 이야기가 있거든. 다들 방으로 돌아가."
짝짝, 하고 실루엣 씨가 손뼉을 치자 누님들은 쳇~이라고 하거나 보스만 상대하려 하다니 치사하게~라고 중얼거리면서 각자 방으로 돌아갔다. 같은 방으로 들어간 남자들은 손님인 거겠지.
사, 살았다…….
"괜찮아? 아무래도 자극이 너무 강했나 보네. ……이쪽은 별로 익숙하지 않은가 봐?"
"……사, 상상에 맡기겠습니다."
뻔히 다 알겠다는 듯이 키득거리며 웃는 실루엣 씨의 시선을 피하면서 나는 달아오른 몸을 식혔다. 아~. 깜짝 놀랐

어……. 정말 자극이 너무 강해.

어색한 분위기인 채로 나는 실루엣 씨의 안내를 받아 창관의 최상층으로 올라갔다. 큰 문 앞쪽은 화려한 방으로, 아무래도 이곳은 실루엣 씨의 개인 방인 듯했다. 고급스러운 생활용품이 갖춰져 있어서 마치 왕궁의 방 같았다. 우리 왕궁은 이렇게 화려하지 않지만.

권하는 대로 소파에 앉아 위를 올려다보니 천장에 커다랗게 달린 둥근 창문으로 보름달이 보였다.

내가 앉은 소파의 옆에는 검은 고양이가 자기는 아무 상관없다는 듯이 몸을 둥글게 말고 자고 있었다. 실루엣 씨가 키우는 고양이인가?

"과실수면 될까? 아니면 술?"

"과실수로 부탁드립니다."

실루엣 씨가 내 앞의 낮은 테이블에 음료를 놓고 내 맞은편에 앉았다. 실루엣 씨 앞에는 샴페인으로 보이는 음료가 글라스 안에서 작게 거품을 내고 있었다.

"그래, 할 이야기라는 게 뭐지? 아니지. 그 전에 네 이름부터 물어봐야겠어."

"아, 죄송합니다. 저는 모치즈키 토야. 지금은 여행자……이려나요?"

"여행자라. 그래 좋아. 일단 이야기를 들어볼게."

나는 간추려서 이쪽의 요망을 실루엣 씨에게 이야기했다.

황금 괴물이 전 세계 어디에 출현해도 이상하지 않다는 것. 그걸 사전에 감지할 방법이 있다는 것. 그 정보를 수집하는 일에 협력해 줬으면 한다는 것 등이었다.

“황금 괴물이라. 요즘에 확실히 여기저기서 목격된다는 얘기를 들었어. 마을 하나가 사라진 나라도 있는 모양이고, 기사단의 고렘 수십 대를 희생해서 겨우 제압한 나라도 있다는 모양이야. 다른 세계에서 온 침략자라는 말은 그다지 믿기 힘들지만…….”

“꽤 자세히 알고 계시네요.”

“당연하지. 나는 ‘흑접(파피용)’의 정보 통괄 책임자니까. 다양한 정보가 가장 먼저 나에게 도달해. 세계 각국의 움직임부터 하잘것없는 깡패의 가족 구성까지 말이야.”

역시 ‘흑접(파피용)’의 표면 세력이라고 해야 하나? 이쪽 세계에 한정된 이야기는 아니지만, 웬만큼 작은 마을이 아닌 한 숙소, 또는 창관은 어떤 마을에나 있다.

그곳에 조직의 첩보원이 섞여 들어가 있거나 경영자 자신이 조직원이라면, 그 정보가 피라미드의 꼭대기에 위치한 실루엣 씨에게 모두 전달되는 구조구나. 아무리 그래도 이쪽 세계 전체 마을에 ‘흑접(파피용)’의 손이 뻗어 있지는 않겠지만, 그래도 상당한 규모인 듯했다.

“그래서? 너에게 협력하면 나에게 어떤 이득이 있지?”

“변이종……. 황금 괴물이 습격해도 가장 먼저 대피할 수 있어요.”

“꼭 마을에 출현한다고는 할 수 없잖아? 그다지 매력적인 거래가 아닌걸?”

그거야 그렇겠지. 말을 꺼낸 나도 그렇게 생각한다.

하지만 곧 본격적인 습격이 시작되면 역시 필요해질 텐데. 물론 그때까지 기다리고 있을 수는 없지만.

그건 그렇고, 어떤 이득이 있냐는 말을 꺼내다니. 이건 즉, 대신에 뭔가 요구할 게 있다는 건가? 조금 웃고 있기도 하고.

지금 내 머릿속에 떠오른 요구 조건은 하나뿐이지만.

“……그럼 조금 전에 말한 자빗인가 하는 사람을 어떻게든 해 준다면 협력해 주실 건가요?”

“난 똑똑한 아이가 좋더라. 이해가 빨라서 좋은걸?”

의미심장한 웃음을 지으며 실루엣 씨가 다리를 꼬았다. 차이나 드레스 같은 옷의 슬릿에서 엿보이는 예쁜 맨다리가 나에게는 조금 부담스러웠다.

“그러고 보니, 지금 생각난 건데 혹시 너, 얼마 전의 프리물라 왕국과 토리하란 신제국의 전쟁에 관여하지 않았어?”

앗, 그런 정보까지 파악하고 있단 말이야? 유괴 현장을 목격한 사람도 있으니 그럴 수도 있는 건가?

별로 숨겨야 하는 이야기도 아니라 나는 프리물라 왕국의 편을 들어 상대의 제2 왕자(사실은 공주였지만)를 유괴하고, 그 후에 토리하란의 원로원 의장을 포박했다는 사실을 숨김없이 이야기해 주었다. 나중에 이 두 나라에도 협력을 구할 예정이란 것도.

"전이 마법……. 어이가 없네. 그런 반칙 같은 힘까지 사용할 수 있다니. 그럼 자빗을 유괴해 달라고 내가 부탁하면 해 줄 수 있어?"

"불가능하지는 않지만 데려와서 어쩌실 거죠? 죽일 건가요? 그리고 당신이 흑접(파피용)의 수령이 되는 건가요?"

암살이나 절도단 등의 불법적인 일을 실루엣 씨도 하겠다고 한다면, 이 사람과의 관계를 조금 다시 생각해 볼 필요가 있다.

흑접(파피용)은 홍묘와는 달리 의적이 아니다. 이제 와서 깨끗하고 올바르게만 일을 처리하겠다고 말할 생각은 없지만, 솔선해서 자신이 그런 일을 거들 생각은 추호도 없다.

내 표정의 변화를 눈치챈 것인지 실루엣 씨는 소파에 등을 기대더니 쓴웃음을 지으며 손을 저었다.

"내가 흑접(파피용)의 수령이 돼? 농담하지 마. 나는 반대로 그쪽 흑접(파피용)과는 결별하고 싶어. 솔직히 말하면 그쪽이 이쪽에 시비만 걸지 않으면 끝까지 간섭하지 않으려고 했거든. 자빗 그 바보가 욕심을 부리며 내 일까지 손에 넣으려고 하니, 일이 복잡해졌을 뿐이야."

"즉, 숙소와 창관 경영만 하고 싶다는 건가요?"

"아니. 정보는 돈이 되니 부업으로 첩보 활동은 계속할 생각이야. 단, 그걸 이용해 공갈하거나 절도를 할 생각은 없어.

음, 악덕 상인이나 쓰레기 같은 귀족의 악행을 세상에 공개하는 짓은 할지도 모르지."

그렇구나. 완전히 범죄에서 손을 씻을 생각은 없는 듯하지만, 그 정도라면 뭐, 허용 범위려나? 홍묘의 니아 일행도 비슷한 일을 하고 있으니까.

"일단 그쪽이 실루엣 씨에게 손을 대지 못하게 하면 되죠?"

"그래. 뭐 좋은 방법이라도 있어? 마법사 씨?"

"글쎄요. 간단한 방법으로는 '저주' 를 건다든가……."

"……바로 미심쩍은 이야기가 나왔는데, '저주' 라니 무슨 말이야……?"

실루엣 씨가 미묘하다는 듯이 눈썹을 찌푸렸다. 그 마음을 모르지는 않지만, 어둠 속성의 마법이라면 강제적으로 저주를 걸어 이쪽에 간섭하지 못하게 할 수 있다. 그게 가장 효과적이라고 생각하는데.

그쪽도 확실히 저주를 받고 있다고 알게 되면, 이쪽에 간섭할 리가 없다.

"그 자빗이라는 녀석이 어디에 있는지 아시나요?"

"알고 있고말고. 이 칸타레에 있어. 북쪽 지구에 있는 이 도시의 가장 높은 탑에 살아."

실루엣 씨가 일어서서 벽의 커튼을 열자 한밤중에 번쩍번쩍 빛을 내뿜으며 마을의 제일 높은 곳에 솟아 있는 탑이 보였다.

실은 이곳에 올 때 한 번 봤었다. 시계탑인가 했는데 아닌 모양이었다.

탑의 형태는 그거랑 닮았네. 1890년에서 1920년대까지 아사쿠사에 있었다고 하는 12층짜리 탑, 능운각(凌雲閣). 역사 교과서에서도 본 적이 있다.

물론 능운각은 저렇듯 화려하게 라이트업이 되지 않았을 테지만.

그런데 이렇게 가까이에 있었던 말이야?

"범죄 집단의 보스인데 상당히 화려한 곳에서 사네요."

"저 녀석도 표면적으로는 상인으로 활동하거든. 나도 표면적으로는 창관의 여주인이잖아? 도시 사람들은 그렇게 자세한 것까지는 몰라. 자신에게 방해되는 사람을 잇달아 죽이고 올라간 악당인데 말이지. 이 마을의 상인은 모두 저 녀석의 눈치를 보면서 살고 있어."

그야말로 암흑가의 보스 같은 사람인가. 완전히 사리사욕에 젖은 악당인 모양이네. '홍묘' 사람들과는 하늘과 땅 차이이다.

"우리 가게에서 일하는 사람 중에도 저 녀석 탓에 망한 집안의 사람들이 많아. 심한 경우는 그 녀석 쪽이 불을 붙여 몸이 불탄 아이도 있지. 그 녀석에게는 일종의 장난일지도 모르지만."

분하다는 듯이 실루엣 씨가 그렇게 말했을 때, 문을 노크한 뒤 메이드 한 명이 '실례합니다' 라고 하며 방으로 들어왔다. 그리고 실루엣 씨에게 귀엣말하고 곧장 방 밖으로 나갔다.

"무슨 일 있었나요?"

“조금 전의 녀석들이 자백했나 봐. 역시 자빗의 명령으로 습격했어. 일단 협박 목적이지만, 운이 좋으면 나를 납치할 생각이었던 모양이야. 이 창관도 불태울 생각이었던 것 같아.”

범인 확정인가. 그렇다면 봐줄 필요는 없겠구나.

“그럼 자빗이라는 녀석의 특징을 가르쳐 주실 수 있을까요? 겉모습만이라도 괜찮아요.”

“어? 으~음. 머리숱이 적고, 콧수염이 길어. 그리고 금테 안경을 썼어. 나이는 서른을 넘었고, 체형은 살찐 중년. 황금 지팡이를 자주 들고 다녀. 게다가 눈이 음란해.”

마지막은 실루엣 씨를 볼 때만 그럴 거라는 생각이 들지만, 그 정도면 충분히 누군지 알아볼 수 있다.

나는 항상 그렇듯, 탑의 지도를 공중에 투영해 자빗인가 하는 사람을 검색했다. 오, 여기 있다. 역시 우쭐대기 좋아하는 사람의 전형. 최상층 방에 있구나.

실루엣 씨가 공중에 투영된 탑의 겨냥도를 보고 놀랐지만 지금은 그냥 놔두자. 어~. 거리가 이 정도고 방향이 이쪽이니까…… 괜찮으려나?

“그럼 잠깐 다녀오겠습니다.”

“응?”

나는 실루엣 씨의 방에서 【텔레포트】로 저편에 있는 탑의 최상층, 자빗이 있는 곳으로 순간이동을 했다.

시야가 전환되자마자 두껍고 맛있어 보이는 스테이크를 먹으려고 하던 머리숱이 적은 아저씨와 눈이 마주쳤다.

"어, 어, 어어?"

코 아래로 메기처럼 늘어진 두 개의 긴 수염과 악취미에 가까운 금테 안경. 중국풍 창파오(長袍) 같은 옷을 입은 이 녀석이 아마 자빗인 듯했다. 양옆으로 야한 옷을 입은 누님들을 끼고 있다니 부럽…… 아니, 그건 아무래도 좋다.

이 녀석이 자빗이라고 확신한 나는 무턱대고 목덜미를 붙잡은 다음, 다시 【텔레포트】를 사용해 그 녀석과 함께 실루엣 씨의 방으로 돌아갔다.

"크악?!"

"꺄악?!"

바닥에 내던져진 자빗의 목소리와 갑자기 나타난 우리를 보고 놀란 실루엣 씨의 목소리가 겹쳤다.

자, 유괴 완료. 여기까지 5초 정도밖에 걸리지 않았다.

이젠 굉장히 익숙해졌어, 정말로……. 이쪽 세계는 결계 기술이 거의 발달하지 않아 마음껏 전이할 수 있다. 이대로는 유괴왕이 되겠어.

"네, 네놈은 뭐냐?! 여, 여기는 어디지?! 나를 누구라고 생각하는 거냐?!"

납치되어 온 자빗은 고기가 꽂힌 포크로 나를 가리키더니, 얼굴을 새빨갛게 물들이며 소리쳤다.

그러다 실루엣 씨를 보게 되자 자빗은 당황하면서도 분노가

서린 목소리로 말했다.

“아하, 네가 한 짓이구나. 바보 같은 녀석. 아무 말 없이 나를 따르면 그에 걸맞은 지위를 누렸을 것을. 굳이 직접 파멸의 길을 선택하다니.”

“몇 번이나 말하지만 당신 같은 사람 아래에서 일할 생각 없어. 이게 마지막 통첩이야. 다시는 우리에게 참견하지 마.”

“흥. 흑접(파피용)의 수령은 둘이나 있을 필요가 없다. 따르지 않겠다면 제거해야지. 이봐, 거기 너!”

갑자기 말을 걸어서, 나는 무심코 자신을 가리키고 말았다. 응? 나?

“이 여자를 처리해라. 돈이든 여자든 달라는 대로 다 주마. 내 측근으로 발탁도 해 주지. 흑접(파피용)의 간부로 삼아 줄 테니.”

“됐어요.”

“크헉?!”

나는 빼낸 브륀힐드로 자빗의 배때기에 마비탄을 날려 주었다. 마비탄을 맞아 온몸이 마비된 자빗은 얼굴부터 바닥에 쓰러졌다.

“주, 죽은 거야?”

“마비시켰을 뿐이에요. 살아 있고, 의식도 있어요. 손가락 하나 움직일 수 없겠지만요.”

쓰러진 자빗을 똑바로 눕게 돌려보니, 눈만 작게 움직이고 있었다. 의식은 있으니 우리의 목소리도 아마 잘 들릴 거다.

나는 웅크려 앉아 그 녀석의 눈을 들여다보면서 가능한 한 감정을 죽인 목소리로 말했다.

"이봐, 잘 들어. 지금부터 너에게 '저주'를 걸 거야. 그런데 약속만 안 깨면 아무런 피해도 없어. 알겠지? 다시는 실루엣 씨를 건드리지 마. 너뿐만이 아니야. 네 부하들도 모두 실루엣 씨에게 집적거려선 안 돼. 한 사람이라도 괜히 집적거렸다간 '저주'가 발동되어 네 몸이 조금씩 마비될 거야. 결국 심장까지 마비가 되면…… 어떻게 될지 알겠지?"

자빗의 눈이 공포로 물들었다. 아무래도 내용을 제대로 이해한 모양이다.

"물론 괜히 시비만 걸지 않으면 마비는 진행되지 않아. 평범하게 살 수 있는 거지. 조심해야 한다? 네가 모르는 새에 부하들이 멋대로 집적거렸다고 해도, 또는 다른 사람에게 부탁한다고 해도 '저주'는 발동되니까. 부하들 교육 잘 시켜야 돼?"

저주의 내용은 '실루엣 씨 일행에게 집적거리지 않기'. 이것뿐이다. 그렇게 조건이 엄격한 저주도 아니다. 이 도시를 떠나기만 해도 저주에 걸릴 확률은 상당히 낮아지니까.

"【어둠이여 묶어라, 저자들의 죄에 벌을 내려라, 길티커스】."

저주의 마법이 발동되어 자빗의 이마에 문양이 떠올랐다. 저주받았다는 증거다.

【리커버리】를 걸어 나는 자빗의 【패럴라이즈】를 해제해 주었다. 벌떡 일어선 자빗은 분노와 공포에 찬 눈으로 나를 바라

보았다.

"이, 이 자식. 나에게 무슨 짓을 한 거냐?!"

" '저주' 를 걸었다고 말했잖아? 그런 것보다 괜찮겠어? 여기에 있어도? 그것만으로도 '집적거린' 셈이 되는데?"

"저, 저주라고? 무, 무슨 바보 같은 소릴……. 으, 으악! 소, 손가락이! 손가락의 감각이!"

오른손의 엄지를 왼손으로 쥐면서 얼굴이 새파래진 자빗. 벌써 발동된 건가? 처음부터 이렇게 될 줄 알고 저주를 건 거지만. 이제 문자 그대로 몸속 깊이 스며들 만큼 절절히 느꼈겠지?

이제 볼일은 끝났고, 충분히 위협을 느꼈을 테니, 나는【게이트】를 열어 자빗을 원래 있던 탑의 방으로 전이시켰다.

임무 완료.

그 녀석은 이제부터 실루엣 씨 일행을 건드릴 수 없고, 부하들도 집적거리지 못하도록 잘 관리해야 한다.

게다가 '저주' 의 내용이 알려지면, 일부러 실루엣 씨에게 집적거려 자빗의 '저주' 를 발동시키려는 배신자가 나오지 않으리란 법도 없었다. 웬만큼 신뢰하지 않는 한 '저주' 에 관한 이야기는 하지 못한다. 그 녀석에게 그런 사람이 있을지 의심스럽긴 하지만.

"대략 이런 정도일까요. 이걸로 다시는 그 녀석이 실루엣 씨 일행에 집적거리는 일은 없을 거예요. 흑접(파피용)의 수령의 자리에 있는 한, 오히려 필사적으로 관심이 없는 척을 하려고 하겠죠."

잠시 멍하니 있던 실루엣 씨가 겨우 상황 파악이 됐는지 작게 고개를 끄덕였다.

"그래, '저주' 맞네. 이걸로 흑접(파피용)은 우리를 건들 수 없게 됐어. 반대로 건들고 싶지 않기 때문에 피해 다니겠지……. 참……. 내가 그렇게 고민했던 문제를 순식간에 처리해 버리다니."

실루엣 씨가 감탄한 것 같기도, 어이없는 것 같기도 한 목소리로 그렇게 말했다. 이제는 이런 반응에도 익숙해졌다.

"그럼 약속대로 저희에게 협력해 주실 건가요?"

"물론이야. 최대한 할 수 있는 일은 협력할게."

좋아. 이제 이쪽 세계에서도 광역 첩보 기관과 협력을 맺을 수 있게 됐다. 이제는 출현한 변이종을 토벌하는 실행 부대를 만들어야겠구나.

이쪽에는 바빌론이 없으니. 어떻게 하면 좋을까…….

"그런데 이제 어떻게 할 거야? 괜찮으면 아래에서 놀다 갈래? 너라면 통째로 혼자 쓰게 해 줄 수도 있어."

"아래에서 놀아요? 통째로?"

한순간 실루엣 씨가 무슨 말을 하는지 알아듣지 못했지만, 실루엣 씨의 짓궂은 미소를 보고 그 뜻을 깨달은 내 머릿속에 아까 전의 그 천국이 다시 떠올랐다.

"뭐하면 내가 상대해 줘도 괜찮은데……."

가슴을 훤히 강조하는 자세로 실루엣 씨가 조금씩 앞으로 다가왔다. 으악, 이 파괴력은 굉장해!

"아, 아니요. 이, 이제 늦었으니 오늘은 이만 실례합니다! 자세한 사항은 또 나중에 얘기하죠! 그럼 편히 쉬세요!"

"어머, 아쉬워라."

놀리는 듯한 매혹적인 시선과 의미심장한 웃음을 등 뒤로 느끼며 나는 【이공간 전이】를 이용해 앞쪽 세계로 귀환했다.

색기가 과다한 누님 타입은 농락당하는 느낌이 들어 껄끄러워…….

싫지는 않지만. 그건 확실히 말해 둔다. 싫지는 않다. 중요한 거라 두 번 말했다.

……………하아.

실루엣 씨를 노리던 자빗이라는 사람에게 '저주'를 걸고 며칠 후.

흑접(파피용)의 이면 세력을 장악했던 자빗…… 아니, 그 부하를 포함해 실루엣 씨를 제외한 모든 흑접(파피용) 관계자가 상업 도시 칸타레에서 모습을 감췄다.

같은 마을에 있기만 해도 실루엣 씨와 얽힐 가능성이 커지니 어쩔 수 없나. 마음은 잘 안다.

번쩍거렸던 능운각과 비슷한 탑도, 사는 사람이 사라져 빛을 잃은 듯했다.

하지만 또 새로운 주인을 얻어 원래의 빛을 되찾는 것도 시간문제일 테지. 이 도시에는 많은 상인이 살고 있으니까.

덧붙이자면, 실루엣 씨는 자빗의 거성이었던 그 탑에 옮겨 살 생각은 전혀 없다고 한다.

실루엣 씨 일행, 전(前) 흑접(파피용)의 조직원들은 새로 '흑묘(黑猫)' 로 이름을 바꾸고 활동하기로 했다.

니아 일행의 '홍묘(紅猫)' 랑 겹치잖아! 라고 생각했지만, 아무래도 그걸 의식해서 지은 이름인 듯했다. 그러고 보니 실루엣 씨의 방에 검은 고양이가 있었지? 그 녀석의 영향도 받아서 그런 이름을 지은 것인지도 모른다. 아니면 단순히 라이벌 심리 탓일지도?

새로 '흑묘' 가 된 실루엣 씨에게 나는 감지판을 몇 개 정도 건네주었다.

"이게 변이종…… 황금 괴물의 출현을 예측할 수 있는 마도구야?"

"네. 방향과 거리, 출현 숫자, 출현 예측 시간을 알려 줘요. 그걸 보고 피난이나 요격이 가능해지죠. 감지판을 실루엣 씨의 부하가 있는 숙소나 창관에 두고 만약 반응이 오면 곧장 연락해 주셨으면 합니다."

검고 얇은 판자 모양의 감지판을 들고 이래저래 확인하는 실루엣 씨에게 내가 설명을 해 주었다.

실루엣 씨는 감지판보다도 그 뒤에 건네준 양산형 스마트폰을 보고 더 크게 놀랐다. 아직 나 외에는 전화번호를 등록한 사람이 없긴 하지만.

나중에는 홍묘의 니아 일행에게도 건네줄 생각이지만, 니아는 아무래도 실루엣 씨에게 원한이나 불만이 있는 모양이니 아마 전화는 하지 않으리라 본다.

홍묘의 부수령인 에스트 씨는 전화할 듯하지만, 에스트 씨와 실루엣 씨의 대화는 책략적이고 음흉한 이야기가 오가서 별로 즐거울 것 같지 않다.

"약속을 한 데다, 이런 것까지 받았으니 협력을 안 할 수 없겠네. 세계의 위기라는 말도 꼭 거짓말은 아닌 듯하고. 황금 괴물의 출현을 포착하면 반드시 연락할 테니 걱정하지 마. ――― 이렇듯, 우리 사이에는 아무 일도 없었으니 이제 그만 경계를 풀어 줬으면 하는데. 아가씨들?"

놀리는 듯한 말투와 함께 실루엣 씨가 나의 양 사이드에 있는 유미나와 루를 바라보았다. 두 사람 모두 내 팔을 붙잡고 딱 달라붙어 놓으려고 하지 않았다.

"나쁜 사람이 아니라는 건 알아요. 하지만 저희에게는 틀림없이 위험한 존재거든요. 일단은."

"저희의 토야 님이 문란한 건물에 푹 빠지거나 하면 절대 안 되니까요! 그그, 그런 것보다, 전체적으로 너무 노출이 심하

다고 생각하지 않으시나요?"

"토야, 사랑받고 있구나."

"그런가요? 하하하……."

두 사람 사이에서 나는 쓴웃음을 지었다.

며칠 전 '월광관' 에서 앞쪽 세계로 돌아왔을 때, 몸에 밴 향수 향기, 뺨의 키스 마크 탓에 약혼자들에게 엄청난 설교를 들었다.

간신히 오해는 풀었지만, 뒤쪽 세계에 갈 때는(특히 실루엣 씨와 만날 예정이면), 약혼자 몇 명을 같이 데리고 가야 한다는 규칙까지 제정해 버렸다.

날 못 믿네……. 분명히 이곳에 오면 묘하게 마음이 안절부절못한 건 사실이지만! 그런 점을 꿰뚫어 본 것인지도 모른다. 어쩔 수 없어요. 남자니까…….

"그래, 남자 친구를 걱정하는 마음을 모르지는 않겠지만……. 아하, 너희 '아직' 이구나? 그럼 누가 구경해 줬으면 하는 손님이나 종업원도 있으니, 한번 보고 갈래?"

"후엣?! 보, 보고 가요?!"

"보, 보다니 뭘요?! 뭘요?!"

양 사이드에 있는 두 사람의 얼굴이 점점 새빨갛게 변해 갔다. 푸쉿~하는 소리를 내며 연기를 내뿜을 것만 같다.

그 모습을 보고 실루엣 씨가 히죽거리며 웃었다. 완전히 가지고 놀고 있어.

두 사람 모두 귀하게 자란 양갓집 아가씨들이라 그런 부분에는 많이 약해요. 이전에 있던 세계처럼 포르노 비디오가 있지도 않으니…… 핫!

무심코 실루엣 씨에게 건네준 양산형 스마트폰을 바라보았다. 어쩌면 위험한 사람에게 건네준 것인지도…….

녹화한 동영상을 재생할 수 있는 마도구를 팔면 세계적으로 팔릴 듯해……. 에로한 파워는 돈이 되니까. ……물론 나는 그런 동영상을 본 적이 없긴 하지만. 미성년자라서!

앗, 그런 것보다 두 사람을 진정시켜야 해. 이대로 두면 정말로 연기를 내뿜을지도 모른다.

"순진해서 좋은걸?"

"너무 놀리지 마세요. 두 사람 모두 순수하니까요."

"어머, 나는 순수하지 않다는 듯한 말투네?"

"순수하세요?"

"그럴 리가."

그런 대화를 한 뒤, 나는 일단 아직도 얼굴이 새빨간 두 사람을 데리고 '월광관'을 떠났다. 자, 이제는 홍묘인가. 이쪽은 이쪽대로 성가신 사람이 있으니…….

"호오. 토야 주제에 약혼자가 있었단 말이야? 게다가 둘이나? 꽤 하는걸? 호호, 이 바람둥이!"

역시 이걸로 놀려먹는구나. 눈을 반짝거리며 니아가 옆집 아줌마처럼 오지랖을 부렸다. 짜증 나!

그보다 '토야 주제에' 라니 무슨 말이야. 응? 사람을 뭐로 보고.

"정확하게는 저희를 포함해 신부 예정자인 사람이 아홉 명이에요."

"아홉 명?! 너무 많이 받아들인 거 아냐?! 왕이냐?! 앗, 왕이었나……. 그럼 그쪽 세계에서는 그래도 되는 거야?!"

유미나의 대답을 듣고 니아가 빨간 트윈테일을 흔들면서 팔짱을 끼고 고개를 갸웃했다.

응, 앞쪽 세계에서도 많은 편이야……. 이그리트 국왕 폐하도 부인이 일곱 명이고. 이미 죽었지만, 산드라의 돼지 왕은 20명 이상이었다고 하니.

"그런 것보다, 이 '스마트폰' 이라고 하는 통신 기기를 정말로 받아도 되나요? 저희로서는 도움이 많이 되지만……."

"네. 만일의 경우를 대비해 받아 주세요. 지도 기능, 계산 기능, 메모 기능 등이 있어 편리해요."

에스트 씨가 조금 전까지 보고 있던 설명서에서 눈을 떼고 물었다. 그 옆에서 포니테일 소녀인 유니와 둥실거리는 웨이브 머리인 유리가 서로를 자신의 스마트폰으로 찍으며 신나게 떠들었다.

홍묘의 아지트가 있는 버려진 성채에서 우리는 니아 일행 네 명에게 양산형 스마트폰을 건네주었다. 오늘의 목적은 그게 메인이었지만, 사실은 그것과는 별도의 목적이 하나 더 있었다.

"그 대신이라고 하기엔 뭐하지만, 협력해 주셨으면 하는 게 있어요."

"뭔가요? 저희가 가능한 일이라면 아낌없이 협력하겠습니다."

원래 이런 이야기는 수령인 니아와 해야 하지만, 별로 문제는 없겠지. 홍묘의 실권은 에스트 씨가 쥐고 있는 거나 마찬가지니까.

텐트 밖으로 나가서 【스토리지】를 연 다음, 경자동차급 크기의 알을 옆으로 누인 듯한 물건을 네 개 정도 꺼냈다.

"이건……."

"'프레임 유닛'이라고 해요. 유미나, 루. 부탁해도 될까?"

"네. 알겠습니다."

"맡겨 주세요."

두 사람이 익숙한 손놀림으로 프레임 유닛의 해치를 열고 안에 올라탔다. 잠시 후, 유닛에서 낮은 기동음이 울리더니, 앞쪽의 공중에 평원 풍경이 크게 투영되었다. 흐음, 평원 스테이지인가.

그 평원의 아무것도 없는 공중에 백기사(샤인카운트)와 흑기사(나이트 바룬)가 나타나 가상의 대지에 내려섰다. 유미나가 백기사(샤인카운트)이고, 루가 흑기사(나이트 바룬)

인가. 성에 놓아둔 것과는 달리 이 유닛에는 전용기 데이터가 들어 있지 않으니까.

“우오오! 거대 고렘이다!”

“저건…… 얼마 전의 그……!”

“뭐, 뭔가요?! 저건?!”

“후에에엑…….”

니아 일행 네 명은 4인 4색으로 놀랍다는 반응을 보였다. 주변에 있던 홍묘 멤버들도 입을 떡 벌리고 공중에 떠올라 있는 화면에서 눈을 떼지 못했다.

“이건 ‘프레임 유닛’ 이라고 합니다. 보시면 아시겠지만, 프레임 기어를 연습하기 위한 훈련 장치예요.”

화면 안에서 프레임 기어끼리 전투를 하기 시작했다.

유미나의 백기사가 내뻗은 검을 루의 흑기사가 방패로 막았다. 그대로 흑기사가 반쯤 회전하는 기세를 이용해 핼버드를 휘둘렀고, 이번에는 백기사가 그 공격을 웅크려서 피했다.

“이걸 빌려드릴 테니 성채의 사람들이 훈련…… 아니, 가지고 놀 수 있게 해 주세요.”

“이걸요? 그럼 저희가 저거에 올라타 싸운다는 말인가요?”

“그런 기회가 오지 않았으면 좋겠지만요……. 아마 필요해질 때가 올 거예요. 지키고자 하는 존재를 지키기 위한 힘이 있다는 것 자체는 나쁘지 않다고 생각합니다.”

내 말을 듣고 에스트 씨는 화면을 보며 생각하다가, 이윽고 고개를 끄덕여 주었다.

"일단 지금은 오락 도구로서 빌리겠습니다. 그 기술을 배우면 지난번처럼 무력함을 느끼지 않게 될지도 모르니까요."

나는 에스트 씨에게 노트 정도의 두께인 프레임 유닛 설명서를 건네주었다. 프레임 유닛, 아니, 프레임 기어를 움직이기 위한 매뉴얼이다.

화면 안에서 펼쳐진 전투는 흑기사에 올라탄 루의 승리로 종결되었다. 근접 전투는 루가 한 수 위인가.

그렇지만 근소한 차이였다. 저렇게까지 호각으로 싸운 걸 보면, 유미나의 그 능력이 진화했기 때문인지도 모른다.

미래를 예지하여 앞을 읽는 힘. 아직 어렴풋하다고는 하지만, 제대로 사용할 수 있게 되면 강력한 무기가 되리라 생각한다.

유미나뿐만 아니라 나의 권속이 된 다른 여덟 명도 어떠한 변화가 일어나고 있을지 모른다.

프레임 유닛 해치가 열리고 두 사람이 밖으로 나왔다.

"좋아. 다음은 내가 탈래!"

"앗, 니아는 어차피 의미가 없을지도 모르니 억지로 할 필요 없어."

나는 기세 좋게 프레임 유닛으로 가던 니아를 보고 그렇게 말했다. 내가 찬물을 끼얹자 니아가 분노 서린 목소리로 말하며 이쪽을 노려보았다.

"날 무시하는 거야?! 저 정도는 내가 아주 쉽게……."

"아냐아냐. 그런 게 아니라. 에르카 기사가 우리 박사와 고렘을 바탕으로 새로운 프레임 기어를 개발하고 있거든. 그래서 니아에게는 루주와 그쪽에 타게 될 테니, 프레임 유닛으로 연습해 봐야 의미가 없지 않을까 해서 하는 말이야."

나는 니아의 등 뒤에 있는 키가 어린아이 정도인 붉은 고렘을 보고 그렇게 말했다. '왕관' 이라고 불리는 저 고대(레거시) 기체의 힘을 잘 살릴 수 있었으면 좋겠다.

"그건 그거고, 내가 이걸 사용한다고 해서 문제 될 건 없잖아?"

"그거야 그렇지만. 그냥 노는 정도라면야."

"그럼 괜찮잖아. 이봐, 루. 타는 방법 좀 가르쳐 줘."

곧장 니아가 루를 끌고 가더니 프레임 유닛에 올라탔다.

"뭐라고 하면 좋을까요. 호쾌한 분이네요?"

"기본적으로 바보인 모양이니까. 에스트 씨의 표현에 따르면."

유미나의 감상을 듣고 나는 팔짱을 낀 채 한숨을 쉬며 그렇게 대답했다.

유니와 유리도 즐거운 듯이 니아의 뒤를 따라가 프레임 유닛 옆에 서 있는 루에게 지도를 받으며 프레임 유닛에 올라탔고, 곧 네 사람이 조종하는 프레임 기어 네 기가 화면에 떠올랐다.

일단 기본 동작인 전진, 후퇴, 점프, 웅크리기 등을 루의 지시로 반복했다. 움직임은 아직 위태로워 보이지만 아마 금세 익숙해질 것이다. 우리 기사단 사람들도 그랬으니까.

이제는 프리물라 왕국과 토리하란 신제국의 임금님들에게 스마트폰을 건네주러 갈까. 앗, 기왕에 가는 거니 프리물라 왕국에 센트럴 도사…… 앗, 아니지. 이제 파레리우스 여왕님……을 데려다줄까?

새삼스럽지만 선조가 같은 일족이 다른 세계에서 각자의 왕가를 일구었다니, 굉장한 이야기다.

5000년의 세월을 넘어 다시 만난다고 하니…… 굉장히 장대한 느낌이 들지만, 그만큼 시간이 지났으면 이미 완벽한 남이라고 해도 과언이 아니라는 생각도 든다.

그러고 보니 에르카 기사가 프리물라 왕국의 국왕 폐하는 선조 대대로 전해져 오는 '석판' 인가를 가지고 있는데, 나라면 해독할 수 있을지도 모른다고 말했었지? 겸사겸사 그것도 보여 달라고 해 볼까?

화면 안에서 추격전을 시작한 프레임 기어를 보면서 나는 그런 생각을 했다.

"처음 뵙겠습니다. 아레리아스 파레리우스의 후예, 파레리

우스 왕국의 여왕인 센트럴 파레리우스라고 합니다."

"어서 오십시오, 프리물라 왕국에. 센트럴 님, 레리오스 파레리우스의 후예, 프리물라 왕국의 국왕, 루디오스 프리물라 파레리우스입니다."

파레리우스라는 성(姓)을 지닌 두 사람이 꼬옥 손을 맞잡았다.

레리오스 파레리우스는 아레리아스 파레리우스의 차남이니, 즉, 두 사람 모두 아레리아스 파레리우스의 자손인 셈이다.

5000년의 세월을 넘어 자손들이 지금 이렇게 만났다.

프리물라 왕국의 센트럴 여왕은 경호를 위해 몇 명의 기사와 파레리우스 옹의 네 수제자 자손 중 한 명인 붉은 머리카락의 서쪽 도시 대표, 미리 웨스트 씨를 데리고 왔다.

사실 데리고 왔다기보다는 사람들에게 여왕을 따라가라는 말을 듣고 따라온 거지만. 처음 가 보는 토지, 그것도 이세계에 자신들의 대표를 보내는 거라 걱정이 된 것일 테지만.

말은 내가 번역 마법을 걸어서 아무런 문제가 없었다.

참고로 이번 일정의 내 동행 겸 감시 역할은 야에와 힐다, 이 두 검사 콤비였다.

"세월과 세계를 넘어 같은 조상을 둔 우리가 만날 수 있었던 것도 다 토야 님 덕분이지. 고맙네."

"아니요. 자연스러운 흐름에 따라 여기까지 온 거예요. 파레리우스 왕국에 계신 분들에게는 원래 이쪽 세계에 대한 일이 전해져 오기도 했고요."

프리물라 국왕의 말을 듣고 나는 손을 가볍게 저으며 대답했다. 음~. 이제는 다른 임금님들에게도 뒤쪽 세계에 대해 알려줘야 하려나? 우리만의 문제는 아니니까.

"이건 아레리아스 님이 남겨 두신 문헌과 마법서입니다. 이건 복제품이니 부디 받아 주십시오."

"이런 것까지 마련해 주시다니, 감사합니다. 시공 마법의 기초 이론인가요? 이건 연구하는 보람이 있을 듯하군요."

시공 마법은 이른바 여섯 속성 마법이나 무속성 마법과는 확연히 구분되는 마법이다. 마도구로 발동시키는 방향으로 발전시켜 적성이 없는 사람도 사용할 수 있도록 고안했다. 그 극치가 바로 차원문이다.

이쪽 세계에도 나의 【스토리지】 같은 수납 마법이 부여된 아이템이 존재할 정도니까.

상인 산초 씨가 가지고 있던 '스토리지 카드' 였던가? 그것도 아마 파레리우스 옹의 차남인 레리오스가 시공 마법의 일부를 전달한 덕분 아닐까?

실제로 다른 나라와 비교해 프리물라 왕국은 마법 연구를 열심히 하는 나라였다. 그래도 앞쪽 세계의 마법 문명에는 도달하지 못하는 수준이었지만.

'홍묘' 의 니아 일행에게 건네주었던 것과 마찬가지로, 이쪽 세계의 문자로 번역된 초급 마법서를 프리물라 왕국에게도 건네주었다. 멋지게 활용해 주었으면 한다.

"그건 그렇고, 센트럴 님과 토야 님, 두 분에게 보여 드리고 싶은 물건이 있는데……."

프리물라 국왕 폐하가 눈짓하자 뒤에서 대기하고 있던 초로의 집사가 목제 상자를 우리 눈앞의 테이블에 조용히 올려 두었다.

크기는 A4 용지만 하다……. 화집 정도의 크기라고 하면 될까? 오동나무 상자 같은 물건을 국왕 폐하가 열자, 안에는 바닥에 깐 천 위에 새카만 석판이 놓여 있었다.

"이건……."

"우리 왕가에 대대로 전해지는 물건이지. 레리오스 파레리우스가 남긴 물건인 듯해."

형태는 직사각형. 석판 표면은 매끈매끈하게 광을 낸 것처럼 빛날 정도로, 바로 위에서 들여다보니 내 얼굴이 거울처럼 비쳤다. 대체 이건 뭐지?

"거울……은 아니죠?"

내 옆에서 들여다보던 힐다가 고개를 갸웃했다. 거울로 사용할 수도 있겠지만, 아마 아닌 듯했다.

그 말을 듣고 프리물라 국왕은 가볍게 웃으면서 석판을 꺼내더니 센트럴 씨에게 건네주었다.

"손에 들고 마력을 흘려보시지요."

"마력을? ……앗!"

센트럴 씨가 두께 1센티미터 정도 되는 석판을 손에 들고 마력을 흘리자, 석판이 붉게 빛을 내며 쐐기문자 같은 것이 떠올랐다.

잠시 뒤, 그게 일단 사라졌다가 다시 나타났다. 나타난 문자는 쐐기문자이지만, 조금 전과는 달랐다. 그게 또 사라졌다가 또 나타났다. 아무래도 문장을 순서대로 표시하고 있는 듯했다.

이건 그건가? 모험자 길드의 통신에 사용하는 마도구(아티팩트)인 '전문의 서' 와 같아 보이는데.

"대대로 왕위를 잇는 자는 이 석판을 물려받았지. 이 석판에 떠오르는 문자는 건국왕 레리오스만이 읽을 수 있었다고 전해지고 있어, 내용을 전혀 알 수 없다. 레리오스가 있던 이세계의 문자가 아닌가 하는 의견이 있는데……."

그렇구나. 그래서 우리에게 보여 준 건가. 하지만 이 문자는 처음 본다. 우리가 평소에 사용하는 이세계 공통어도 아니고.

"토야 님. 이 문자를 본 기억은 있는가?"

"아니요……. 이건 고대 마법 언어도 아니고 고대 정령 언어도 아니니……. 본 적이 없네요."

레리오스 파레리우스가 사용했다고 하니 5000년 전의 언어일지도 모른다. 어쩔 수 없다. 또 박사를 불러올까. 아니, '도서관' 의 관리자, 팜므에게 더 확실한 도움을 받을 수 있을지도 모른다. 하지만 그 녀석, '도서관' 에 틀어박혀 있으니…….

그런 생각을 하는 나에게 센트럴 씨가 조용히 말했다.

"이건 파레리우스섬에 전해지는 고대 문자예요. 시간의 현자, 아레리아스 파레리우스가 일부의 비밀문서에 사용했다는 언어로, 원래는 이름도 없는 소수 민족의 언어였다고 해요."

"그렇군! 그, 그럼 센트럴 님은 이 내용을 읽을 수 있습니까?!"

"네. 저뿐만이 아니라 네 명의 수제자 일족도 읽을 수 있습니다. 미리, 어떤가요?"

센트럴 씨가 옆에 앉아 있는 미리 씨에게 석판을 건네주었다.

"……네. 문서의 구성이나 어떻게 번역하면 좋을지 알 수 없는 부분도 조금 있지만, 대체적인 의미는 알 수 있습니다. 아마 틀림없으리라 생각합니다."

프리물라 왕국의 건국자, 레리오스는 아레리아스 옹의 아들이었으니, 이 문자를 사용해도 이상하지 않다. 그런데 그렇게까지 비밀로 해야 할 내용이란 어떤 것일까.

"얼핏 보면 어떠한 기록…… 아니, 일기처럼 보입니다. ……? 수정 악마……. 이건 프레이즈를 말하는 것이 아닌지……?!"

"프레이즈?! 프레이즈에 관한 내용이 적혀 있나요?!"

"아마도 그런 듯합니다. 군데군데 표현이 어렵지만, 조금 시간을 주시면 해독할 수 있으리라 생각합니다……."

미리 씨가 그렇게 말하자 프리물라 국왕이 종이 뭉치 몇 개를 테이블 위에 올려 두었다.

"이건 석판에 기록한 문자를 복사한 것이다. 사용해 주게."

"많은 도움이 됩니다. 필기 용구도 빌릴 수 있을까요?"

미리 씨는 종이에 적힌 문자를 눈으로 좇더니, 군데군데 무언가를 적으면서 험악한 표정을 지었다.

동시에 센트럴 씨도 석판의 문자를 읽으면서 혼자 고개를 끄덕이기도 하고 놀라기도 했다. 하지만 그 글을 읽을 수 없는 우리는 그냥 그 모습을 바라보고 있을 수밖에 없었다.

젠장. 하다못해 언어의 이름을 알면 해독 마법을 사용할 수 있을지도 모르는데.

몇십 분 후, 서면에서 고개를 든 미리 씨는 신묘한 얼굴로 종이 뭉치를 프리물라 국왕에게 건네주었다.

국왕 폐하는 그 내용을 진지한 눈으로 읽은 뒤, 꼼꼼하게 다 읽은 그 종이를 나에게도 건네주었다.

확실히 이건 일기라고 할 수도 있고, 기록이라고도 할 수 있었다. 추측건대, 이 석판은 프리물라 왕국의 건국왕인 레리오스의 일기장 같은 물건인 듯했다.

나는 레리오스 파레리우스가 거쳐 온 그 기묘한 발자취를 읽어 나갔다.

파르테노력 2015년 수천(水天)의 달 제19일

·

■ 수정 악마의 군세는 이미 동쪽 도시를 파괴하고 제도 쪽으로 나아가고 있다고 한다. 형은 생전 아버지의 명령에 따라 일족과 지인을 데리고 먼저 '섬' 으로 건너가게 되었다. 그 '섬' 에서 결계를 발동하면 수정 악마도 손을 쓰기란 불가능하다. 그 대가로 섬의 사람들은 바깥 세계와 격리되지만, 이미 그런 한가한 말을 하고 있을 상황이 아니다. 살아남을 방법이 있다면 그걸 선택할 수밖에 없다. 하지만 자신들만이 살아남기 위한 선택이라, 나는 아직도 죄책감을 느끼고 있다.

·

·

·

파르테노력 2015년 수천(水天)의 달 제21일

■ 아버지가 평생을 바친 '문' 이 잠든 '섬' 으로 나도 어서 가야 한다. 하지만 지금 나라를 떠날 수는 없다. 나도 해야만 하는 일이 생겼다. 이계에서 왔다는 '그' 와 그의 종들의 협력을 얻으면 가능성은 있다. 어쩌면 그 악마들을 내쫓을 수 있을지도 모른다. 실낱같은 희망이지만, 나는 그 가능성을 믿어 보

려 한다. '하얀색' 과 '검은색' 의 주민인 '그' 의 힘을 믿자.

·
·
·

파르테노력 2015년 지도(地導)의 달 제3일

■ '그' 의 절망으로 인해 '하얀색' 과 '검은색' 의 힘이 폭주하였고, 결과적으로는 대부분의 수정 악마가 우리 세계에서 쫓겨났다. 하지만 그 후, 기동된 힘의 뒤틀림에 말려들어 나는 세계를 넘고 말았다. 가족을 저편 세계에 남겨 두고. 아버지가 바라던 이세계 전이를 나는 우연히 달성하고 말았다. 이제 다시는 저편으로 돌아갈 수 없는 것일까?

·
·
·

파르테노력 2015년 지도(地導)의 달 제5일

■ 아쉽다. 이 세계는 우리 세계보다 마법 기술이 뒤처져 있

다. 나는 처음 보는 세계에 혼자 내던져졌다. 말도 통하지 않아 어찌할 바를 모르겠다. 항상 원래 있던 세계만 생각하게 된다. 격리된 섬으로 이주한 형과 다른 사람들은 무사할까……?

·

·

·

파르테노력 2015년 광륜(光輪)의 달 제17일

■ 나는 프리물라족이라고 하는 부족의 동료로 받아들여졌다. 우연히 마수에게 습격당하던 여자아이를 구했는데, 그 사람은 족장의 딸이었다. 이쪽 세계는 마법이 그다지 발전하지 않았다. 아버지의 발끝에도 미치지 않지만, 나도 어느 정도는 마법을 사용할 수 있다. 그게 이쪽 사람들에게는 신기한 기술처럼 보이는 듯하다. 이상한 이야기다. 내가 보기엔 기계 인형을 조종하는 이쪽 사람들이야말로 이상하게 보이는데. 그들은 용감하며, 은혜를 잊지 않았고, 친절했다. 잠시 신세를 지기로 하자. 역시 혼자 있어서는 힘들다.

·

·

·

파르테노력 2019년 소암(宵闇)의 달 제6일

■ 프리물라족과 자라자족의 다툼은 프리물라족의 승리로 끝났다. 이로써 프리물라족이 이 토지의 맹주가 되었다. 어느새 나는 부족들 사이를 중재하는 조정자 같은 역할을 부여받았고, 얼마 후 프리물라족의 족장의 딸을 아내로 맞아들였다. 새로운 족장이 된 나는 주변의 부족을 규합해 프리물라 왕국을 건국했다. 그건 어쩌면 언젠가 '섬'에서 오게 될지도 모르는 동포들을 받아들일 장소를 만들고 싶었기 때문인지도 모른다. 형과 동포들과 한 번 더 만나고 싶다. 그런 바람을 가지고 나는 오늘도 살아가고 있다.

·

·

·

파르테노력 2051년 화익(火翼)의 달 제17일

■ 내 아이의 세대일지, 손자의 세대일지, 더 이후의 세대일

지 모르지만…… 언젠가 그 '섬' 에 갇힌 동포들이 '문' 을 지나 이쪽 세계로 올지도 모른다. 부디 프리물라 사람들이 그들을 받아들여 주었으면 한다. 이쪽 세계를 헤매는 사람은 나 혼자면 충분하니까…….

·
·
·

종이 뭉치를 테이블에 놓고 나는 한숨을 내쉬었다. 이 일기가 진짜라면, 레리오스는 5000년 전, 프레이즈 추방으로 인한 사고로 이쪽 세계로 날아온 셈이 된다.

그의 형과 동포들은 세계가 구원받은 줄도 모르고 '섬' 에 결계를 치고 세계와 격리되었다. 그리고 5000년이나 오랜 세월에 걸쳐 거수들과 싸우면서 살아남을 수밖에 없었다…….

파레리우스 일족은 괴로운 운명과 맞닥뜨려 왔구나…….

나는 파레리우스 옹이 죽기 전에 레리오스가 이세계로 건너갔다고 생각했었는데, 아니었다.

하지만 그것보다도 신경 쓰였던 점을 나는 프리물라 국왕 폐하에게 물어보았다.

"이 문장 안에 있는 '하얀색' 과 '검은색' 은 혹시……."

"그래. 아마 고렘을 말하는 것이겠지. '검은색' 이란 '검은색' 왕관, '크로노스 느와르'. '하얀색' 은 무엇인지 모르겠지만, 역시 '하얀색' 왕관이 아닐까 하네."

역시 그런가. 파레리우스 옹은 세계를 넘은 이 고렘 두 대와 그 마스터인 '그' 와 만나, 시공문의 힌트를 얻었다. 그리고 파레리우스 옹은 그것을 완성 못하고 죽었고, 그 장남은 문이 잠든 섬에 격리되었고, 차남은 이세계로 날아갔다…….

"하지만 토야 님. 이 기록에 따르면 '하얀색' 도 '검은색' 도 저편의 세계…… 즉, 우리 세계에 남아 있는 셈이 됩니다……."

"음……. 분명히 '검은색' 왕관과 그 마스터는 이쪽 세계에 있다고 들었는데……."

홍묘의 유리가 분명히 그런 말을 했다. 현재의 '검은색' 마스터는 수령인 니아의 라이벌이라고.

우리가 사는 세계에 남겨진 '검은색' 왕관은 어떻게 이쪽 세계로 돌아온 거지? 레리오스와 마찬가지로 사고에 말려들어 날려 온 건가? 아니면 '검은색' 왕관은 그런 능력을 가지고 있다든가?

그리고 '하얀색' 왕관은 어떻게 되었을까? '하얀색' 왕관이 세계의 결계를 복원했다고 한다면 찾지 않을 이유가 없다.

그리고 '검은색' 왕관과 그 마스터와도 만나볼 필요가 있을지도 모른다.

“‘검은색’ 왕관은 지금 어디 있죠?”
“글쎄. 얼마 전에 마스터와 함께 이 나라와 왔지만, 에르카 기사 이야기를 했더니, 어디론가 쏜살같이 뛰어가 버렸네.”
“에르카 기사 이야기를요? ……왜 그런 이야기를…….”
“응? 에르카 기사에게 못 들은 건가? ‘검은색’ 왕관의 마스터는 에르카 기사의 여동생이야.”
뭐어?! 이봐요이봐요. 처음 듣거든요……. 그런 건 제일 먼저 말했어야지!
“토야 님에 관한 이야기도 했으니 어쩌면…….”
프리물라 국왕의 말을 차단하듯이 품에서 스마트폰이 울렸다. 프리물라 국왕에게 양해를 구하고 내가 전화를 받아 보니 드래크리프섬의 시로가네의 연락이었다.
“여보세요. 시로가네야?”
〈바쁘신데 죄송합니다, 토야 님. 조금 곤란한 사태가 벌어져서…….〉
“무슨 일인데?”
〈네. 섬에 침입한 자가 나타났는데, 토야 님을 내놓으라고 날뛰고 있습니다. 검은 고렘을 데리고 온 어린아이로 ‘언니를 내놔, 이 유괴범아!’ 라고 하면서 당장에라도 결계를 깨고 돌입할 기세입니다…….〉
어? 왜 내가 유괴범이 된 거야?
앗, 아니지. 몇 번인가 그런 짓을 하긴 했지만……. 최근에도 했고…….

그렇다면 침입자는 에르카 기사의 여동생이자, '검은색' 왕관의 마스터인가?

'호랑이도 제 말 하면 온다' 그건가. 설마 그쪽에서 먼저 찾아올 줄이야. 일단 시로가네에게 기다려 달라는 말을 전해 달라고 부탁하고 전화를 끊었다.

아무래도 에르카 기사를 데리고 와야겠어. 화가 난 모양이니까. 그런데 유괴범이라니, 실례되는 말을. 그쪽이 오히려 날 따라온 거야.

으~음……. 빨간색, 파란색, 보라색 '왕관'의 마스터 중에 지금까지 제대로 된 녀석을 만나 본 적이 없네. 만나도 괜찮을까? 조금 불안해…….

드래크리프섬의 모래사장에 몇 마리인가 용이 쓰러져 있었다. 죽은 용은 없는 모양이지만, 기절할 만큼의 대미지는 받은듯했다.

모래사장에서 섬의 중앙부로 침입하는 것을 막는 결계(물론 용들은 지나갈 수 있다) 앞, 쓰러진 용 위로 그 여성은 팔짱을 끼고 거만하게 서 있었다.

흰 블라우스에 조금 두꺼운 리본타이를 두른 목 언저리. 허리 위로 높게 올린 검은 멜빵 스커트에 검은 타이츠를 입은 소녀였다. 그 뒤에는 긴 머플러를 하고 종처럼 대기하고 있는 작고 검은 기사형 고렘이 있었고, 제비꽃색 머리카락을 쇼트커트로 자른 메이드가 그 옆에 소심하게 서 있는 모습도 보였다. 왜 메이드를 데리고 있지?

어린아이라고 듣긴 했지만 작네. 스우…… 아니, 우리 메이드인 레네보다도 작잖아. 다섯 살에서 여섯 살 정도?

그런 것치고는 왕 같은 풍격이라고 하나? 그런 분위기가 감도는 대담한 표정으로 이쪽을 노려보았다.

우리는 산 중턱에 있는 저택에서 【롱센스】로 보고 있으니 상대는 보이지 않을 텐데?

"재가 여동생이야?"

내 질문에 대답하지 않고, 에르카 기사는 공중에 투영된 영상을 보고 고개를 위아래로 끄덕였다. 어? 땀이 엄청나게 나는데, 겁먹은 건가?

"아무튼 이야기를 하러 가자. 에르카 기사가 이야기하면 이해해 주겠…… ."

"싫어!"

……말을 중간에 끊으면서 부정하네. 게다가 정원의 나무에 들러붙어 절대 움직이지 않겠다는 의지를 표시했다.

“분명히 혼날 거야! 저 아이는 화나면 무서워! 토야도 한번 혼나 보면 알 거야!”

“어린애도 아니고?!”

반쯤 울상을 지으며 나무에 들러붙어 싫어싫어 하고 고개를 흔드는 모습을 보니, 도저히 화면에 비친 아이의 언니라는 생각이 안 들었다. 언니와 여동생. 반대 아냐?

그 자리에 있던 나와 야에 그리고 힐다가 서로 난처한 표정을 지으며 얼굴을 마주 보았다. 연상의 여성이 이렇게 떼를 쓰니, 도저히 뭐라고 하기 힘든 안타까운 마음이 들었다.

‘야, 어쩔 거야?’ 라는 의미를 담아서 에르카 기사 옆에 있는 늑대형 고렘인 펜릴에게 시선을 던졌다.

〈으음. 마스터는 여동생님에게 약해서 말이지. 게다가 이번에는 아무 말도 안 하고 여행을 떠난 뒤로 전혀 연락도 안 했으니, 상당히 화가 났을 거라 생각된다. 그러니 이렇게 돼도 어쩔 수 없는 일이지만…….〉

“전혀 연락을 안 했다니…… 왜 안 했습니까? 여행을 간 곳에서 편지라도 한 통 보냈으면…….”

“편지를 보내면 장소를 들키잖아! 들키면 분명히 붙잡힌단 말이야!”

도망자냐. 그렇게까지 여동생이 화내는 게 싫은 건가? 그런 것보다 처음부터 잘 말을 해 두고 출발했으면 여동생이 화를 낼 일도 없었을 텐데.

〈마스터는 생각나면 바로 행동하는 주의라 말이지. 흥미가 생기면 타협하지 않고, 다른 것을 모두 제쳐놓은 채 돌진하는 습관이 있다. 나쁜 습관이지만.〉

그런 점은 이해가 되는 면이 있다. 우리 세계에 오려고 할 정도니까. 그 여동생이 화를 내는 것도 당연한 일인지도 모른다.

그렇지만 여기서 이러고 있어 봐야 아무런 도움도 안 된다.

"일단 어서 가 봐요. 네?"

"싫~어~!"

힐다가 팔을 붙잡고 당겼지만 절대 안 움직일 생각인지, 나무에 다리까지 휘감고 떨어지려 하지 않았다.

뭐야. 장난감을 사 달라고 온갖 떼를 쓰는 어린애 같아.

〈일단 토야 님이 여동생님에게 말을 해 봐 줄 수는 없는 건가. 사정을 자세히 설명하면 여동생님의 분노도 가라앉을지 모르지. ……조금은.〉

"우우~……."

저런 타입의 어린아이를 상대하는 건 특기가 아닌데. 파르프 왕국 소년왕의 약혼자인 레이첼을 만났을 때도 싸움은 상대가 먼저 걸어 왔는데, 결국 울리고 말았고.

아무리 봐도 레이첼보다 어린데, 이야기한다고 해서 이해해 줄까?

같이 있던 야에와 힐다에게 에르카 기사가 도망가지 못하게 감시하라고 말을 해 둔 후, 나는 마지못해 모래사장을 향해 길을 내려갔다.

여동생은 여전히 추욱 혀를 내밀고 기절해 있는 지룡(地龍) 위에 서서 팔짱을 낀 채 이쪽을 노려보았다.

우리는 그 상태로 결계를 사이에 두고 대치했다. 위치상으로 보면 용의 몸만큼 내가 위를 올려봐야 하는 형태가 되었다.

"네가 프리물라 임금님이 말한 모치즈키 토야야?"

내려다보는 듯한(상황상 내려다보고 있는 상태지만) 눈으로 소녀가 말했다. 오오오. 상당히 기가 세 보이는 어린아이군요.

이렇게까지 하는 행동력을 보면 정말 만만치 않은 상대일 것 같아.

"맞아. 너는 에르카 기사의 여동생이야? 이름은?"

"노른. ……뭐야, 그 얼굴은?"

"앗, 아니. 이름이 같은 지인이 있어서."

살짝 놀란 표정이 드러난 건가. 우리 기사단의 부단장, 늑대수인, 노른 씨와 같은 이름일 줄이야. 드문 이름은 아니니 그런 일도 있을 수 있는 건가. 성격은 다른 듯하지만.

"그런데, 언니는 어디 있어?"

"위에서 벌벌 떨고 있어. 이쪽으로 오고 싶지 않대."

"……얌전히 언니를 내놓는다면 한 방만 때려 주고 끝내려고 했는데, 인질로 잡은 거야?"

"엥?"

"느와르!"

어린아이의 목소리를 듣고, 등 뒤에 있던 작은 흑기사 고렘이 결계를 향해 달려와 온 힘을 다해 주먹을 날렸다.

물론 그 작은 주먹은 결계가 만든 보이지 않은 벽에 막혀 나에게는 닿지 않았다.

갑자기 때리러 오는 게 어딨어? 응? 정말 결단력이 좋은 아이네.

"있잖아, 우리 평화롭게 얘기하자. 나는 네 언니를 유괴한 적이 없어. 네 언니가 마음대로 따라온 거야."

"느와르! '무기 소환(서먼 웨폰)', No.10【뉴턴】!"

〈알겠습니다.〉

내가 마지막까지 말하기 전에 눈앞의 흑기사 고렘…… 아마 '검은색' 왕관으로 보이는 그것이 어느새 손에 든 거대 해머를 내리쳤다. 엄청 커!

1미터도 되지 않는 작은 고렘 본체와는 달리 해머의 크기는 경차 정도나 되었다. 그건 대체 어디서 나온 거야?!

까장창! 하고 유리가 깨지는 듯한 소리가 나며 섬의 결계가 파괴되었다. 으으음, 결계를 부수다니, 저건 평범한 해머가 아니구나?

"느와르! '무기 소환(서먼 웨폰). No.09【슈뢰딩거】!"

〈알겠습니다.〉

마스터인 노른의 목소리에 호응해 검은색 왕관인 느와르의

손에서 거대한 해머가 사라지고, 새롭게 그 손에 마법총(스펠 캐스터)이 나타났다.

그리고 양손의 총에서 전격(電擊)이 발사되었다. 사람을 죽일 정도의 위력은 없었지만, 그래도 고스란히 맞을 생각이 없었다.

“【어브소브】.”

나를 향해 날아오는 전격을 흡수 마법으로 없애 버렸다. 계속해서 몇 번인가 전격이 날아왔지만, 나는 그것도 전부 없애 버렸다.

일단 이 고렘을 어떻게든 해야겠구나. 망가뜨릴 수는 없으니, 잠깐 움직이지 못하게 해 둘까.

“【프리즌】.”

조금 전의 해머 사례도 있다. 그래서 나는 혹시 몰라 신기를 조금 포함시킨 감옥 마법을 검은 고렘에게 날렸다.

곧장 검은 고렘은 1세제곱미터 크기의 파랗고 반투명한 감옥에 갇혔다. 그 고렘을 그대로 두고, 나는 뻗은 용 위에 서 있는 노른 곁으로 날아서 올라가려고 했다.

“마스터!”

어디서 나왔는지, 검을 든 늘씬한 쇼트커트의 메이드가 이동을 저지하려고 나를 향해 날아왔다. 위험하게. 이쪽도 잠깐 얌전히 있게 만들자.

“【패럴라이즈】.”

이쪽을 향해 내뻗은 검을 피하고, 나는 메이드의 팔을 붙잡아 마비 마법을 흘렸다. 이러면 움직이지 못할 거라고 생각했는데 메이드의 움직임은 멈추지 않았다.

"?!"

나는 메이드가 옆으로 휘두른 검을 피했다. 신체 능력은 높은 듯했지만, 검술 실력은 초보자 그 자체라 회피 자체는 어렵지 않았다.

【패럴라이즈】가 안 통한다고? 칫, 부적이라도 가지고 있나? 이쪽 세계 사람은 가지고 있지 않을 거라고 생각했다.

"미안해. 【그라비티】."

"꺄아악?!"

나는 메이드의 어깨를 두드려 가중 마법을 발동, 메이드가 모래사장에 납작 엎드려 있게 만들었다.

"큭!"

노른이 허리 뒤에서 마법총을 빼내 눈 아래에 있는 나를 겨눴다. 앗, 그렇게 둘 순 없지.

"【슬립】."

"햐악?!"

지룡 머리 위에서 미끄러져 떨어진 노른은 그대로 모래사장에 엉덩방아를 찧었다. 나는 노른이 일어나기 전에 느와르와 마찬가지로 【프리즌】을 이용해 자유를 빼앗았다. 후우, 체크메이트.

"크! 이거 열어! 야! 비겁한 자식! 유괴범! 변태 마법사!"
"변태 마……. 날 그렇게 생각한 거야?!"
【프리즌】의 장벽을 쿵쿵 두드리는 어린 여자아이를 보고 뭐라 말을 하기 힘든 기분이 되었다.
아~……. 이건 뭐냐, 내가 에르카 기사의 몸을 목적으로 유괴했다고 생각하는 건가? 농담하지 마.
나는 근본적으로 잘못 생각하고 있는 노른의 오해를 풀기 위해 모래사장에 털썩 앉았다.

"……이렇게, 에르카 기사가 원해서 우리 세계로 온 거야. 거의 반강제로. 알았어?"
"……알았어. 몇 가지 받아들이기 힘든 점도 있지만, 상황은 파악했어. ……언니가 민폐를 끼쳤구나?"
그래도 이해가 된 모양이라 나는 가슴을 쓸어내렸다. 이세계 같은 개념을 어린아이가 이해해 줄까 걱정했는데, 이쪽 세계에서 천재라고 불리는 에르카 기사의 여동생이라 그런지 언니와 마찬가지로 머리가 좋은 듯했다.
"……이제 상황은 잘 알았으니, 어서 이걸 풀어 줬으면 좋겠는데."

"앗, 미안."

노른이 뚱한 표정으로 콩콩 【프리즌】의 장벽을 두드렸다.

나는 뒤에 있던 느와르의 【프리즌】도 같이 해제해 주었고, 메이드의 【그라비티】도 풀어 주었다.

모래를 털고 일어선 메이드가 꾸벅 인사를 했다.

"그럼 다시 소개할게. 나는 노른 파토라크셰라고 해. 이쪽의 고렘이 느와르고, 이쪽이 엘프라우. ……그러니까 뭐야, 그 표정은?"

"앗, 아니. 우리 세계에 '엘프라우' 라고 하는 나라가 있어서, 조금 놀랐어."

"흐응. 헷갈리겠네."

누가 아니래.

"엘프라우라고 합니다. 헷갈리시면 프라우라고 불러 주세요."

엘프라우 씨가 우리의 에로 메이드인 셰스카와 비슷한 말을 했다. 이럴 땐 보통 '엘' 이라 부르라고 하지 않나? 셰스카도 '프란셰스카' 인데 '프란' 이 아닌데, 무슨 법칙이라도 있는 건가?

"그건 그렇고, 우리 바보 언니는 위에 있어?"

산 중턱에 세워진 저택을 가리키며 노른이 물었다. 바보 언니라니. 천재 고렘 기사로 불릴 정도인데, 그런 유명세가 가족에겐 별로 영향을 미치지 못하는 모양이었다.

"펜릴도 있어. 에르카 기사는 네가 화가 나 있지 않은가 해서 전전긍긍하던데."

"그래, 화났어. 멋대로 뛰쳐나가서는 2년이나 방랑 생활이라니 대체 어떻게 된 거야? 사방 팔방으로 싸돌아다니고, 가는 곳마다 문제를 일으키는 것도 일으키는 거지만, 그 뒤처리를 전부 내가 해야 한다는 점이 가장 화나! 이쪽은 노상강도 용의자 취급을 받거나, 카지노의 욕심쟁이 오너에게 습격을 당하기까지 할 만큼, 정말 엉망진창이었어. 하고 싶은 말이 산더미 같아!"

오래도록 쌓인 원한이라고는 하기 힘들 테지만, 울분이 상당히 쌓인 모양이었다. 자매 사이의 일이기도 하니 쓸데없이 깊게 알려고 하지 않는 편이 낫겠어.

"아직 어린데 고생했구나. 어린 여동생에게 걱정을 끼치다니, 나쁜 언니야."

"앗, 안 돼요!"

〈경고, 금지 문구.〉

입을 막은 메이드…… 프라우 씨와 '검은색' 왕관인 느와르가 동시에 말했다.

어? 하고 그런 두 사람에게 정신이 팔리는 바람에, 나는 손에 들고 있던 마법총을 위로 들어 올린 노른에게 주의를 기울이지 못했다.

바로 코앞에서 날아온 금속과 목공의 덩어리가 상당한 속도로 내 고간에 명중했다.

"흑! 크윽……!"

소리가 안 나왔다. 나는 숨을 모두 내쉬고, 그대로 뜨거운 모래사장에 무릎을 꿇은 채, 고간을 누르며 몸을 웅크렸다.

앗…… 비지땀이, 폭포처럼, 흐르고 있는데요……………!

자, 잠깐만…… 이건……!

【민절벽지(悶絶躄地)】

너무 고통스러워 서 있지 못하고 땅을 기는 것.

그야말로 그 말이 어울리는 상황…….

"어린애 취급하지 마! 이래 봬도 열다섯 살이란 말이야!"

그런 소릴 하고 있지만, 제대로 생각하기가 힘들었다……. 열다섯 살이면 뭐야. 에르제나 린제와 같은 나이란 건가? 핫, 훗, ……숨을 쉬기가 힘들어……. 꽃밭이 보일 것 같아……. 너희는 이런 아픔을 모르겠지…….

완전한 기습과 급소 공격은 효과가 엄청나구나…….

"괘, 괜찮으세요?!"

"괜…… 찮, 지 않지만…… 잠시, 이, 대로……."

프라우 씨가 달려왔지만 나는 손으로 오지 말라고 제지했다. 이것만큼은 남이 어떻게 해 줄 수 있는 문제가 아니다. 그냥 지나가기만을 기다릴 뿐…….

그러고 보니 전에도 비슷한 일이 있었지……? 그때는 '창고'의 덜렁이 관리인인 파르셰에게 밟혔던가……? 다시는 그런 대미지를 받지 않겠다고 생각했었는데…….

〈성질이 급한 것, 사과.〉

"크……. 상대가 실례되는 말을 해서 그렇잖아!"

고렘까지 주인의 행동을 비난했다. 당연하다. 여섯 살짜리 여자아이가 한 행동이라면 용서해도, 열다섯 살짜리 소녀가 할 만한 일은 아니니까. 물론 여섯 살짜리 아이가 한 행동이라고 해도 좀 그렇지 않나 생각하지만…….

아마 엄청나게 외모에 콤플렉스를 안고 있는 거겠지만, 아무리 봐도 대여섯 살짜리 여자아이잖아. 린처럼 장수종도 아닌 듯한데, 대체 뭐가 뭔지…….

하복부를 습격한 묵직한 통증과 싸우면서, 나는 의식이 혼탁한 가운데에서도 다음부터는 바지에 【실드】를 부여해 두자고, 마음속으로 맹세했다.

'크로노스 느와르'.

'검은색' 왕관. 그 능력은 시간 제어와 병렬 세계에 간섭하는 것.

짧은 시간(1분)이긴 하지만, 모든 시간, 병렬 세계의 다양한 존재를 불러올 수 있다.

단순한 물체뿐만이 아니라, '무게', '저항', '충격', '다른 세계의 자신' 등도 불러올 수 있으며, 증폭하는 것도 가능하다. 절대적인 능력이긴 하지만 밤에만 사용할 수 있고, 또 계약자는 기억이 그대로 남은 상태로 육체의 시간이 되돌아가는 대가를 지불해야 한다.

몇 초 후의 미래를 보는 것, 자신의 움직임을 빠르게 하는 것, 상대를 느리게 하는 것 등의 시간 제어가 가능하지만 시간 정지와 역행은 '아직' 못하는 모양이었다.

"그러니까."

바빌론 박사는 자신이 서 있던 위치에서 오른쪽으로 이동하여 다른 장소에 서더니, 자신이 서 있는 장소와 조금 전에 서 있던 장소를 가리켰다.

"나는 지금 이 A라는 위치에 있잖아? 하지만 1초 전에는 그 전의 B라는 지점에 서 있었던 거야."

"흐음흐음."

"그리고 거기서 1초를 더 거슬러 올라가면 C라는 위치에, 또 거기서 1초를 더 거슬러 올라가면 D라는 위치에 존재했었지. 각각 1초 전의, 2초 전의, 3초 전의 내가 있었던 거야. '검은색' 왕관의 능력은 이 시간이 다른 세계에서 다양한 존재를 자신의 시간으로 끌어올 수 있는 능력이지. 즉, 1초 전, 2초 전, 3초 전의 나를 현재의 세계로 불러와 그 존재를 일시적으로 고정시키는 거야. 그렇게 하면 의사적(疑似的)이긴 해도, 이 세계에 내가 네 명까지 존재하게 하는 것도 가능해지지."

박사가 네 명이라고? 불쾌한 세계네.

으~음……. 무슨 말을 하는지 알긴 알겠는데, 1초 전의 자신을 끌어당겨 오면 1초 후, 즉, 현재의 자신은 그곳에 존재하지 않는 것 아닌가?

"시간의 흐름이란 방향은 같더라도 그 가능성이라는 지류는 무한해. 예를 들면 나는 지금 이곳에 있지만, 1초 후에는 앞에 있는 나, 뒤에 있는 나, 오른쪽에, 왼쪽에 있는 나 등, 다양한 미래가 있을 수 있잖아? 이때 내가 앞에 이동했다고 치면, 오른쪽이나 왼쪽, 뒤에 갔었을 나를 불러온다고 해도 여전히 내 존재는 흔들림이 없지."

아~. 평행 세계(패러렐 월드)라는 건가? 타임머신 계열의 영화나 만화에 자주 나오는 그거다.

'타임 패러독스' 였지? '부모 살해 패러독스' 라고 해서, 과거로 거슬러 올라가 자신이 태어나기 전에 부모님을 살해하면 자신은 어떻게 되는가? 하는 그거.

그런 경우엔 부모를 죽였으니 자신이 태어날 일도 없어지지고, 따라서 부모가 살해될 일도 없어진다…… 같은 모순이 발생하게 된다.

하지만 부모를 죽인 시점에 자신이 출발한 세계와는 다른 세계로 분기되었다고 생각하면, 모순은 일어나지 않는다. '부모가 살해당해 자신이 없는 세계' 와 '부모가 살해당하지 않아 자신이 있는 세계' 로 나뉘었다고 생각하는 것이다.

다양한 가능성을 간직한 '만약' 의 세계. 그곳에 간섭하여 다양한 존재를 끌어오는 것이 느와르의 능력인 건가.

이건 굉장히 대단하지 않은지……. 밤에 싸우면 위험할지도……. 아니, 상대에게는 대가가 필요하니 그렇게 간단하지는 않은가?

"이세계와는 또 다르구나?"

"같은 시간 축에는 존재하지 않지만, 세계는 같으니까. 물론 네가 말하는 '하느님' 이 관리하는 무수히 많은 세계 중에는 비슷한 세계가 여럿 있을 수도 있고, 너무 멀리 떨어져 버리면 그냥 '이세계' 나 마찬가지인지도 모르지."

그렇구나. 가능성도 포함해 하나의 세계라는 건가. 다른 세계는 아니다. 다른 시간 축에 존재하는 같은 세계라고 생각하면 되는구나.

"5000년 전, 프레이즈를 격퇴한 일은 그 능력 덕분일까?"

"글쎄. 수십만에 달하는 프레이즈의 무리를 이 세계에서 일시적이나마 제거한 일이니, 다른 능력이 있었을지도 몰라. 그런 점은 에르카 기사도 해명하지 못한 모양이고, 느와르 본인도 기억이 리셋되어 있는 듯하더라고. 게다가 대가가 대가다 보니 함부로 시험해 볼 수도 없고 말이야."

왕관 보유자(크라운 마스터)의 대가인가. 거기에 더해 밤에만 사용할 수 있다는 제한은 반대로 스토퍼 역할을 하는지도 모른다.

덧붙이자면 나와 싸웠을 때 꺼냈던 무기는 에르카 기사가 만든 무기로, 느와르와는 직접적인 관계가 없다고 한다.

느와르의 경우, 밤의 능력(고렘 스킬)을 사용할 때마다 마스터인 노른의 육체 연령이 거꾸로 흐르는 듯했다. 그렇다면 열다섯 살인데 그런 모습인 것도 이해가 된다.

얼핏 보면 젊음을 유지하는 멋진 기술 같기도 하지만, 사용하면 사용할수록 젊어져 최종적으로 태아로까지 돌아가 버리면, 그것은 사실상 죽음과 동의어다.

열다섯 살의 소녀가 대여섯 살 정도로 보인다는 것은 즉, 이미 9~10년만큼의 시간을 먹혔다는 말이었다.

잘 생각해 보면 정말 무시무시한 대가다. 시간이 지나면 성장하니 그나마 다행인지도 모르지만.

그런 이유로 노른에게 나이나 키를 언급하는 일은 터부인 듯했다. 그 이후에 일단 사과는 받았지만, 아무래도 반사적으로 주먹이 나가는 모양이다(느와르 왈).

그러고 보니 옛날에 봤던 영화 중에 '겁쟁이(치킨)'라는 말을 들으면 화를 내는 주인공이 있었지? 그 영화도 타임머신, 즉, 시간과 관련된 이야기였다. 친척인가 뭔가……일 리는 없구나.

에르카 기사 쪽은 노른에게 설교라고 해야 하나 훈계라고 해야 하나 모르겠지만, 아무튼 한참을 혼났다. 하지만 말 곳곳에서 언니를 걱정하는 마음도 엿보여 언니를 미워하지 않는다는 사실을 나도 알 수 있었다. 뭐냐, 츤데레인가 하는 그거인가? ……이 경우는 다른가?

"그래서 노른 양은 어떻게 한대?"

"에르카 기사가 바빌론에서 떠날 생각이 없는 이상, 당분간 앞쪽 세계에 있겠대. 성에 살지 않겠냐고 제안했는데 거절당했어. '은월' 에 숙소를 잡은 모양이야."

"흐음. '왕관' 이 근처에 있어 주면 도움이 되지. 앞으로 있을 계획에 여러모로 협력해 주면 고마운 일이기도 하고. 아무튼, 그건 그렇다 치고."

박사는 '연구소' 의 책상 위에 놓인 종이 뭉치를 손에 들더니, 팔락팔락 넘겨 보았다. 이건 프리물라의 건국왕, 레리오스 파레리우스가 남긴 석판 일기를 번역한 문서였다.

" '흰색' 왕관이 앞쪽 세계에 남았다라……. 물론 이미 검색은 해 봤지?"

"응. 그런데 반응이 없었어. 나는 '빨간색' , '파란색' , '검은색' , '보라색' 왕관의 고렘을 본 적이 있거든. 그 고렘들은 모두 특징이 비슷했어. '하얀색' 만 다를 거라고는 생각하기 힘들어."

그 조건으로 검색 마법에 걸리지 않은 걸 보면 이미 산산조각이 나서 겉보기로는 구별할 수 없어졌거나, 결계로 방해를 받고 있거나 중 하나다.

5000년 전에 이쪽 세계로 왔다고 하는 '검은색' 과 '하얀색' 의 마스터가 어딘가에 봉인했을 수도 있다.

"그 수수께끼에 휩싸인 이전의 마스터 말인데, 한 가지 신경 쓰이는 게 있어. '검은색' 왕관인 느와르의 대가는 육체의 시간 역행. 5000년 전, 그 많은 프레이즈를 물리친 힘이잖아. 당연히 대가는 거대했을 거야. 이전의 마스터가 쇠약한 할아버지였다고 하더라도, 태아까지 돌아갔을 가능성이 높으리라 생각해."

"그럼 뭐야? 그 시점에 이전의 마스터는 너무 젊어진 나머지 그대로 죽었다고?"

"아니. 물론 이전의 마스터가 장수종일 가능성도 있으니 단언은 못 해. 단, 또 하나의 가능성이 있을지도 모른다고 나는 생각하거든. 즉, '하얀색' 왕관의 대가는 '검은색' 왕관의 대가의 완벽한 반대가 아닐까? 라는 가설이지."

어? 육체의 시간 역행의 반대라면…… 즉, '가령(加齡)' 이라는 말?

"'노화' 라고도 하지. 즉, '검은색' 과 '하얀색' , 이 두 가지 왕관을 갖추고 있어 대가로 인한 제한을 받지 않았던 게 아닐까……? 물론 추측에 지나지 않지만."

'회춘'과 '노화'. 상반되는 대가. 플러스와 마이너스. 아니, 마이너스와 마이너스를 곱하면 플러스가 된다는 것일까?

어차피 상상에 지나지 않으니, 아직은 생각해 봐야 소용없는 일인지도 모른다.

"그러고 보니 고렘의 강화 계획은 진행되고 있어?"

"그럭저럭. 일단 이게 샘플 모형이야."

박사는 둥근 유리구슬처럼 투명하고 커다란 수정을 중심으로 삼고 팔다리와 머리를 단 로봇을 가지고 왔다.

전체적으로 프레임 기어와는 다른 디자인으로, 어딘가 투박함을 겸비한 느낌이었다. 샘플이라서 색은 전혀 칠해져 있지 않았다. 군데군데에 투명한 부품이 박혀 있었는데, 이건 정재를 사용할 생각인 걸까?

"일단 마력 전도를 높이는 특수한 젤로 고렘과 마스터(계약자)를 감싸, 그곳에서 각 부분을 증폭한……. 음, 세세한 설명은 생략할까? 아무튼, 프레임 기어급의 파워와 기동력을 발휘할 수 있고, 거기에 더해 능력(고렘 스킬)까지 강화할 수 있어."

"그렇구나."

"단, '왕관'은 신중하게 실험을 거듭할 필요가 있어. 위력은 100배, 대가도 100배면 웃을 수 없는 일이니까."

그건 그렇다. 특히 그 점은 주의를 기울이며 진행해 줬으면 했다. 자칫하면 노른의 느와르, 니아의 루주로는 대가가 너무 커져 버리니까.

"이건 평범한 고렘도 사용할 수 있지?"

"그런 방향으로 진행하고 있어. 이 코어 부분을 중심으로 삼고 부품을 바꾸면 다른 형태로도 다시 만들 수 있지. 예를 들면 에르카 군의 펜릴을 베이스로 만든다면, 이런 동물 형태도 가능해."

그렇게 말하며 박사는 샘플 모형에서 팔다리와 머리를 빼더니, 다른 부품을 꺼내 투욱 투욱 끼워 넣었다.

순식간에 인간형이었던 로봇이 네발로 움직이는 늑대형 로봇이 되었다. 부품을 바꾸면 다양한 형태로 커스터마이즈가 가능하구나.

이거라면 다양한 타입의 고렘에도 대응할 수 있을까? 아니, 역시 산초 씨의 게 버스 같은 건 무리일지도 모른다.

그래도 변이종의 대항 수단으로는 차원이 다르게 유리해진다. 왕관 클래스가 아니더라도 제압할 수 있을 가능성도 있다.

뒤쪽 세계는 앞쪽 세계보다 결계가 느슨하지 않으니 쉽사리 거물은 나오지 않으리라 생각하지만, 그래도 요격할 수단이 있는 것과 없는 것은 하늘과 땅만큼의 차이가 있다.

"이건 어느 정도 완성됐어?"

"60퍼센트…… 정도려나? 물론 조금 전에도 말했듯이 왕관의 경우는 조정이나 실험도 필요하니 아직 한참 멀었지."

그 정도인가. 재촉할 생각은 없지만 너무 뒤로 밀리지는 않았으면 하니, 나로서는 가능한 한 서둘러 달라고 말할 수밖에 없다.

그 후, 나는 '연구소'를 나와 '성벽'의 성으로 갔다. 이쪽 집단도 슬슬 결론을 내줘야 하는데 말이야.

"여어, 토야. 오랜만이야."

"오늘 저녁은 돈가스 덮밥이었으면 좋겠습니다."

"그건 이틀 전에 막 먹은 참이잖아요, 메르 님. 저는 라멘을 먹고 싶어요."

"생선. 회가 좋아. 뜨끈뜨끈한 밥이랑 같이."

완전히 유유자적하게 지내고 있는 네 사람을 보고 나는 작게 한숨을 내쉬었다. 적응력이 너무 높잖아……. 이렇게까지 완벽하게 적응하고 있으니 딴지를 걸고 싶은 마음까지 달아나네.

"……결국, 이야기는 마무리됐어?"

테이블 위의 쿠키를 먹으면서 홍차를 마시는 프레이즈의 '왕'인 메르와 그 맞은편에 앉아 역시 애플파이인가 뭔가를 입에 잔뜩 넣고 있는 네이와 리세라는 지배종 자매를 보면서, 내가 엔데에게 말을 걸었다.

"마무리고 뭐고, 오늘 밤 메뉴는 아직 결정되지 않았어."

"그쪽이 아니라."

호들갑스럽게 항복이라는 듯, 엔데가 양팔을 들어 올렸다. 간식을 먹으며 저녁 메뉴를 고민한다는 것도 좀 그러네.

"나는 엔데뮤온과 함께 있을 수 있다면 그걸로 충분합니다."

"나는 역시 메르 님이 결정계(프레이지아)로 돌아가 주셨으면 해. 많은 동포도 그걸 원하고 있을 거야."

"그러니까, 저는 이제 '왕'이 아니라고 말씀드렸는데……."

여전히 평행선이구나. 전혀 진전이 없어. 뭐야, 너희는 계속 먹기만 하기야?

엔데를 제외한 지배종 세 명은 식사라는 미지의 체험을 한 뒤로 그 일에 완전히 매료된 듯, 매일 세 끼 식사와 간식 시간을 즐기는 생활을 보내고 있었다.

식사라고는 해도 에너지로 변환하지 않기 때문에 맛을 즐기는 것뿐이지만, 맨 처음에는 상당한 양을 요구했다. 야에보다도 많이 먹으니 정말 버티기가 힘들었다. 매일 혼자서 소 열 마리를 먹어 치우니 그건 역시 곤란했다.

하지만 금세 맛보는 일에 익숙해졌는지 소량으로도 괜찮아지긴 했지만, 그래도 세 사람이 10인분 정도는 먹는다.

무위도식이란 이 녀석들을 위해 있는 말이 아닐까. 얼른 풀어 주고 싶지만, 보이지 않는 곳에서 변이종이나 사신에게 흡수당하면 성가시니…….

그렇다고 음식을 주지 않는 것도…… 꼭 괴롭히는 것 같아서 마음이 안 좋고 말이야.

"바깥쪽은 특별한 일 없어?"

"지금은 아직. 뒤쪽 세계도 변이종이 간간이 나타나기 시작했지만."

대답하면서 엔데가 걸터앉은 소파 앞에 나도 자리를 잡고 앉았다. 솔직히 말하면 마치 흰개미에게 집이 파먹히고 있는 듯한 느낌이다. 언제 무너져도 이상하지 않을 상태라고 할까.

"다른 프레이즈는 이미 전부 변이종에 흡수된 거야?"

"네이 일행이 데리고 다니던 녀석들은. 대략 수십만 정도려나? 변이종에 '먹힌' 건."

수십만이라……. 많구나. 게다가 듣자 하니, 프레이즈의 하급종은 오랜 시간에 걸쳐 증식한다는 모양이다. 그런 점이 변이종이 되어 강화되지 않았으면 좋겠는데.

결국 정재는 더 이상 손에 넣을 수 없다는 건가. 산더미처럼 많이 있기는 하지만, 잘 생각해서 사용해야겠어.

그런데 이 녀석들, 연금 생활에 완전히 적응했네. 프레이즈는 아마 장수종일 테니 따분한 시간에 익숙한 건지도 모른다.

하지만 그에 반해 메르는 '도서관'의 관리인인 팜므에게 책을 빌려 여러 분야를 읽고 있는 모양이었다.

이른바 바빌론 박사나 에르카 기사와 마찬가지로 메르도 '천재'라고 불리는 사람인 듯, 그 이해력이 매우 빼어나다고 한다.

원래 프레이즈들이 이세계를 건너는 방법을 만들어 낸 사람도 메르인 모양이고 말이야. 돈가스 덮밥을 호쾌하게 먹는 모습만 봐서는 상상도 하기 힘들지만.

천재와 뭔가는 종이 한 장 차이라더니.

"그런 것보다, 토야. 슬슬 '밖'에 나가게 해 주면 안 될까?"

"그러니까~. 메르가 【프리즌】 밖으로 나가면 변이종이 눈치채잖아. 너는 이 나라를 위기에 빠뜨릴 생각이야?"

"아냐아냐. 나도 그건 잘 알아. 나만이라도 어떻게 안 되겠냐는 거지."

으~음……. 엔데가 메르를 남겨 두고 도망치는 일이야 없겠지. 【프리즌】의 설정을 바꾸면 엔데만 자유롭게 출입할 수 있게 하는 거야 간단하지만, 왜 그러지?

"수행……이려나? 나도 나름대로 프라이드가 있거든. 그 쌍둥이와 다시 대전할 기회가 있을지도 모르니 다음엔 지지 않을 만큼 강해지고 싶어."

쌍둥이라면 그 사람들인가? 엔데를 너덜너덜하게 만들었던 지배종 쌍둥이. 유라에게 붙어 변이종이 되었다는 그 쌍둥이.

어지간히도 분했는지 엔데가 진지한 눈빛으로 나를 바라보았다.

그 마음은 충분히 알겠고, 알아서 수행하는 거야 상관없지만…….

"그 마음가짐, 아주 좋아!"

""우와앗?!""

갑자기 빛과 함께 내 옆에 한 명의 인물이 나타나 큰소리로 소리를 쳐서, 나와 엔데의 목소리가 무심코 겹치고 말았다.

나이는 30대 초반 정도. 짧은 머리카락에 흰 도복을 입은 모습. 팔짱을 낀 모습 아래에는 튼튼하게 단련한 근육. 이마에는 머리띠, 굵은 눈썹과 날카로운 눈. 한 일(一) 자로 굳게 닫은 입. 어디를 어떻게 봐도 격투가로 보이는 남자가 내 옆에 서 있었다.

【프리즌】 안에 침입해 오다니, 대체 정체가 뭐지?!

"앗?! 다, 당신은……!"

"엔데, 아는 사람이야?"

"이, 이 사람이야! 신검을 손에 넣었을 때, 나를 흠씬 때렸던 사람!"

"오랜만이구나, 소년이여!"

조금 숨이 막힐 듯한 미소를 지으며 격투가가 씨익 웃었다.

엔데를 흠씬 때렸다니……. 잠깐만. 그렇다면…….

"설마…… 무신(武神)……?"

"그렇다! 그곳에 있는 소년의 소원을 이루어 주기 위해 인간화하여 강림했다!"

네, 일곱 명째 하느님이 왔습니다~.

이제 정원 오버 아닌가? 뭐야, 이세계의 칠복신을 노리는 건가? 비사문천(毘沙門天) 위치인가요? 카렌 누나가 변재천(弁財天)일까?

"내가 왔으니 안심해라. 강함이란 무엇인지 그 몸에 철저히 새겨 주마!"

처억, 하고 무신이 손가락으로 가리키자 엔데는 얼굴을 실룩이며 '저 말인가요?' 하고 자신을 손가락으로 가리켰다.

그러고 보니 세계신님이 제자로 삼고 싶어 했다든가, 그런 말을 했었지? 지금까지 지상에 내려올 타이밍을 재고 있었던 걸까?

엔데에게는 미안하지만, 건들지 않는 신은 재앙을 내리지 않는다고 하니. 무신의 목적이 그런 거라면 마음껏 실력을 발휘하라고 해 주자. 엔데는 강해지고 싶은 모양이기도 하니까. 신의 제자라니, 되고 싶다고 해서 될 수 있는 게 아냐. 그럼그럼.

……제물은 한 명이면 충분해.

◇ ◇ ◇

"다시 자기소개하지! 토야의 삼촌인 모치즈키 타케루다! 잘 부탁한다!"

무신……. 아니, 타케루 삼촌은 호쾌한 인사를 했고, 늘어서 있는 브륀힐드 사람들은 멍한 표정을 지었다.

나이를 봐서는 형이라고 해도 괜찮았을 듯하지만, 카렌 누나도 모로하 누나도 저렇게 힘이 넘치는 오빠는 싫다는 눈치를 줘서, 억지로 삼촌이 되고 말았다. 즉, 농경신인 코스케 삼촌의 동생이 된 것이다.

"잠깐만, 토야……. 네 '삼촌' 이라는 말은 그러니까 '그런 거' 란 말이지?"

옆에서 에르제가 소곤거리며 작은 목소리로 말을 걸었다.

"아……. 응. 맞아……. 무신인 모양이야. 무술이나 격투의 신. 맨손을 중심으로 한……."

그렇게 말을 하는 도중에 나는 에르제의 반짝거리는 눈을 보고, 아차, 싶어 입을 다물었다.

하지만 이미 때는 늦었다. 에르제는 성큼성큼 타케루 삼촌에게 가더니 바로 인사를 나누었다.

"흐음, 많이 사용해 닳아 있는 건틀릿. 너도 무투가인가."

"네. 토야의 약혼자인 에르제라고 합니다! 한 수 지도를 부탁드려도 될까요?"

"후하하하하! 재미있군! 조카의 신부라면 조카딸이나 마찬가지! 이제부터 제자를 수행시킬 생각이니 같이 와라!"

"네!"

우오오. 야에와 힐다는 모로하 누나에게 많은 것을 배웠지만, 에르제는 방식이 달라서 기초적인 움직임밖에 못 배웠었지?

그런데 지금 격투술의 신이 나타났으니, 이렇게 되는 건 당연해.

……다행이네, 엔데. 동료가 생겼어.

"수행하는 건 상관없지만, 최대한 조심해야 한다?"

"알아. 고마워."

미소를 지으면서 에르제가 주먹을 쥐었다. 괜찮으려나? 에르제도 권속화가 되어서 웬만한 일로는 다치지 않을 거라 생각하지만.

"좋아! 그럼 두 사람 모두 일단 용이 승천하는 것처럼 하늘을 찌르는 권법을 수행하겠다! 지금부터 폭포로 가자!"

"네!"

"앗, 네……."

힘차게 대답하는 에르제와는 대조적으로 굳은 표정으로 대답하는 엔데. 저 녀석, 괜찮을까? 눈이 꼭 동태눈 같은데.

타케루 삼촌이 두 사람의 어깨에 손을 올리자 순식간에 세 사람이 바로 사라져 버렸다. 어딘가의 폭포로 전이한 건가. 인간화가 되어도 뭐든 가능하구나.

"이것 참……. 꽤 익숙해졌다고 생각했는데, 폐하의 친척 중에는 터무니없는 분이 계시는군요……."

재상인 코사카 씨가 그렇게 말한 이유는 조금 전에 기사단 사람들이 지켜보는 가운데 타케루 삼촌과 모로하 누나의 일대일 대결이 펼쳐졌기 때문이다.

그 싸움을 말로 표현하기는 어렵다. 엄청난 기술과 기술의 향연. 무슨 일이 벌어지고 있는지 눈으로 좇을 수 있는 사람은 나를 포함한 신족들뿐이 아니었을까 한다.

승부는 더 싸웠다간 주변에 피해가 가리라고 판단해 수렵신인 카리나 누나의 중재로 중간에 그만두었다.

그런데 양손에 장비한 건틀릿만으로 용케도 모로하 누나의

검을 상대할 수 있구나……. 날이 없는 훈련용 검이라고는 하지만, 역시 무신이라고 해야 할까?

"언니, 괜찮을까요……?"

사라진 언니를 걱정하며 린제가 그렇게 말했다. 그 어깨를 카렌 누나가 퐁, 하고 가볍게 두드리며 미소 지었다.

"괜찮아. 저 사람은 수행밖에 모르는 바보지만, 그런 점은 잘 생각하고 행동하거든. 에르제한테 무리한 훈련은 시키지 않을 거야."

"게다가 여자아이한테는 엄하지 않거든. 그만큼 남자한테는 엄격하니, 따지자면 같이 간 남자애 쪽이 걱정돼."

카렌 누나의 말을 이어받듯이 모로하 누나가 그렇게 말했다. 엔데…… 살아서 돌아오길 빌게…….

"설마 무신까지 내려올 줄이야. 이렇게까지 신들이 하계로 내려오는 일은 전대미문 아니야?"

수렵신, 즉, 지상에서는 모치즈키 카리나라고 이름을 밝히고 있는 여성이 술집의 야키토리를 먹으면서 신입인 남자에게 말했다.

"나는 정확하게 말하면, 도둑맞은 신검을 쫓아 왔을 뿐이지만 말이지. 물론 그 새로운 신에 흥미가 있었던 것도 사실이지만."

무신……. 지상에서는 모치즈키 타케루라고 이름을 밝힌 남자는 맥주잔의 차가운 에일 맥주를 단숨에 들이켜고 눈을 크게 떴다.

"으음…… 맛있군……! 오랜만에 지상의 술을 마시는데, 신주(神酒)[암리타]보다도 나는 이쪽이 더 좋아."

"냐하하~! 역시 타케루찡. 뭘 좀 아네~! 나도 이쪽이 더 좋아! 신주[암리타]는 너무 완벽해서 탈이잖아? 재미가 없어. 반면에 지상에는 다양한 술이 있어서 즐거워~!"

이미 고주망태가 된 어린 여자아이는 모치즈키 스이카. 술의 신이다. 지상에서는 카리나의 여동생, 타케루의 조카딸이라는 입장이다.

그 옆에서 류트를 연주하며 아름다운 선율을 선보이는 사람이 음악의 신인 모치즈키 소스케. 카리나, 스이카의 오빠인 청년이다.

소스케는 자주 술집에서 연주한다. 그 신들린 연주(그 말 그대로지만)를 들으려고 술집을 찾는 사람들도 많다고 한다.

그런 소스케가 연주하는 음악에 이끌리듯이 또 한 명의 신이 커다란 쟁반을 들고 나타났다.

쟁반에는 굳이 술집의 주방에 들어가 직접 만든 요리가 올라가 있었다.

"자아, 다 됐습니다. 저희 밭에서 수확한 채소를 아낌없이 사용한 카라에 라이스입니다. 조금 매울지도 모르지만, 무신…… 타케루도 사양 말고 먹으렴."

"으음, 잘 먹지."

농경의 신……. 지상에서는 모치즈키 코스케라고 이름을 밝히는 남자가 채소가 잔뜩 들어간 채소 카라에 접시를 타케루 앞에 놓아 주었다.

스푼으로 카라에를 한 입 먹은 순간, 타케루는 번쩍 눈을 뜨고 움직임을 멈췄다.

"맛있어! 정말 맛있어, 농경의 신! 맛있지만 매워! 맵지만 맛있어! 이건 도저히 손을 멈출 수 없군! 이럴 수가……! 아아, 정말로 맛있어……!"

"그렇구나. 마음에 든다니 다행이야."

미소 짓는 코스케를 보지도 않고 타케루는 계속 채소 카라에와 격투를 벌였다. 격투라면 타케루가 질 수 없다. 땀을 흘리면서도 타케루는 입으로 옮기는 스푼의 움직임을 절대 멈추지 않았다.

이윽고 타케루의 카라에 접시가 텅 비었다. 흘려보내듯 에일 맥주를 들이켜고 푸하앗! 하며 타케루는 만족스럽게 숨을 내쉬었다.

"술도 요리도 맛있군! 지상은 참 좋구나!"

"아~. 참! 왜 멋대로 시작하는 거야?! 조금은 기다려야지!"

“어? 맛있어 보이네. 우리 몫도 있어?”

술집에 들어와 이미 한창 즐기고 있는 동포들을 발견한 연애의 신인 모치즈키 카렌은 입을 삐죽였다. 그 뒤에서 검신인 모치즈키 모로하는 신들이 둘러싼 테이블로 다가갔다.

총 7명. 인간화해서 지상으로 내려온 신들이 한곳에 모였다.

“그럼 지상에서의 재회를 축하하며! 건배~!”

스이카의 선창으로 모두가 맥주잔을 부딪쳤다. 코스케가 술집의 웨이트리스에게 술안주와 요리를 추가 주문할 때, 옆에 있던 모로하는 지상에서는 신참인 타케루에게 말을 걸었다.

“그래, 느낌이 어때? 제자 두 사람은.”

“음. 재미있더군. 엔데는 직감적인 센스가 뛰어나고, 에르제는 가능해질 때까지 포기하지 않는 근성이 있어. 둘 다 작은 기술을 가르쳐 주었을 뿐인데 곧장 자신의 기술로 승화했지. 앞으로가 기대돼. ……그런데 우리의 사명은 그 새로운 신을 도와주는 것 아니었던가?”

“아주 잘 도와주고 있어. 나도 야에나 힐다 그리고 기사단의 훈련을 담당하고 있지. 언젠가 그런 일들이 반드시 토야의 힘이 될 거야.”

“그럼 괜찮은 건가. 세계신님도 ‘겸사겸사라도 좋으니, 도와주고 와.’ 라고 말씀하셨으니까. 일단은 그 두 사람을 단련시킬까?”

타케루가 다시 맥주잔에 따라준 에일 맥주를 벌꺽 들이켰다.

"너무 착실한 거 아냐? 애초에 원래는 토야를 서포트해 줘야 하는 녀석이 이 모양이잖아? 더 대충 해도 되지 않을까?"

"이 모양이라고 말하지 마! 나는 누나로서 아주 적절하게 서포트해 주고 있단 말이야!"

카리나가 놀리듯이 말하자 카렌이 분개했다. 명목상 토야의 서포트 대표는 카렌이다.

본인이 말하길, 연애 쪽으로 마음을 케어해 주고 있고 토야의 원활한 인간관계를 위한 커뮤니케이션 유지 등에서 대활약을 하는 중이라고 주장하고 있지만…….

"너야말로 제멋대로 지내고 있잖아?! 특히 스이카! 항상 술만 마시잖아!"

"나, 나는, 그냥 보다시피, 귀여운 여동생 포지션이니, 토야 오빠의 마음의 청량제, 같은 느낌?"

"얼마 전에 너, 토야의 등에 토했잖아. 어디가 청량제야?"

"윽. 그런 지적을 받으면~……."

겸연쩍은 표정을 지으며, 스이카는 이센의 술을 작은 술잔에 직접 따라 홀짝 마셨다. 얼굴이 빨간 이유는 꼭 술 때문만은 아니었다.

술의 신인 스이카는 취하는 것도 취하지 않는 것도 자유자재이지만, 대체로 그 얼근하게 취한 정도를 즐기기 위해 적당히 취해 있는 경우가 많다.

그런데 그때는 무심코 지나치게 과음한 데다, 업혔을 때의 기분이 너무 좋아 일부러 술을 깨지 않았었다. 그때 스이카는 방심하는 사이에 갑자기 솟구친 구토감을 참을 수 없었다.

그 추태는 술의 신인 스이카도 조금 부끄러웠다.

그런 분위기를 수습하듯이 코스케가 끼어들었다.

"워워. 명목상으로는 토야의 서포트 역할이지만, 우리는 반쯤 휴가를 온 것이기도 하니 조금은 자유롭게 행동해도 되지 않을까요?"

코스케의 말에 맞춰 소스케가 천천히 곡을 연주하기 시작했다.

여러 아티스트가 커버한 '곁에 있어 줘' 라는 의미를 지닌 그 곡은 새로운 신인 토야가 본 자신들의 현재 위치를 나타내는지도 모른다.

기본적으로 사신에 대항하는 사람은 토야다. 어디까지나 신들은 조력자에 불과하다. 인간화했다고는 하지만, 신이 사신을 쓰러뜨리면 다른 신들에게 모범이 되지 않는다. 아이들 싸움에 부모님이 참견하여 상대 아이를 때리는 것이나 마찬가지다.

"그런데 토야가 사신에게 지면 이 세계는 파괴신에게 소멸당하잖아? 난 이 세계가 마음에 들었으니 역시 그것만은 피하고 싶어."

"그러니까 우리가 단련시켜 주는 거잖아. 토야와 토야의 힘이 되어 줄 자들을. 게다가 세계신님의 권속이니 쉽게 지지는 않을 거야."

모로하의 말을 듣고 타케루도 힘주어 고개를 끄덕였다.
“그래. 하지만 자만심은 사람을 방심하게 만들지. 결국 의지가 되는 것은 자신의 힘과 쌓아 온 유대인데, 그런 점에서 보면 그 소년은 문제가 없어 보이더군.”
타케루는 새로 나온 꼬치구이를 호쾌하게 입에 물었다. 타케루가 보기에 모치즈키 토야라는 새로운 신은 좋은 동료들에게 둘러싸여 있는 것처럼 보였다. 그건 지금까지 그가 쌓아 온 사람들과의 교류 덕분이 아닐지.
“토야는 적도 많지만 같은 편도 많아. 너무 사람이 좋아서 탈인 면도 있지만. 그 아이, 성가신 일도 쉬이쉬이 다 받아들여 버리니까.”
“경계심이 약하지? 유미나가 곁에 없었으면 꽤 많이 속지 않았을까? 그런 의미에서 보면 참 좋은 반려를 구했어.”
지상의 누나 두 사람이 남동생을 깎아내렸다.
국왕이 된 토야의 환심을 사려는 야심을 가지고 접근한 사람들은 매우 많다. 하지만 그 대부분을 유미나가 마안으로 차단했다.
그래서 토야 주변에는 불온한 사람이 거의 없다. 물론 사람의 마음은 쉽게 변한다. 현시점이라는 단서가 있긴 해도, 두 사람은 유미나가 있는 한 걱정할 필요가 없다고 생각했다.
나머지 여덟 명의 약혼자들도 토야는 하지 못하는 일, 토야 혼자서는 손길이 미치지 않는 일을 솔선해서 지원해 주고 있다. 정말 고마운 일이다.

"즉, 우리는 적당히 거들어 주면 된다는 건가?"

"그러네요. 인간 세상은 인간에게 맡겨 두는 게 가장 좋습니다. 토야가 인간인지 어떤지는 미묘합니다만."

카리나의 말을 듣고 코스케가 그렇게 대답한 뒤, 에일 맥주를 꿀꺽 들이켰다.

"그럼 다시 한번! 이번엔 토야 오빠의 앞날을 위하여~!"

〈건배~!〉

일곱 명의 신이 새로운 동료가 된 소년에게 축복을 보냈다. 지상에서 신들은 소년을 적당히 거들어 주기로 결정했다.

막간극 당신 곁으로

"하앗!"

옆으로 휘두른 주타로 씨의 목도를 모로하 누나가 종이 한 장 차이로 피했다. 아슬아슬하게 주타로 씨가 목도를 빗나가게 한 것이 아니다. 아슬아슬하게 모로하 누나가 목도를 피한 것이다.

다시 주타로 씨의 목도가 이번엔 아래에서 튀어 오르듯이 궤도를 그렸다. 하지만 이것도 모로하 누나는 가볍게 피했다.

완전히 주타로 씨의 검을 간파하고 있다. 나는 저렇게 못 한다. 【신위해방】 모드일 때는 별개지만, 보통 상태에서는 간신히 피하는 게 고작이다.

"카앗!"

날카로운 기합과 함께 뻗어 나간 주타로 씨의 찌르기가 모로하 누나의 목을 습격했다. 모로하 누나가 그 공격을 아주 조금 옆으로 움직여 피하자, 주타로 씨의 칼끝은 허무하게 공중을 찌르고 말았다.

"발밑이 허술해."

"읔?!"

파악, 하는 경쾌한 소리와 함께 주타로 씨의 다리가 모로하 누나의 다리에 걸렸다. 균형을 잃은 주타로 씨가 자세를 바로 잡으려고 걸린 다리에 주의를 집중하는 순간, 번개처럼 모로하 누나가 안쪽으로 파고들었다.

번쩍.

목검이 눈에도 보이지 않는 속도로 몸통의 옆을 치자 다음 순간, 큰 소리를 내며 주타로 씨가 순식간에 뒤쪽으로 날아갔다.

저게 뭐지? 목검이 채찍처럼 바람을 가르는 소리를 냈는데.

"두 번…… 세 번일까요?"

"으으음……. 소인도 잘 보이지 않았습니다……."

옆에서 힐다와 야에서 작은 목소리로 그런 대화를 나누었다. 어? 방금 여러 번 공격을 한 거야? 잘 안 보였어.

"큭……!"

뒤로 날아갔던 주타로 씨가 일어서 자세를 낮추며 다시 모로하 누나를 향해 달려갔다. 응? 저 움직임은 야에와 같은데…….

"코코노에 진명류 오의, 비연열파(飛燕裂破)!"

낮게 겨누었던 칼끝이 번뜩였다. 대각선으로 튀어 오른 검의 궤도가 곧장 되돌아오듯이 아래로 내려오며 모로하 누나의 어깻죽지를 향해 갔다.

"아직 느려."

어깨를 뒤로 빼듯이 몸의 절반을 회전해 모로하 누나가 그 공격을 피했다. 그 동작 그대로 호를 그리듯이 내뻗은 모로하 누나의 일격이 주타로 씨의 목덜미에 적중했다.

"컥……!"

털썩. 그 자리에서 주타로 씨가 앞으로 고꾸라졌다. 따가각, 하고 쥐고 있던 목도가 지면에 떨어졌다.

우오오……. 무서워. 진검이었으면 목이 날았을 거야, 저거.

"여기까지려나?"

"주타로 님!"

모로하 누나가 목검으로 지면을 찌르며 탁 소리를 내자마자, 우리와 함께 견학하던 아야네 씨가 주타로 씨에게 달려갔다.

아야네 씨가 몸을 흔들며 머리를 안아 올렸는데도 주타로 씨는 여전히 정신을 잃은 채였다.

"저기……. 너무 심한 거 아니에요?"

"괜찮아. 후유증이 남을 만한 곳을 때리지는 않았거든. 금방 눈을 뜰 거야."

돌아오면서 모로하 누나가 한 말을 듣고 나는 눈썹을 찌푸렸다. 그런 의미로 한 말이 아니라요…….

일단 주타로 씨에게 【큐어힐】과 【리프레시】를 걸어 주었다.

"코하쿠, 미안해. 주타로 씨를 의무실로 데리고 가 주겠어?"

〈알겠습니다.〉

나는 큰 호랑이가 된 코하쿠의 등에 기절한 주타로 씨를 태웠다. 곧장 의무실로 가는 코하쿠를 아야네 씨가 걱정스럽다는 듯이 따라갔다.

그 모습을 바라보며 모로하 누나가 말했다.

"전보다 실력이 늘었어. 단지 마음이 쫓아가지 못하는 상태야. 필사적인데, 뭔가 초조해하는 감정이 느껴져."

"초조해한다……는 말씀입니까? 으으음, 뭔가 고민이라도 있는 것일까요."

팔짱을 끼고 야에가 고개를 갸웃했다. 여동생으로서 걱정이 되겠지. 야에는 가족을 깊이 생각하는 아이니까.

오늘은 예전부터 주타로 씨가 희망하여 모로하 누나와 모의전을 펼쳤다.

일전에 우리가 개최한 무술 대회에서 우승한 주타로 씨. 하지만 그 후의 추가 매치에서 주타로 씨는 모로하 누나에게 완벽히 패배했다.

오늘은 그 주타로 씨의 복수전이었다.

결과는 보는 대로였지만. 이건 어쩔 수 없다. 애초에 신에게 이기려고 하는 생각 자체가 잘못됐다.

주타로 씨도 정말로 이기려고 했다기보다는 가르침을 받을 생각으로 도전한 거라 생각한다.

그렇지만 그렇게까지 할 필요는 없지 않을까. 같이 이셴에서 온 아야네 씨가 계속 안절부절못하며 걱정했는데. 미안한 짓을 하고 말았다.

“오라버니가 그렇게까지 패배하는 모습을 본 적이 없었겠지요. 오에도에서 오라버니보다 실력이 뛰어난 자는 아버지를 포함해 몇 명밖에 되지 않으니까요.”

호오. 그럼 주타로 씨는 역시 굉장히 강하구나. 눈앞에 있는 상식을 벗어난 사람이 이상할 뿐.

“무슨 말 했어?”

“아니요, 아무것도.”

감이 날카로워, 모로하 누님.

“……오라버니가 걱정되어 소인, 잠시 상황을 살펴보고 오겠습니다.”

“앗, 나도 갈게.”

의무실에 있는 플로라라면 어떤 이상이 있어도 고칠 수 있겠지만, 혹시 모르니까.

훈련장에서 안뜰을 가로질러 성안으로 들어간 뒤 안쪽에 있는 의무실로 들어갔다. 벽이 흰 방 안에 설치된 여섯 개의 간이침대 중 하나에 주타로 씨가 누워 있었다.

그 옆에는 걱정스러운 표정을 짓고 있는 아야네 씨와 간호사복장의 플로라가 서 있었다. 그리고 주타로 씨를 옮긴 코하쿠는 옆쪽 침대에서 몸을 둥글게 말고 누워 있었다.

“앗, 마스터. 괜찮아요, 걱정 안 하셔도 돼요. 기절했을 뿐이에요.”

“그래? 다행이야.”

역시 모로하 누나……라고 해야 하나? 미묘하다는 생각이 들지만.

"죄송합니다. 폐를 끼치다니……."

"무슨 말인가. 소인의 오라버니인데. 사양하지 마시오. 이 정도는 당연한 것이니."

깊이 고개를 숙이는 아야네 씨에게 야에가 호들갑스럽게 대답했다. 야에의 가족이라면 나에게도 소중한 사람들이다. 너무 신경 쓰지 말았으면 좋겠다.

"그런데 오늘 오라버니는 조금 이상합니다. 무슨 일이 있었던 것일까요?"

"……………."

주타로 씨의 얼굴을 들여다보는 야에의 말을 듣고 조용히 고개를 숙이는 아야네 씨. ……뭐지? 정말 무슨 일이 있었나?

잠이 든 주타로 씨를 남기고 우리는 의무실 밖으로 나갔다. 그리고 성의 복도를 빠져나가 안뜰의 정원에 도착했다.

이곳은 '정원'의 셰스카가 관리하는 장소로, 형형색색의 아름다운 꽃과 나무들로 둘러싸인 힐링 공간이다.

바빌론의 '정원'에는 뒤지지만, 아담하고 마음이 편안한 장소라 모두 마음에 들어 하는 곳이다.

솔직히 그런 고물 에로 메이드에게 이런 재능이 있을 줄이야, 지금도 믿기지 않는다.

놀랍게도 그 농경신인 코스케 삼촌까지 칭찬해 줬으니, 세스카의 원예 실력은 일류라고 인정할 수밖에 없다. 물론 그런 기술에 특화되게 만들어져서 그런 거겠지만.

우리는 그런 정원의 벤치에 앉아 아야네 씨에게 뭔가 모습이 이상한 주타로 씨에 대해 물었다.

"주타로 님은 요즘, 뭔가 골똘히 생각하시는 표정을 지을 때가 많아요. 제가 무슨 일인지 물으면 뭔가를 말씀하시려다가 그만두시죠. 저 같은 사람에게는 말하기 힘든 깊은 고민이 있지 않은가 해요……."

"오라버니에게 고민이? 으~음……. 검의 실력을 닦는 자는 벽에 부딪히는 일이 종종 있지만……."

야에가 팔짱을 끼고 고개를 갸웃했다. 검에 관련된 고민이라면 아야네 씨에게 말해 봐야 소용이 없을 테고, 그걸 여성에게 상담하는 것도 멋이 안 난다. 주타로 씨의 행동도 이해 못 할 건 없지만…….

검에 관한 고민이라……. 오늘 모로하 누나와 시합을 한 탓에 더 깊어지지 않았으면 좋겠는데. 그렇지만 정말 그것뿐일까?

"저어, 공왕 폐하! 무례한 부탁이지만 주타로 님의 고민을 물어봐 주실 수 없을까요?! 같은 남자라면 이야기할 수 있는 일도 있으리라 생각해서요……."

"제가요? 묻는 정도야 뭐, 상관없지만……. 이야기해 주실지 어떨지는 몰라요."

검에 관해서라면 나는 신체 강화를 이용해 억지로 밀어붙여 강하게 보이는 것뿐이라 별로 조언해 줄 일이 없다. '검술' 은 완전히 하급이니까.

처남이 될 사람이니 어떻게든 힘이 되어 주고 싶지만…….

일단 물어볼까?

나는 정원에 두 사람을 남겨 두고 다시 의무실을 향해 발길을 돌렸다.

의무실에 돌아가 보니 주타로 씨는 이미 눈을 뜬 상태였다. 플로라가 주타로 씨의 머리에 스마트폰을 대보고 있었는데, 이건 두피를 촬영하는 게 아니었다.

플로라의 양산형 스마트폰에는 엑스레이처럼 투과하여 사물을 볼 수 있는 기능이 추가되어 있다. 내 【롱센스】를 응용한 것인데, 이런 의료 분야에서는 매우 편리한 기능이다.

"특별한 문제는 없네요. 아주 건강해요."

"감사합니다."

주타로 씨가 플로라에게 고개를 숙였다. 하지만 그 표정은 여전히 가라앉아 있었다.

나는 플로라에게 자리를 비켜 달라고 한 뒤, 주타로 씨의 침대 옆에 있는 의자에 걸터앉았다. 모로하 누나에게 패배해 기분이 가라앉아 있는 것과는 역시 조금 다른 느낌이다.

"주타로 씨. 힘이 없어 보이는데, 무슨 고민이라도 있나요?"

에둘러서 물어봐야 별 도움이 안 되어서 나는 직접적으로 물어보았다. 잠시 주타로 씨는 뭔가 망설이다가, 결심했는지 작게 이야기하기 시작했다.

"……………저어, 이건…… 그래! 친구, 친구의 이야기입니다만!"

"……호오."

'친구의 이야기'라. 그런데, 그건……. 직접적으로 물었는데 빙 에두른 대답을 하다니, 이보세요.

"그 남자에게는 마음에 두고 있는 여성이 있는데, 아무래도 그 상대 여성은 조만간 맞선을 보고 결혼을 한다는 모양입니다……. 그래서……."

"네?!"

"왜…… 그러시죠?"

"아, 아니요. 계속 말씀하시죠."

맞선?! 잠깐만. 주타로 씨는 아무리 봐도 아야네 씨를 의식하고 있잖아? 그렇다면 아야네 씨, 결혼할 예정이야?!

"상대는 상인의 후계자로, 오에도에서도 손꼽히는 포목 도매상이라는 듯합니다. 상대가 상당히 적극적이라 올해 중에라도 혼례를 올리고 싶다고……. 저…… 아니, 친구는 깨끗하게 물러서려는 듯싶습니다만……."

"자, 잠깐만요! 그렇게 쉽게 포기해도 되나요?!"

"그 도련님은 혼례를 올리자마자 가게를 잇기로 결정되었다고 합니다. 그에 비하면 친구는 아직 졸병 대장. 누구와 결혼해야 행복해질지는 불을 보듯이 뻔합니다……."

으, 으~음. 그러네. 대형 가게의 젊은 사모님과 말단 사무라이의 아내를 비교하면, 조금 불리한가.

일단 코코노에 가문은 토쿠가와 가문의 검술 지도자 직무라는 명예로운 역할을 맡고 있다. 하지만 그건 아버지인 주베에 씨의 직무이지, 주타로 씨의 직무는 아니다.

게다가 그 직무는 세습제가 아니니, 다음에도 코코노에 가문이 같은 임명을 받을지 어떨지는 알 수 없다. 아마 이대로 가면 주타로 씨가 그 역할을 맡게 될 것 같긴 한데……. 이제 와서 이에야스 씨가 검술 유파를 바꾸는 것도 성가신 일일 테고.

하지만 보장이 있는 것은 아니다. 주타로 씨는 브륀힐드의 무술 대회에서 우승했지만, 이센에는 아직도 강한 무술가가 많이 있다. 그런 사람들이 앞으로 나서면, 검술 지도 역할이 코코노에 가문에서 다른 가문으로 바뀔 가능성도 있을 듯한…….

"상대의 행복을 바란다면 물러서야 한다고…… 머리로는 생각하지만, 좀처럼 그렇게 되질 않아서……. 그 친구는 과연 어쩌면 좋을까요……."

그렇구나. 상대를 생각하기에, 더욱 그렇다는 건가? 마음은 안다. 나도 야에를 비롯한 약혼자들과 결혼을 결정했을 때 정말 나 같은 사람이라도 괜찮은가? 모두를 행복하게 해 줄 수 있을까? 하고 고민했으니까.

그때는……. 핫?!

"사랑 고민은 즉 · 시 · 해 · 결! 연결해 드리죠, 사랑의 붉은

실! 모두 이 모치즈키 카렌에게 맡겨 두시길!"
"으악?! 어? 어디에서?!"
"나왔다……."
처억! 하고 아주 멋진 등장 자세를 잡으며 카렌 누나가 의무실에 나타났다. 제발 순간 이동해서 나타나지 마요!
카렌 누나의 영역인 성안에서 연애 이야기를 한 내가 잘못이지……. 대체 얼마나 귀가 밝은 거야?
"뭐 하러 왔어요……?"
"참 어리석은 질문이야. 누군가가 사랑 때문에 고민하면 그곳에 모치즈키 카렌이 나타나는 거야 당연한 일!"
침대 위에서 주타로 씨가 갑자기 나타난 카렌 누나를 보고 당황했다.
"저, 저어……."
"굳이 또 말하지 않아도 돼. 모두 나에게 맡겨. 토야도 나의 정확한 조언 덕에 야에와 잘 맺어졌으니까. 완벽한 실적이 있어!"
정말로? 주타로 씨가 그런 시선으로 나를 바라보았다. 으으음. 뭐, 조언을 받은 건 사실이고, 그게 도움이 된 것도 사실이지만.
"……네에, 본의 아니게."
"본의 아니게라니, 무슨 말이 그래! 우~우~!"
카렌 누나가 야유를 보냈다. 일단 연애의 신이니 프로페셔널하기야 하겠지만, 카렌 누나의 경우, 어디까지나 조언자. 어떻게 행동하면 잘 될지는 실제로 해 보지 않으면 알 수 없다.

실제로 카렌 누나에게 상담을 받았는데도 이루어지지 않은 사랑도 있다. 카렌 누나가 말하길, 그건 그거대로 추억으로 끝내고 다음 사랑의 원동력으로 삼는 게 가장 좋다고 한다. 계속 질질 끌어서는 좋을 게 하나도 없다고 했던가. 그건 나도 그렇게 생각하지만.

……별로 내키지는 않지만, 그래도 일단은 연애의 신께 어드바이스를 한번 받아 볼까.

“그래서요? 어떻게 하면 될까요?”

“사랑은 싸움이야! 먼저 적을 아는 것부터 시작해야 해! 거기서부터 공격 방법을 생각해야 하는 거지!”

……놀랐다. 의외로 제대로 된 의견이었어.

확실히 경쟁 상대에 대해 몰라서는 승부를 겨룰 수 없다.

모험자도 토벌 상대의 습성이나 특성을 조사한 다음에 도전한다. 사전 조사는 중요하다.

“주타로 씨. 그 포목 도매상의 도련님은 어떤 사람인지 아세요?”

“아니요……. 전혀. 옷에는 그다지 흥미가 없어서…….”

흐음. 아야네 씨와 그 사람이 결혼한다고 해도 만약 그 사람이 아내를 울리는 쓰레기 자식이라면 그런 사람과 결혼을 하게 놔둘 수는 없다.

이건 어서 조사해 볼 필요가 있겠어.

좋아. 주타로 씨를 위해, 아야네 씨를 위해 내가 발 벗고 나서 볼까.

"그래서? 뭔가 알아냈어?"

"네. 몇 가지 정도 알아냈습니다."

나와 야에 앞에 한쪽 무릎을 꿇고 있는 사람은 츠바키 씨의 부하인 여자 닌자 세 사람. 사루토비 호무라, 키리가쿠레 시즈쿠, 후마 나기.

그 이후로 며칠 동안 이야기에 나온 포목 도매상의 도련님을 이 아이들에게 조사해 달라고 부탁했다. 성격, 주변의 평판과 소문, 친구 관계를 메인으로.

전체적인 일은 탐정을 고용해 조사한 것과 다르지 않지만.

"상대의 이름은 스루가야 이치노스케. 포목 도매점 '스루가야'의 후계자로, 올해로 26세입니다."

세 명의 여자 닌자 중 한 명인 시즈쿠가 보고했다. 26세라. 주타로 씨는 분명히 22세였지? 아야네 씨는 20세였던 거로 기억하는데. 나이 차이가 꽤 크게 나는 것 같기도 하지만, 꼭 그렇지도 않은가?

스물여섯인데 독신남이라면 이셴에서는 드문 일도 아닌가? 여자는 스무 살 정도에 결혼하지만.

"마을에서 탐문 조사를 했는데 현재 나쁜 소문은 들리지 않았습니다. 성실하고 사람을 잘 보살필 줄 알고, 도박 등도 전혀 하지 않는다고 합니다."

"외모는?"

"잠시 기다려 주십시오."

시즈쿠가 품에서 스마트폰을 꺼내 조작을 하자 나와 야에의 스마트폰이 메시지와 왔다며 소리를 냈다. 보낸 사람은 눈앞의 시즈쿠로, 사진 한 장이 첨부되어 있었다.

"흐음. 다정해 보이는 사람입니다."

그러네. 야에의 말대로 사진만 보면 호리호리하지만, 일본풍 옷을 입고 부드러운 미소를 지은 호감 가는 청년이었다. 이 사람이 주타로 씨의 라이벌인가?

"외모는 좋아도 속은 악랄한 사람도 있으니……. 이것만으로는 판단하기 힘든가?"

"아니요~. 마음씨도 좋은 사람이었어요~. 호무라가 들켰을 때도~……."

"앗, 이 바보! 나기, 무, 무슨 소리 하는 거야?!"

들켜? 들키다니 무슨 말이지?

"저어, 저는 변장술로 변장하고 가까운 곳에서, 호무라와 나기는 숨은 채 멀찍이서 감시를 했는데 호무라가 나무 위에서 조는 바람에…….”

“그 사람이 근처에 왔는데도 눈치채지 못하고 호무라가 나무 위에서 떨어졌어요~.”

“뭐어……?”

닌자로서 좀 그렇지 않나? 졸다가 타깃에게 들키다니…….

“죄송합니다…….”

“누가 봐도 수상한데 ‘얘, 괜찮니? 다치지 않았어?’ 하고 호무라를 보고 다정하게 말을 걸어줬어요~. 그 사람은 틀림없이 좋은 사람이에요~.”

호무라는 놀라서 어찌할 바를 모르다가 인사를 하고 빠르게 그 자리를 떴다고 하지만.

으~음. 이야기를 들어 보니 좋은 사람 같네. 만약 바람둥이 같은 쓰레기라든가, 뇌물을 사용하는 속이 검은 상인이었다면 이야기가 빨랐을 텐데.

“앗, 그런데 한 가지 신경 쓰이는 점이 있었어요.”

“응?”

야에와 어떻게 할까 하고 얼굴을 마주 보고 있는데, 시즈쿠가 추가 정보를 말해 주었다.

“그 도련님, ‘불쥐의 가죽옷’을 찾고 있대요. 듣자 하니, 맞선 상대의 희망이라나 봐요…….”

“불쥐?”

“이쪽으로 말하자면 ‘버닝 랫’이네요. 주로 이셴에서는 화산 지대에 살고, 이쪽 대륙에서는 산드라 지방에 서식하는 마수예요."

버닝 랫……. 아, 꼬리가 항상 불타는데, 전투가 벌어지면 그 불을 온몸에 두르는 거대 쥐였던가? 분명히 대형견 정도의 크기였다.

나도 사실은 길드의 도감에서 봤을 뿐, 실제로 본 적은 없다.

그런데 아야네 씨는 그런 걸 가지고 싶다니 대체 무슨 생각일까.

"버닝 랫의 털가죽은 매우 내화성이 좋고, 더러워져도 불 속에 던져 넣으면 새하얗게 된다고 해요. 그 털가죽은 상당히 귀중한 소재로 시장에는 그다지 나돌지 않아요. 버닝 랫은 개체수가 적은 데다 상당히 강해서 입수하기가 힘들어요."

새하얀 털가죽이라……. 신부 의상에 사용할 생각인가? 그렇다면 아야네 씨도 마음이 있다는 건가? 아니면……?

"도련님은 그걸 어떻게든 손에 넣어 어서 결혼을 진행하고 싶다더라고요."

"네. 돈을 아끼지 않으며 여러 연줄을 의지해 찾고 있어, 가까운 시일 내에 입수하지 않을까 해요……."

"으으음……. 그걸 손에 넣으면 순조롭게 이야기가 진행되어 버릴지도 모르겠군요……. 하지만 왜 아야네는 왜 그런 것을……."

야에가 팔짱을 끼고 고개를 갸웃했다. 나도 그런 생각은 했지만…….

아야네 씨는 오에도에서 조금 떨어진 마을에 사는 지주의 딸로, 아버지가 주베에 씨의 문하생이었던 연고가 있어 예절도 배울 겸 코코노에 가문에 들어왔다고 들었다.

언젠가 본가로 돌아가 결혼을 하게 된다고 해도 이상하지는 않다.

그런데 불쥐의 가죽옷……. 불쥐의 가죽옷이라……. 어딘가에서 들어 본 것 같은데…….

"앗."

맞아, 그렇구나. 그거였어!

나는 스마트폰을 꺼내 '불쥐의 가죽옷'을 검색해 보았다. 그러자 바로 결과가 나왔다.

'불쥐의 가죽옷'은 카구야 공주 이야기…… 즉, '타케토리모노가타리(竹取物語)'에 나오는 아이템의 이름이었다.

간단하게 말하면 다섯 명의 귀족에게 청혼을 받은 카구야 공주가 청혼을 거절하기 위해 있을지 없을지도 모르는 다섯 개의 보물을 가져오라는 터무니없는 요구를 했다.

'불쥐의 가죽옷'은 그런 물건 중 하나다. 혹시 아야네 씨는 결혼을 거절하기 위해 그걸 가져오라고 말한 게 아닐까?

"야에, 타케토리모노가타리라고 알아? 카구야 공주가 나오는데……."

"카구야……? 어느 나라의 공주인지요? 소인은 들어 본 적이 없습니다만…….”

“어? 몰라?”

여자 닌자 세 사람에게도 물어봤지만 모두 고개를 저었다. 그거야 당연한가. 그건 지구의 이야기니까. ‘불쥐의 가죽옷’도 단순한 우연……. 아니, 아마 세계신님의 설정한 이세계어 번역이 내가 알아듣기 쉽도록 번역해 준 거겠지.

그렇다면…… 이건 카구야 공주와 마찬가지로, 아야네 씨도 터무니없는 조건을 상대에게 제시해 결혼을 거절하려고 한 것인지도 모른다.

그렇다고 한다면…… 아직 주타로 씨에게도 기회가 있는 건가……?

“그러니 ‘불쥐의 가죽옷’을 손에 넣죠.”

“뭐가 ‘그러니’인지 전혀 모르겠습니다만…….”

우리는 이셴의 오에도성에서 훈련을 하던 주타로 씨를 불러 그렇게 말을 꺼냈다. 당연히 무슨 말인지 어리둥절하겠지.

“전의 그 도련님 말인데요, 맞선 상대가 ‘불쥐의 가죽옷’을 요구했다는 모양이에요.”

"네?! 아야…… 어흠. 마, 맞선 상대가 말인가요?"
"네. 주타로 씨의 '친구' 가 마음에 둔 그 사람이요. 저는 그걸 거절할 구실로 삼으려고 하는 게 아닌가 생각하거든요. 거절하고 싶지만, 집안의 사정 등 여러 가지 사유로 인해 거절하지 못하는 상황이죠. 그래서 어려운 요구를 하는 게 아닌가 해요."
"거절할 구실……."
주타로 씨가 살짝 기쁜 표정을 지었지만, 여기서 안심해서는 곤란하다. 이제부터가 중요하니까.
"하지만 어물거리면 도련님이 그 '불쥐의 가죽옷' 을 손에 넣을지도 몰라요. 그렇게 되면 혼담이 점점 진행되어 막을 수 없게 될지도 모르죠. 그러니까 그 전에 '불쥐의 가죽옷' 을 먼저 입수해서 상대보다 먼저 그 사람에게 마음을 전해야 해요."
"아니, 그렇지만……. 그렇게 쉽사리 손에 넣을 수 있는 물건은 아니지 않습니까?"
"오라버니. 토야 님은 탐색 마법도 전이 마법도 쓸 수 있습니다. 이미 장소도 파악해 두었지요. 이제는 실행할지 말지만 판단하면 됩니다."
오빠의 모호한 말을 듣고 야에가 강한 어조로 말했다.
여동생의 올곧은 눈동자를 보고 잠시 몸을 움츠렸던 주타로 씨였지만, 잠시 후, 그 눈에 결의의 불꽃이 조용하게 깃들었다.
"알겠습니다. 가시지요."

좋아, 그렇게 나와야지. 나는 야에와 얼굴을 마주 보고 미소를 지었다.

"앗, 아니. 어디까지나 '친구'를 위해서입니다만! 네, '친구'를 위해서입니다!"

………. 나는 야에와 얼굴을 마주 보고 어색하게 쓴웃음을 지었다. ……이것 참, 정말 성가시구나.

"좋아. 주타로 씨, 아야네 씨를 위해 '불쥐의 가죽옷'을 구하러 가죠. 그리고 주타로 씨의 마음을 말로 전하는 거예요!"

"네! ………어?"

"좋아, 언질을 얻었어!"

"저어……. 오라버니에게 거짓말은 무리가 아닐까 합니다."

야에가 못 말리겠다는 듯이 한숨을 내쉬며 어깨를 으쓱했다. 으~음. 그런 점은 야에도 마찬가지지만. 거짓말을 못 하는 순수한 점은 남매가 똑같다.

"아, 아니! 저, 저는 아야네의 결혼을 어떻게 하려고 하는 입장은……!"

"아니, 그냥 그런 거로 해 둬도 되니까요. 여기까지 온 이상 야에의 말대로 이제는 할지 말지의 문제예요. 여기서 포기할 수도 있겠지만, 분명 후회할걸요?"

윽, 하고 주타로 씨는 조금 움츠러들었지만, 곧 주먹을 굳게 쥐며 선언했다.

"…………………………하겠습니다. 후회는…… 하고 싶지

않으니까요."

망설임이 사라진 눈동자가 나를 향했다. 겨우 자신의 마음을 인정한 건가.

"토야 님. 【게이트】를 부탁합니다. 어서 버닝 랫이 있는 곳으로 가야 하니까요."

"맡겨 둬."

나는 【게이트】를 발동해 빛의 문을 출현시켰다. 그곳을 빠져나가자 나타난 곳은 작열하는 대지. 산드라 지방의 라비 사막과 접한 테크라카라 협곡이었다.

적갈색 바위의 표면과 내리쬐는 태양이 우리를 맞이했다. 마치 지구의 그랜드캐니언을 연상시키는 그 풍경에서는 굴러다니는 바위와 모래 그리고 드문드문 자라난 식물밖에 보이지 않았다.

버닝 랫은 이런 곳에만 사는 건가? 찾아가기도 힘들고, 찾기도 힘드니 소재가 귀중품이 될 수밖에.

"다만 나는 쉽게 찾을 수 있지만……."

나는 스마트폰으로 버닝 랫을 검색했다. 어~. 분명히 어느 정도 크기가 되지 않으면 가치가 떨어진다고 했지? 그렇다면 가장 큰 녀석을 노려볼까?

"이쪽이네요. 그렇게 멀지 않으니 걸어서 가죠."

야에도 주타로 씨도 단련한 덕에 이 정도 바위 밭은 아무렇지 않겠지. 우리는 스마트폰의 지도가 가리키는 장소를 향해 걷기 시작했다.

바위 밭 위를 건너뛰어 다니고, 바위산을 오르고. 어? 가까워서 별것 아니라고 생각했는데 여정이 꽤 험난하네…….

역시 【플라이】를 이용해 날아갈까? 그렇게 제안했지만 야에가 하늘은 날고 싶지 않다고 거절했다. 체엣.

“이 근처일 텐데요…….”

“그럴듯해 보이는 건 보이지 않는군요.”

나는 살짝 움푹 들어간 장소 부근을 둘러보았다. 주택 크기의 거암(巨巖)이 주변 여기저기에 있어서 시야가 매우 나빴다.

“음?”

“왜 그러시죠?”

주타로 씨가 중심을 낮추고 칼 손잡이에 손을 댔다. 우리도 그런 움직임에 반응해 마찬가지로 주변을 경계했다.

“이쪽에서 열기가 느껴집니다. 버닝 랫이 근처에 다가온 것이 아닐지요.”

주타로 씨가 거대한 바위가 있는 곳을 가리켰다. 열기라니, 여긴 온통 다 더운데. 앗, 그런데 지도 표시를 보니 확실히 이쪽인가?

버닝 랫은 꼬리가 항상 불타고 있다고 하니, 그 열이 여기까지 미치는 건가? 앗, 분명히 이쪽에서 뜨거운 공기가 흘러오고 있어. 맞혔나?

그런 생각을 하는데 내 눈에 믿을 수 없는 광경이 날아들었다.

주타로 씨가 가리킨 거대한 바위 밭의 그늘에서 느릿하게 털이 흰 쥐가 얼굴을 내밀었다.

버닝 랫이다. 틀림없다. 하지만 크기가 들었던 것과는 달랐다. 길드의 마수 도감에는 분명히 대형견 정도의 크기라고 기록되어 있었다. 그런데 눈앞의 버닝 랫은 아무리 봐도 코끼리보다도 크다. 작은 오두막 크기 정도는 돼!!

〈키키키이이이이이!〉

우리를 눈으로 확인한 버닝 랫의 온몸이 화륵! 하고 화로에 불이 붙은 것처럼 불타올랐다. 딱 봐도 우리에게 적대감을 잔뜩 드러내고 있다.

버닝 랫의 불타는 등에서 몇몇 불구슬이 공중으로 튀어나왔다.

"피해!"

내 목소리에 반응해 주타로 씨와 야에가 흩어졌다. 거대한 버닝 랫에서 발사된 몇 개의 불구슬은 우리가 있던 장소에 떨어져 잇달아 폭발을 일으켰다.

"토야 님. 이게 버닝 랫입니까?!"

"크기는 다르지만 틀림없어. 아마 거수화가 되는 중일 거야."

아직 도중이지만 앞으로 몇 년 더 방치하면 완전히 거수화가 될 듯했다. 그렇게 되면 프레임 기어가 아니면 쓰러뜨릴 수 없다.

하지만 이 크기라면 못 쓰러뜨릴 것도 없다. 게다가 이렇게 크면 만약 포목 도매상의 도련님이 '불쥐의 가죽옷' 을 입수해도, 겉모습에서 지고 들어가지는 않는다. 그런 점에서 보면 행운이라고도 할 수 있었다.

"좋아, 내가 물 마법으로 저 녀석의 화염탄을 억누를 테니 그 사이에———."

"……아니요. 공왕 폐하. 이번엔 저 혼자에게 맡겨 주실 수 없을까요?"

"네?"

주타로 씨가 버닝 랫을 노려보면서 말했다.

아니, 그렇지만 저건 아마 은색 랭크 클래스의 마수일 텐데요. 역시 혼자서는 상당히 힘들 것 같은데…….

그렇게 말을 하려는 순간, 옆에 있던 야에가 내 소매를 잡아당겼다. ……응, 그래. 주타로 씨가 아야네 씨에게 보내는 거잖아. 혼자서 어떻게든 제압하고 싶은 주타로 씨의 마음은 이해가 된다.

"알겠습니다. 단, 정말로 위험해지면 제가 중간이 끼어들 겁니다?"

"감사합니다. 이 마수를 쓰러뜨리면, 조금이나마 벽을 뛰어넘을 수 있을 듯한 기분이 듭니다."

주타로 씨가 버닝 랫을 향해 칼끝을 겨눴다. 솔직히 말하면 꽤…… 아니, 너무 불안했다. 주타로 씨의 칼은 아무런 속성이 부여되어 있지 않았고, 갑옷도 질은 좋을지 모르지만 이셴에서 일반적으로 볼 수 있는 물건이었다.

즉, 마법적인 보조가 전혀 없는 상태에서 주타로 씨는 저 거수가 되어 가는 버닝 랫을 쓰러뜨려야 한다는 말이었다. 이건 상당히 힘든 일이라고 말할 수밖에 없었다.

하다못해 회복 마법 정도는 걸어 주고 싶다고 생각했지만, 그것도 야에가 말렸다.

"상대가 마수라고는 하나, 오라버니는 이것을 진검승부라고 생각하고 계십니다. 자신에게는 회복 마법이라는 도움이 있고 상대에게는 없다면……. 그건 대등한 승부라고 할 수 없겠지요."

무슨 말을 하려고 하는지는 알지만……. 마수를 상대로 그렇게까지 예의를 차리는 건 좀 그렇지 않을까?

아무리 그래도 주타로 씨가 죽을 것 같으면, 승부가 났다고 보고 중간에 끼어들 거다?

참……. 무사도 외골수라는 것도 생각해 볼 문제다.

〈키키캬아아아아아아아!〉

"흣!"

주타로 씨가 위에서 아래로 내려친 활활 타는 불꽃 발톱 공격을 아슬아슬하게 피했다. 그리고 후퇴하면서 재빨리 칼을 휘둘러 버닝 랫의 팔을 베어 버렸다.

〈키익?!〉

얕아. 크윽, 아깝다. 역시 저 온몸에서 뿜어져 나오는 불꽃이 성가시다.

이센 사무라이가 들고 다니는 칼은 기본적으로 베는 데 특화되어 있다. 그래서 단단한 상대나 거대한 상대에게는 불리하다. 베어도 전체적인 몸의 크기를 생각하면 치명상이라고는 할 수 없기 때문이다. 자칫하면 칼날의 이가 빠지거나 피 탓에 상대를 잘 베지 못하게 된다.

주타로 씨도 그런 거야 아주 잘 알겠지만…….

주타로 씨와 버닝 랫의 싸움은 일진일퇴……. 아니, 굳이 따지자면 주타로 씨가 방어에 주력하는 듯이 보였다.

버닝 랫은 몇 발이나 불구슬을 날렸고, 바위 밭이라 발을 디디고 있기 힘든데도 굴하지 않고 주타로 씨는 아슬아슬하게 그 공격을 피했지만…….

〈키샤아아아아아아아아아아아아!〉

"아니?!"

뒷발로 일어서 크게 입을 벌린 버닝 랫이 화염방사기처럼 불꽃을 내뱉었다. 저 녀석, 드래곤처럼 불꽃 브레스까지 내뿜을 수 있단 말이야……?!

불꽃 브레스를 옆으로 뛰어 피하고, 주타로 씨가 바위 밭의 그늘에 몸을 숨겼다.

어쩌지……. 주타로 씨, 숨이 상당히 차올랐어. 이렇게 더운데 불꽃 공격까지 마구 당하고 있으니. 체력을 상당히 소모하지 않았을까?

슬슬 말리는 편이…….

“야에…….”

“아직입니다. 오라버니의 눈은 아직 포기한 눈이 아닙니다. 지금은 상대가 어떻게 나오는지 살피는 중이겠지요. 승기를 잡기 위해서…….”

야에는 숨을 죽이고 주타로 씨의 싸움을 지켜보았다. 믿고 있다. 야에는 오빠가 반드시 이길 거라고 믿고 있다.

……그래. 야에가 믿는데 내가 믿지 않으면 어떡해. 주타로 씨는 꼭 이길 거야. 아야네 씨에게 자신의 마음을 전달하기 위해서.

〈키슈아아아아아아아아아아!〉

뒷발로 일어선 버닝 랫이 다시 불꽃 브레스를 뿜었다. 주타로 씨는 그 모습을 보고 뭔가 생각한 점이 있는지 앞으로 온 힘을 다해 달려나갔다. 어?!

버닝 랫의 불꽃 브레스보다도 빨리 품으로 뛰어든 주타로 씨는 스프링이 튀어 오르듯 힘차게 대지를 박찼다.

“코코노에 진명류(眞鳴流) 오의, 봉자일돌(蜂刺一突)!”

앞으로 뻗은 주타로 씨의 필살 찌르기가 버닝 랫의 목에 깊숙이 칼자루가 있는 곳까지 박혔다. 계속 이걸 노렸던 거구나!

〈크샤아……………!〉

커헉, 하고 입에서 피를 토하며 버닝 랫이 등 뒤로 쓰러졌다.

버닝 랫은 잠시 지면에서 발버둥 쳤지만, 온몸을 뒤덮은 불꽃이 점점 약해지더니 이윽고 완전히 사라졌다. 그곳에는 목을 꿰뚫린 거대한 흰쥐만이 누워 있었다.

이긴 건가.

"……! 하아, 하아……!"

진이 빠졌는지, 온몸이 피범벅, 땀범벅이 된 주타로 씨가 털썩 무릎을 땅에 댔다.

"오라버니!"

"괜찮아……. 걱정하지 마라……."

달려온 여동생을 보고 미소를 지어 줬지만, 주타로 씨는 온몸의 여기저기가 불에 그을려 도저히 괜찮아 보이지 않았다. 상당히 무리하고 있지? 여동생 앞이라고 멋을 부리고 싶은 건지도 모르지만.

"【빛이여 오너라, 여신의 치유, 메가힐】&【리프레시】."

일단 주타로 씨의 상처를 고치고 체력을 회복해 주었다. 버닝 랫 쪽은 일단 내가 【스토리지】에 보관했다가 모험자 길드에 가서 해체해 달라고 하자.

'불쥐의 가죽옷' 이라 불리는 털가죽 이외에는 팔아도 되니까. 어? 그런데 버닝 랫의 고기는 별로 맛이 없다고 했던가? 그렇다면 그다지 돈이 되지 않을지도 모르겠다. 아쉬워라.

"이제는 아야네 씨에게 주타로 씨의 마음을 전하기만 하면 되겠네요."

"하하……. 버닝 랫보다도 강적입니다……."

얼굴을 붉히며 주타로 씨가 털썩 주저앉았다. 그 마음을 모르진 않는다. 나도 같은 경험을 해 봤으니까.

하지만 자신의 마음에서 도망쳐서는 안 된다. 진심으로 그 사람 곁에 있고 싶다면, 말이다.

"이게 맡아 뒀던 '불쥐의 가죽옷' 이에요."

"오오! 이건 정말 훌륭하군요……!"

며칠 후, 우리는 브륀힐드에 있는 포목점 '패션 킹 자낙' 에서 가공한 '불쥐의 가죽옷' 을 건네받았다.

자낙 씨가 건네준 '불쥐의 가죽옷' 은 한 점의 흐림도 없이 순백으로 반짝였다.

'불쥐의 가죽옷' 은 설사 더러워져도 불태우면 그 오염 물질이 깨끗하게 떨어진다는 모양이다. 당연하지만 이 소재 자체가 매우 뛰어난 내화성을 지니고 있다. 모험자 장비로도 사용할 수 있을 만큼 천금의 값어치가 있는 소재다. 가공할 때 몇 퍼센트 정도 줄어들긴 했지만, 그렇게 큰 모피였으니 별문제는 없었다.

자낙 씨가 주타로 씨에게 건네준 '불쥐의 가죽옷'을 만져 봤는데, 뭐라고 말로 표현하기 힘들 만큼 부드러운 감촉이었다.

우와아……. 좋다……. 진짜 좋아……. 얼굴을 묻고 부비적 부비적하고 싶은 충동이 일었지만 간신히 참았다. 아야네 씨에게 보내는 선물에 그런 짓을 했다간 두 사람이 나를 슬슬 피하고 만다.

"그럼 가공하다가 나온 조각들은 제가 받아도 괜찮을까요?"

"네. 가공비라 생각해 주세요."

"감사합니다. 그걸로 소품을 만들면 금세 판매되리라 생각합니다."

말이 조각이지 원래 크기가 굉장히 컸으니까. 장갑이나 방한용 귀마개 정도는 만들 수 있다. 대신에 이것의 가공비는 무료였다.

이건 일류 직인만이 다룰 수 있는 소재라 원래는 가공비도 만만치 않다. 돈은 내가 내겠다고 했는데 주타로 씨는 단번에 거절했다. 그때 자낙 씨가 가공할 때 나오는 조각이나 그다지 질이 좋지 않은 배 쪽 가죽을 전부 주는 조건으로 일을 맡겠다고 제안해 주었다. 참 고마운 일이야.

"오라버니. 이걸 가지고 어서 아야네에게 가시지요. 혹시라도 늦기 전에!"

"그, 그래!"

종이봉투에 담은 '불쥐의 가죽옷' 을 주타로 씨가 소중하게 받아 들고 자낙 씨에게 감사의 인사를 한 뒤, 가게 밖으로 나갔다.

그리고 곧장【게이트】를 연 다음 우리는 이셴의 오에도에 있는 코코노에 도장(道場), 즉, 야에와 주타로 씨의 본가로 전이했다.

야에가 아야네 씨를 부르러 집 안으로 들어갔다. 도장에는 문하생들이 있고 자택에는 어머니인 나나에 씨가 있으니까. 역시 어머니가 계시는데 고백하기는 힘들겠지.

주타로 씨가 조금 전부터 옆에서 심호흡을 반복하는데, 엄청나게 긴장했구나…….

"후우우우우우……."

"그렇게 긴장하지 않으셔도 평소대로 이야기하면 될 거예요."

"아, 아닙니다! 그렇다고는 해도! 어떻게 긴장을 안 하겠습니까! 대체 아야네에게 뭐라고 말하면 좋을지……. 고, 공왕 폐하는 어떻게 하셨습니까? 야에 때는 어떻게 하셨는지요?"

야에 때? 야에 때는 분명히…….

"결투로……?"

"참고가 안 돼?!"

아니, 저희의 경우는 상당히 특수한 사례일 거예요. 주타로 씨는 솔직하게 말하면 될 거라 생각하는데.

아직도 긴장해서 몸이 딱딱하게 굳은 주타로 씨를 보고 어떻게 하면 긴장을 풀어 줄 수 있을지 내가 생각하고 있는데, 도장의 문에서 다급히 야에가 뛰쳐나왔다.

"크, 큰일입니다! 아야네가 조금 전에 포목 도매상의 점원이 불러 가게 쪽으로 갔다고 합니다……!"

"?!"

그 말을 듣자마자 주타로 씨는 길거리를 내달렸다. 엄청 빨라?!

우리도 뒤처지지 않으려고 같이 달렸다. 전속력으로 마을 안을 달리며 몇 개인가 모퉁이를 돌아 5분 정도 계속 달리자, 많은 사람이 북적이는 큰길이 나왔다.

그 길을 똑바로 달려가니 이윽고 정면에서 만나고자 했던 사람의 모습을 발견했다.

"아야네!"

"어? 앗, 주타로 님……하고 아야 님 그리고 공왕 폐하까지?! 무, 무슨 일이신가요?"

무언가를 싼 보자기를 들고 있던 아야네 씨는 우리를 보고 깜짝 놀라며 눈을 휘둥그렇게 떴다.

주타로 씨는 전력 질주를 한 탓에 숨이 차올라 좀처럼 말하기 힘든 듯했다. 주변 사람들이 힐끔힐끔 이쪽을 쳐다보았다. 이렇게 많은 사람 앞에서 고백하기는 역시 힘들겠지?

"죄송합니다. 일단 장소를 옮길게요."

"네?"

나는 발밑에 【게이트】를 열어 우리 네 명만 쑤욱 다른 장소로 전이했다. 전이한 곳은 오에도 근처의 신사에 펼쳐진 숲 속. 내가 처음으로 내려선 이셴의 땅이다.

커다란 녹나무와 작은 사당. *토리이와 **코마이누가 우리를 맞이해 주었다.

"어? 어? 저어, 여긴…… 신사의 숲?"

"아, 아야네! 너에게 할 말이 있다!"

"네, 네에?!"

갑자기 큰소리를 낸 주타로 씨의 목소리에 놀랐는지, 아야네 씨가 손에 들고 있던 보따리를 터억 땅에 떨어뜨렸다.

떨어진 순간에 그곳에서 튀어나온 물건. 그건 새하얗고 아름다워 조금 전에 내가 부비적부비적하고 싶어 했던 그것이었다…….

"앗, 이런! 더러워지겠어……! 아, 다행이야. 괜찮네요……."

"아, 아야네……. 그, 그건……?"

"이것 말인가요? 이건 '불쥐의 가죽옷' 이라고 해서, 아주 귀중한 털가죽이라는 모양이에요. 불에 태우면 더러워진 곳이 지워진다고 하는데……. 왜 그러세요?"

주타로 씨의 얼굴이 새하얘졌다. 우와……. 보고 있기가 힘

*토리이 : 신사 입구에 세운 기둥 문으로 신사의 경내와 외부를 구분 짓는 경계다.
**코마이누 : 신사 앞에 마주 보도록 만든 한 쌍의 사자 비슷한 짐승의 상.

들어…….

“아, 아야네……. 그건, 그러니까 결혼 선물로 받은 것인가……?”

“어? 야에 님. 어떻게 아셨나요?! 네, 맞아요. 설마 입수할 수 있을 거라고는 생각을 못 해서……. 깜짝 놀랐어요.”

명랑하게 웃는 아야네 씨와는 반비례해서 주타로 씨는 점점 재가 되어 가는 듯했다.

늦은 건가……. 아니, 그 이전에 이렇게 기뻐하는 모습을 보면, 처음부터 거절할 생각은 별로 없었던 것인지도 모른다. 정말로 진심인지 상대의 마음을 살짝 확인해 보고 싶었을 뿐.

“이걸 보면 언니도 기뻐할 거예요. 빨리 전해 줘야겠어요.”

“…………응?”

잠깐만. 뭔가 이상한데? 전해 줘야겠다고? 자신에게 준 걸 왜 언니한테? 설마…….

“저어~. 아야네 씨? 혹시 포목 도매상의 도련님과 결혼하는 사람은…… 아야네 씨의 언니인가요?”

“네. 그런데요?”

“““뭐어어어어어어?!”””

우리의 목소리를 듣고 다시 아야네 씨가 깜짝 놀라 몸을 움츠렸다.

뭐야?! 이야기가 완전 다르잖아! 누구야. 아야네 씨가 결혼한다고 말한 사람?! 아, 주타로 씨였지?!

"주타로 씨! 어떻게 된 거죠?!"

"아니, 제 동료가 주점에서 누가 하는 이야기를 들었다고……!"

건너 들은 거야?! 완전히 아야네 씨 언니랑 착각한 거잖아! 결국 맞선을 본 사람은 포목 도매점의 도련님과 아야네 씨의 언니고, '불쥐의 가죽옷' 을 달라고 한 사람도 그 언니?

"전부 착각이었던 건가……. 이것 참, 뭐라고 하기가……."

진심으로 지쳤다는 듯이 야에가 크게 한숨을 내쉬었다. 나도 마찬가지 기분이다. 그렇게 고생했는데 전부 헛고생이었다니……. 그야말로 태산명동서일필(泰山鳴動鼠一匹). 온갖 호들갑을 다 떨었는데 얻은 거라곤 쥐 한 마리라니. 엄청 큰 쥐지만…….

"저어, 대체 무슨 일인지……?"

아야네 씨가 무슨 일인지 모르겠다는 표정을 지으며 우리를 바라보았다. 그거야 당연히 모르겠지요.

뭐라고 설명하고 싶은 기력마저 빼앗긴 나를 두고, 아야네 씨 앞에 선 주타로 씨가 한 발 발걸음을 내디뎠다.

"아야네, 이걸 봐 줘."

주타로 씨가 가지고 있던 종이봉투 안에서 '불쥐의 가죽옷' 을 꺼냈다. 아야네 씨가 가지고 있는 것보다 크고, 질이 좋다는 게 비전문가의 눈으로도 알 수 있었다.

"어머나. 주타로 님……! 이건……?!"

"너에게 주기 위해 입수한 거야. 포목 도매상 도련님과 같은 목적으로."

"네……?"

아야네 씨가 놀란 표정을 지으며 시선을 '불쥐의 가죽옷' 에서 주타로 씨에게로 옮겼다.

"저어…… 너만 좋다면…… 코, 코코노에 집안에 계속……. 아니, 내 곁에 있어 줬으면 좋겠는데……."

"주타로 님……. 그 말씀은……."

"나, 나한테로 시집을 와 줘……. 도련님만큼 여유롭지는 못할지 모르지만, 바, 반드시 행복하게 해 줄 테니까……!"

터억. 아야네 씨의 손에서 다시 보따리에 싸인 '불쥐의 가죽옷' 이 미끄러져 떨어졌다.

해가 뉘엿거리는 신사의 숲 안에서 살짝 바람이 불었다. 숨을 죽이고 두 사람을 지켜보던 우리는 시간이 멈춘 듯한 기분에 빠져들었다.

아야네 씨도 주타로 씨도 움직이지 않았다. 우리도 숨을 멈추고 상황을 지켜볼 수밖에 없었다.

얼마나 시간이 흘렀을까. 2~3초 정도였던 것도 같았고, 더 긴 시간이었던 것도 같았다.

이윽고 아야네 씨의 손이 주타로 씨가 들고 있던 '불쥐의 가죽옷' 을 향해 뻗었다. 아야네 씨는 그걸 받아 들더니 가슴에 꼭 끌어안고 작은 목소리로 주타로 씨의 프러포즈에 대답해 주었다.

“네……. 많이 모자라지만, 앞으로도 오래도록 잘 부탁드립니다……!”

미소를 지으며 주타로 씨를 올려다보는 그 눈에서는 아름다운 눈물이 빛나고 있었다.

“아야네!”

그 말을 듣자마자 기쁨의 미소를 지으며 주타로 씨가 아야네 씨를 껴안았다. 우오오, 대담해!

“주타로 님……!”

아야네 씨도 꼬옥 주타로 씨를 껴안고 약혼자가 된 주타로 씨의 가슴에 얼굴을 묻고 눈물을 닦았다. 잠시 포옹을 했던 두 사람은 미소를 지으며 서로를 바라보았다.

응. 완전히 두 사람만의 세계에 빠져들었어. 하지만 그때 방해가 들어왔다.

“으음……! 축하할 일이지만, 여동생으로서 말씀드리면 그렇게 과시를 하니 마음이 참 곤란합니다…….”

“앗, 아니! 야에, 이, 이건 말이지……!”

“야, 야에 님?! 저, 저어, 저, 저는 별로 과시한 것이……!”

얼굴을 빨갛게 물들이며 야에가 헛기침하자 두 사람은 서둘러 거리를 벌렸다.

그거야 그래. 오빠의 고백 장면이라니, 쉽게 볼 수 있는 장면이 아니니까. 어떻게 반응하면 좋을지 몰라 곤란하다. 다행이

야, 라고 축복해 주며 기뻐하고 싶은 마음이긴 하지만.

"축하한다, 아야네. 아니, 이제 새언니라고 불러야 하는 건가?"

"후후, 성급하시네요. 아직 주베에 님과 나나에 님의 허락도 받지 못했는걸요."

아야네 씨가 미소를 지으면서 다시 흐르는 눈물을 닦았다. 아. 주타로 씨의 아내가 되면 처남댁이 되는 건가?

"오오, 그렇군! 그럼 토야 님, 어서 저희 집으로【게이트】를 열어 주시지요! 아버지와 어머니에게 보고해야겠습니다!"

"그래요~."

얼굴을 붉게 물들이면서도 행복해하는 두 사람을 데리고 우리는 코코노에 저택으로 전이했다.

코코노에 저택에서는 그날 밤, 성대하고 요란스러운 연회가 열렸다.

아야네 씨가 결혼 허락을 받기 위해 보고하자 나나에 씨는 아야네 씨를 꼭 껴안으며 기뻐했고, 반대로 주베에 씨는 주타로 씨에게 '왜 이렇게 늦었냐, 이 멍청한 녀석!' 하고 화를 냈다.

화를 내면서도 목소리와 눈은 웃고 있었던 걸 보니, 부모님은 두 사람의 마음을 진작 알고 계셨던 듯했다. 나도 알 정도니까.

그리고 주베에 씨가 앞장서서 도장에 온 문하생들을 다 불러 술잔치를 벌이기 시작했다.

아야네 씨에게 동경을 품었던 문하생들도 많았던 듯, 술잔치가 벌어지는데 옆에서 반쯤 질투를 섞어 주타로 씨에게 연속으로 결투를 신청하는 문하생들의 모습은 조금 재미있었다.

나도 【스토리지】에서 선물로 받은 술과 보존해 두었던 요리를 꺼내 연회에 같이 참가했다. 그렇긴 해도 술은 사양했지만.

"응. 조금 있다가 돌아갈 거야. 응. 모두에게 잘 좀 전해 줘."

이쪽에서 저녁을 먹어서 나와 야에 몫은 준비하지 않아도 된다고 루에게 연락해 두었다.

지금 내가 있는 코코노에 저택의 정원과 도장은 조금 떨어져 있어서 떠들썩한 목소리도 그다지 크게 들리지 않았다. 하늘에는 달이 떠 있었고 밤바람이 기분 좋았다.

"여기에 계셨습니까."

"앗, 야에. 주타로 씨는?"

연결 복도를 걸어온 야에가 툇마루에 앉았다.

"지금은 도장에 쓰러져 계십니다. 어지간히도 기뻤던 것이겠지요. 쓰러진 채로 웃고 있었습니다."

그렇게나 잇달아 시합을 계속했으니 쓰러지는 거야 당연한 일이다. 평소에는 진지한 주타로 씨가 그렇게 바보 같은 짓을 하다니. 그만큼 기분이 한껏 고조되어 있다는 말이겠지.

참고로 주타로 씨와 아야네 씨는 약혼했을 뿐, 혼례 자체는 1~2년 후에 한다고 한다. 그건 주타로 씨가 출세한 뒤에 하겠다는 명분이었지만, 나와 야에가 결혼을 하면 주타로 씨가 브륀힐드 공왕 왕비의 오빠라는 칭호를 사용할 수 있기 때문이기도 한 듯했다.

두 사람 모두 마음을 확인한 것만으로도 충분한 듯, 그다지 서두르지는 않는 듯하니 그것도 괜찮다는 생각이 들었다.

"쓰러진 오라버니를 아야네가 간호해 주고 있더군요. 마치 벌써 부부가 된 듯합니다."

"잘 어울리는 부부야. 축하해."

"축하할 일이긴 하나…… 소인은 아주 조금, 쓸쓸한 기분이 듭니다. 오라버니는 앞으로 아야네와 새로운 가정을 만들어 가겠지요. 그곳에는 소인이 있을 자리가 없습니다. 뭔가…… 오라버니를 빼앗긴 듯해 이상한 기분이 들어서……."

야에가 조금 쓸쓸하게 웃었다.

야에는 오빠인 주타로 씨를 아주 좋아하니까. 나에게는 친남매가 없지만, 사이좋은 누나나 여동생이 결혼한다고 하면 같은 마음이 들지도 모른다.

나는 툇마루에 앉아 야에의 손을 살짝 잡았다.

"결혼한다고 해서 주타로 씨와의 관계가 끊기는 건 아니야.

야에의 장소도 분명히 있어. 우리를 포함해 모두 가족이잖아. 조금 위치가 바뀔 뿐, 주타로 씨는 계속 야에의 오빠니까."

"……그렇……겠지요……? 오라버니에게 가족이 생기고, 소인이게도 가족이 생기게 됐습니다. 하지만 소인은 오라버니의 여동생이고 오라버니는 여전히 소인의 오라버니입니다. ……고맙습니다, 토야 님."

우리는 잠시 서로를 바라보며 누가 먼저랄 것도 없이 얼굴을 가까이 대며———…….

"오오! 공왕 폐하! 여기에 계셨습니까!"

주타로 씨의 갑작스러운 목소리를 듣고 움찔! 우리 두 사람은 펄쩍 뛰었다. 얼굴을 붉히며 재빨리 서로 떨어지는 우리를 향해 주타로 씨가 연결 복도를 따라 비틀거리며 걸어왔다.

우와. 온몸이 멍이랑 상처투성이잖아. 정말 전혀 봐주지도 않았구나…….

얼굴을 새빨갛게 물들인 야에가 오빠를 향해 불평을 토했다.

"오, 오, 오라버니! 오라버니는 장소와 분위기를 더 잘 파악할 줄 알아야 합니다!"

주타로 씨는 자신을 비난하는 여동생을 보고 한숨을 내쉬었다.

"왜 그런 의미를 알 수 없는 소릴 하는 건지……. 너야말로 더 침착하게 행동하지 않으면 공왕 폐하가 질려 버리고 말걸?

아야네 씨처럼 조금 더 여자답게 말이야……."

"쓰, 쓸데없는 참견입니다! 오라버니야말로 아야네에게 미움을 받지 않으려면 더 배려해 줘야 합니다! 안 그래도 둔하니까!"

"뭐라고?! 네가 그런 말을 할 자격이 돼?!"

발끈발끈, 서로 말다툼을 계속하는 남매를 보면서 나는 참 사이가 좋다는 생각이 들어 오히려 마음이 포근해졌다.

말다툼하긴 하지만, 그러는 가운데에서도 서로를 생각해 주는 마음이 잘 전달되었다. 싸울 만큼 사이가 좋다고들 하는데, 그건 사실이었구나.

이 두 사람의 가족이 될 수 있다니, 나로서는 더없는 기쁨이라고, 그런 생각을 했다.

후기

『이세계는 스마트폰과 함께.』 제15권을 전달해 드렸습니다.
즐거우셨나요?

이번 권은 다양한 사람들과의 관계를 만드는 단편집 같은 내용이 되었습니다. 세계가 확대되어(말 그대로의 의미로) 토야의 행동 범위가 넓어진 덕에 다양한 사람들과 접촉할 기회가 늘어났습니다. 그에 따라 트러블도 늘었지만요.

자, 이번 권에서는 검은색 '왕관'의 마스터인 노른이 등장하는데, 브륀힐드 기사단의 부단장인 노른과 이름이 겹칩니다.
솔직히 말하면 원래 이 이름은 '왕관'의 노른이 먼저로, 기사단의 부단장인 노른이 그 이름을 돌려쓴 것입니다.
그리고 이런저런 일이 있어, Web판은 기사단의 부단장인 노른을 나중에 '노르에'라고 개명하는데, 서적판도 그렇게 가기로 했습니다.
나중에 등장하는 '왕관'의 노른 쪽을 바꿀까도 검토했지만,

역시 이 아이의 이름은 '노른' 이라고 생각해 그대로 밀어붙였습니다. 메이드인 엘프라우도 같은 이유입니다.

이름이 잘 안 나온다고 날림으로 이름을 지으면 나중에 후회합니다…….

히로인도 말이죠……. 스우와 루(우)라든가……. 왜 비슷한 이름으로 지었을까 하고 후회합니다. 물론 실제로는 스우는 스우시고, 루(우)는 루(우)시아이지만요. 줄이면 발음이 겹치다니…… 깜빡했다고 해야 할까요. 그런 건 그다지 신경을 쓰지 않아 주셨으면 합니다.

이번에는 새로 쓴 신작이 많은 데다, 여러 스케줄이 겹쳐서 힘들었습니다. 이유는 띠지에 적혀 있는 대로 드라마CD화 때문입니다. 처음으로 각본이라는 것을 써 봤습니다. 대사만으로 상황을 설명하기는 참 어렵습니다…….

감사하게도 성우분들이 애니메이션의 배역을 그대로 이어받아 주셨습니다. 아쉽게도 저는 수록 현장에 가지 못했지만, 화기애애하고 즐겁고 온화한 분위기에서 녹음이 진행되었다고 들었습니다.

수록 당일, 현장에 있던 담당자님이 전화해 주셨는데, 폭잠을 자는 바람에 죄송합니다……. 왜 진동으로 되어 있었지……?

내용 면으로 보면 이번에는 애니메이션 범위 내의 등장인물만 나오니, 루, 힐다, 사쿠라는 등장하지 않습니다.

……하지만 만약 제2탄이 있다면 등장시키고 싶습니다. 주인공 플러스 히로인 아홉 명인 드라마CD라니 뭔가 굉장한 것 같긴 하지만요.

드라마CD는 16권의 특장판으로 발매될 예정이니, 예약하시면 확실히 입수하실 수 있습니다. 특장판은 우사츠카 선생님이 새로 그린 다른 커버 일러스트가 들어가니, 잘 부탁드립니다.

그럼 이번에도 감사과 사과의 말씀 드립니다.

일러스트를 담당해 주신 우사츠카 에이지 선생님, 항상 감사합니다. 16권의 특장판 일러스트도 기대하고 있습니다. 물론 통상판도 기대하고 있습니다.

메카닉 디자인을 담당해 주시는 오가사와라 토모후미 선생님. 바쁘신 중에도 왕관 고렘 세 대의 디자인을 해 주셔서 감사합니다. 앞으로도 잘 부탁드립니다.

담당자 K 님. 그리고 하비 재팬 편집부 여러분, 이 책의 출판을 도와주신 여러분, 항상 감사합니다.

또한 「소설가가 되자」와 이 책을 여기까지 읽어 주신 모든 독자 여러분들께 감사의 말씀 올립니다.

후유하라 파토라

갈디오 황제와 대화하고 있었는데
갈디오의 옆 나라인 아이젠가르드가
갑자기 침공을 시작한다.

거대 결전 병기 헤카톤케이르.
마공국《아이젠가르드》는 역사에 묻힌
무시무시한 고렘을 부활시키려고 하는데…….

이세계는 스마트

후유하라 파토라 illustration■우사츠카 에이지

뒤쪽 세계에서 본격적으로
활동하기 시작한 토야 일행.

그러던 중, 토야는 갈디오 제국의 황자와
관련된 엄청난 비밀을 알게 된다.

폰과 함께. 16

이세계는 스마트폰과 함께. 15

2019년 10월 15일 제1판 인쇄
2019년 10월 25일 제1판 발행

지음 후유하라 파토라 | **일러스트** 우사츠카 에이지 | **옮김** 문기업

펴낸이 임광순
제작 디자인팀장 오태철
편집부 황건수 · 신채윤 · 이병건 · 이홍재 · 김호민
디자인팀 한혜빈 · 김태원
국제팀 노석진 · 엄태진

펴낸곳 영상출판미디어(주)
등록번호 제 2002-000003호
주소 21311 인천광역시 부평구 평천로 132 (청천동)
전화 032-505-2973(代) | **FAX** 032-505-2982

ISBN 979-11-6466-684-3
ISBN 979-11-319-3897-3 (세트)

異世界はスマートフォンとともに。 15
© Patora Fuyuhara
Originally published in Japan by HOBBY JAPAN Co., Ltd.